CASADOS E DESCASADOS

AUGUST STRINDBERG

CASADOS E DESCASADOS

Tradução do sueco e prefácio de JAIME BERNARDES

www.lpm.com.br

Coleção **L&PM** POCKET, vol. 1280

Texto de acordo com a nova ortografia.
Título original: *Giftas*

KULTURRÅDET

A tradução desta obra foi apoiada por um subsídio concedido pelo Kulturrådet

Primeira edição na Coleção **L&PM** POCKET: março de 2018

Tradução e prefácio: Jaime Bernardes
Capa: Ivan Pinheiro Machado. *Ilustração*: iStock
Preparação: Patrícia Yurgel
Revisão: Lia Cremonese

CIP-Brasil. Catalogação na publicação
Sindicato Nacional dos Editores de Livros, RJ.

S912c

Strindberg, August, 1849-1912
    Casados e descasados / August Strindberg; tradução Jaime Bernardes. – 1. ed. – Porto Alegre, RS: L&PM, 2018.
    256 p. ; 18 cm.   (Coleção L&PM POCKET, v. 1280)

Tradução de: *Giftas*
ISBN 978-85-254-3731-0

1. Ficção sueca. I. Bernardes, Jaime. II. Título. III. Série.

18-47304   CDD: 839.73
                          CDU: 821.113.6-3

© da tradução e prefácio, L&PM Editores, 2008

Todos os direitos desta edição reservados a L&PM Editores
Rua Comendador Coruja, 314, loja 9 – Floresta – 90220-180
Porto Alegre – RS – Brasil / Fone: 51.3225.5777

Pedidos & Depto. Comercial: vendas@lpm.com.br
Fale conosco: info@lpm.com.br
www.lpm.com.br

Impresso no Brasil
Verão de 2018

PREFÁCIO DA EDIÇÃO BRASILEIRA

Jaime Bernardes

É SEMPRE HORA DE REVISITAR o eterno drama de amor e ódio no relacionamento entre homem e mulher, entre marido e esposa. E nada melhor do que fazê-lo lendo o autor August Strindberg (1849-1912), que conviveu com o movimento feminista da Suécia, um dos primeiros do mundo a se organizar e a lutar pela liberação da mulher, pela igualdade dos direitos e, supostamente, obrigações.

Considerado internacionalmente como o grande nome da literatura sueca, Strindberg produziu duas coletâneas de pequenas histórias de casamentos – *Giftas I* e *II* – que tiveram grande repercussão na época do lançamento, em 1884 e 1886, e continuaram sendo as suas obras mais lidas.

Em termos de repercussão, basta referir que, apenas uma semana após o lançamento do primeiro volume – que agora a L&PM apresenta pela primeira vez em língua portuguesa na sua versão integral e traduzida diretamente do sueco –, o então ministro da Justiça, Nils Vult von Steyern, decretou a apreensão de todos os exemplares. Na realidade, no dia 3 de outubro de 1884, conseguiram arrebanhar apenas 461 dos 4 mil exemplares impressos da primeira edição. O resto já havia sido vendido ou mandado para o interior do país e ficou fora do alcance da polícia tempo suficiente para desaparecer. Nas bibliotecas, havia filas para retirar o livro. Pessoas emprestavam os seus exemplares a 25 *öre* (centavos) por leitura, e no mercado negro o exemplar chegou a ser vendido por quarenta coroas, quando o preço de capa na livraria era de 3,75 coroas. Conta-se que uma pessoa, na cidade de Karlskrona, no sul da Suécia, recusou uma oferta de cem coroas pelo seu exemplar.

Entretanto, August Strindberg foi processado, arriscando-se a uma pena de dois anos de prisão e trabalhos forçados por "blasfemar contra Deus ou ridicularizar as palavras de Deus e os sacramentos". O processo devia começar no dia 21 de outubro daquele ano, 1884. Strindberg estava na Suíça e podia recusar-se a comparecer. Mas a sua esposa, Siri von Essen, e o filho, Hans, estavam doentes. Na sua ausência, o editor, Albert Bonnier, seria condenado. A controvérsia se estendeu pelos jornais, com alguns autores instando para que ele comparecesse. Finalmente, Karl Otto Bonnier, em nome da editora, viajou para Genebra e convenceu Strindberg a voltar. Diz-se que o autor recebeu mil coroas para mudar de atitude. E ao contrário do que se suspeitava – que seria preso em Malmö, no sul da Suécia, antes de chegar a Estocolmo –, acabou sendo recebido por uma "multidão" de duzentas pessoas, na maioria mulheres, naquela cidade no sul do país. No dia 20 de outubro, Strindberg compareceu a um teatro, já na capital sueca, tendo sido convocado a subir ao palco nada menos do que oito vezes. Dizia-se que a rainha estaria por detrás do processo. Os prós e os contras se enfrentavam em todos os níveis e por todos os meios.

Mas August Strindberg foi absolvido, e o povo fora do tribunal festejou a decisão seguindo o autor até o Grand Hotel, o mais tradicional de Estocolmo, onde à noite a vitória foi comemorada com um banquete.

É interessante verificar que, segundo se constatou na época, a "juventude sueca" feminina gostou mais do livro do que a "juventude sueca" masculina. E a controvérsia se prolongou por muitos anos. Aliás, não admira; ela ainda se prolonga até os nossos dias.

As *Obras completas de August Strindberg* – serão, ao todo, 68 volumes – estão sendo reeditadas, atualmente, por uma confraria strindberguiana em colaboração com o Conselho Cultural da Suécia e uma das principais editoras do país, a Almqvist & Wiksell. Além de todas as obras conhecidas daquele que é considerado o maior autor sueco de todos os tempos – que publicou romances, novelas, dramas e poemas –, foram realizadas pesquisas interessantíssimas, relativas aos seus trabalhos jornalísticos e científicos e à sua correspondência com os editores e com outros autores, amigos e familiares. As suas obras em processo de publicação na Suécia têm por base os originais do autor, as primeiras edições revistas e autorizadas por ele, de modo que isso tornou possível a correção de alguns erros anteriores. Cada obra vem acompanhada de comentários sobre os feitos estudiosos de Strindberg, com uma imensa coleção de detalhes minuciosos como a sequência da produção literária do autor e as eventuais modificações que ele acabou introduzindo nas suas obras.

Foi em Estocolmo que August Strindberg nasceu e morreu. O seu apartamento e última residência em uma rua de Estocolmo, a Drottninggatan, foi transformado em museu e recebe, anualmente, milhares de visitantes, que assim têm contato direto com o ambiente de trabalho do autor nos derradeiros anos da sua vida, no início do século XX.

Strindberg era filho de um importante cidadão da classe alta, empresário da época, comerciante, dono de empório e de barcos a vapor, enquanto a mãe veio de outra classe. Era empregada doméstica e passadeira antes do casamento. A vida familiar não era especialmente harmoniosa e não melhorou quando a mãe faleceu, tendo August apenas treze anos de idade, tal qual o Theodor da primeira novela deste livro.

O salão vermelho, cuja primeira edição saiu em 1879, tornou-se o primeiro grande sucesso de August Strindberg como prosador. "De um só golpe, Strindberg se transformou no escritor mais discutido na Suécia" – escreveu um historiador da literatura sueca. Strindberg era frequentador assíduo de O salão vermelho, ainda hoje um dos salões do famoso restaurante Berns, em Estocolmo, e dizia que a partir do que lá se discutia, ele poderia escrever a história do país no momento, ou seja, no final do século XIX. E o momento era de tonalidades fortíssimas: movimento sufragista, movimento trabalhista, explosão cultural modernista e uma revolução industrial que ainda não tinha começado a dar seus frutos (na virada do século, metade da população sueca, que totalizava 4 milhões, emigrou para os Estados Unidos à procura de melhores condições de vida).

A obra *Casados e descasados* é de domínio público, e a sua edição é inédita em português. O texto foi traduzido para o português atual, sem deixar de ser um texto clássico. De notável há, principalmente, as características fluentes do novo romance francês da época, em que o conceito valia mais do que a forma. Isso, entre os suecos, para quem a formalidade imperava, foi um choque total. Strindberg aprendeu o francês a fundo e chegou a escrever um livro nessa língua, e jamais negou essa influência.

2008

CASADOS E DESCASADOS

Sumário

Prefácio 13
O salário da virtude..47
Amor e pão..93
Para se casar..111
Dever..123
Em compensação 152
Azar..163
Desgastes...174
Escolha antinatural ou a origem da raça 192
Tentativa de reforma 199
Obstáculos naturais..204
Casa de bonecas 215
Fênix 241

Prefácio

Entrevista

Entrevistador: Muito bem, meu senhor, quer dizer que escreveu mais um novo romance?

Autor: Sim, meu caro senhor, é lamentável, mas é verdade! Sei que a penalidade é enorme para um caso desses, mas não consegui me conter!

Entrevistador: Mas eu acho que é inconsequente atacar os autores e, depois, ir criar as suas próprias obras. O senhor concorda?

Autor: Concordo!

Entrevistador: Então, o senhor admite que é inconsequente?

Autor: É claro! Fui como que criado para sofrer com as leis da evolução, e a evolução avança por meio de recaídas! Este romance agora é uma pequena recaída (uma *rechute*[1]), mas o senhor, por favor, não fique zangado comigo. Daqui a uns dois anos, vou parar de escrever romances, peças e poesias, se isso for possível!

Entrevistador: E o que é que o senhor pensa em fazer depois?

---

1. Em francês no original. (N.T.)

Autor: Penso em trabalhar como entrevistador. E estou falando sério. Veja só, cansei de ficar sentado tentando adivinhar o que as pessoas querem dizer, em especial quando escrevem livros. Eu quero ser como o senhor: procurá-las e me esclarecer! Mas, voltemos ao assunto! O que o senhor acha do meu novo livro?

Entrevistador: Acho que, em primeiro lugar, está mal feito. Faltam-lhe detalhes. Está incompleto.

Autor: Se o senhor soubesse como tem razão! Está inconclusivo! Era essa, justamente, a intenção. O que eu pretendia era descrever um número razoável de casos, casos normais, do relacionamento entre marido e esposa. Não queria descrever quatro casos excepcionais como fez a senhora Edgren[2], nem um caso monstruoso[3] como fez Ibsen, que, mais tarde, é tomado como norma para todos os casos. Por isso mesmo eu não fiz mais do que, comparativamente, uma ceia ligeira[4] no restaurante Stallmästergården, onde o senhor poderá escolher entre dois pratos de salmão, com erva amarga, pepinos prensados, pequenos bifes grelhados com rodelas de cebola espanhola, frango e morangos. Além disso, eu costumo comer também lagostins-do-rio (as fêmeas) no restaurante Rejners, e panquecas no parque Djurgården. Acesso um jardim na Norrtullsgatan, uma rua com uma macieira em flor, seis espécies de flores e um casal de

---

2. O autor se refere a Anne Charlotte Edgren, autora de uma peça intitulada *Sanna Kvinnor* [Mulheres de verdade], 1883, na qual são retratados esses quatro casos excepcionais. (N.T.)

3. Neste caso, Strindberg quer chamar a atenção para a personagem principal, Nora, no drama de Henrik Ibsen, *Casa de bonecas* (1879). (N.T.)

4. A menção a uma ceia ligeira e os comentários seguintes mexem com aspectos das novelas *Salário da virtude*, *Dever* e *Casa de bonecas*. (N.T.)

noitibós.[5] Tenho ainda a igreja Adolf Fredrik para visitar e um florete. E, no mínimo, conheço uns trinta termos de marinheiro que eu peguei de um dicionário náutico! Não será isso realismo, não?

Entrevistador: Oh, sim, mas o senhor devia ter acompanhado a corveta Vanadis e, nos Alpes suíços, devia ter anotado algumas descrições da natureza, aliás, como o senhor sabe fazer muito bem. O livro, como disse, está inconclusivo. Em segundo lugar, o livro é imoral. O senhor reconhece isso?

Autor: Sim, reconheço, segundo a sua opinião. Se a imoralidade é aquilo que se tornou, um crime contra a natureza, então o meu livro é imoral, ainda que seja natural e siga as leis da natureza.

Entrevistador: Isso aí é apenas Rousseau![6] E ninguém precisa responder a isso! Mas ainda, em terceiro lugar, o livro é reacionário. O senhor, que é liberal, de mente aberta, evidentemente permitiu-se debochar do movimento feminista. Como se atreveu?

Autor: Admito que é preciso muito mais coragem para debochar das coisas ridículas que estão na moda do que se deixar levar pelas correntes do momento!

Entrevistador: O senhor acha ridículo o movimento feminista!

Autor: Sim. Querer libertar a mulher da natureza, acho que é tão criminoso quanto liberar o homem da mesma natureza. Tenha a bondade, senhor entrevistador, de anotar que a atual tentativa de liberação da mulher é uma rebelião contra a natureza que acabará por ser punida. Mas se o senhor se dispuser a ler a minha apresentação,

---

5. Noitibó é um passarinho notívago, também conhecido como bacurau, curiango e engole-vento. (N.T.)
6. Jean-Jacques Rousseau, escritor francês. (N.T.)

poderá ver e saber o que eu realmente penso sobre o assunto! Quer o livro?

Entrevistador: Preferia levá-lo emprestado!

Autor: E copiá-lo! Com muito prazer! Quantos mais o lerem, melhor. Aqui está!

Apresentação

O movimento feminista sobre o qual, segundo se afirma, se apoiam, atualmente, os fundamentos da sociedade, me parece superestimado. O movimento feminista, do jeito que está grassando no momento, serve apenas a mulher culta, talvez dez por cento da população, e é, portanto, uma questão de coqueteria. Mas o trabalho das pessoas cultas provoca sempre tal barulho que em breve irá parecer que toda a humanidade está se movimentando. Para a população do reino em geral ou para os camponeses, a questão feminista está resolvida. Veja o exemplo seguinte.

O camponês e a sua esposa tiveram a mesma educação. Se um sabe escrever, o outro sabe contar. Os dois dividem o trabalho (sem ir tão longe em detalhes como as pessoas cultas), de maneira que cada um assume a sua parte do que a natureza indicou. E qualquer um dos dois não entende aquilo que o outro também não compreende. Os dois estão, portanto, vivendo um casamento razoavelmente justo e espiritualmente equilibrado. A esposa do camponês não poderá invejar dele a sua posição libertária, visto não ser mais honroso remexer o estrume do que remexer a panela, não sendo mais honroso domesticar novilhos do que criar os filhos. Talvez seja até muito mais agradável ficar dentro de uma casa aquecida, ou de um estábulo, do que pisar numa vala lamacenta com o sol batendo nas costas ou entrar com os braços na neve derretida para puxar uma rede de pesca de arrasto. Se o homem fica no controle do dinheiro que entra em caixa, é a esposa que detém a chave da arca da farinha e da despensa. Aquilo que ganha com a tecelagem durante as longas noites de inverno ela pode conservar como caixinha disponível para comprar café e açúcar. A terra que ela poderá herdar não entrará como patrimônio conjunto do casamento.[7] Ela poderá assim se sustentar, mesmo sem "o direito de propriedade da mulher casada".[8] Se nos jornais já pudemos ler a respeito de esposas de camponeses que sofreram maus tratos dos seus maridos, também já ouvimos falar (os homens evitam escrever isso nos jornais) de camponeses que foram espancados por suas esposas. Vale a lei do mais forte, seja ele ou ela, homem ou mulher. A esposa do camponês raramente é infiel ao seu marido, isso porque ela em parte não dispõe de tempo e em parte porque tem filhos e filhas, ainda solteiros, em quem se apoiar. O homem raramente é infiel porque as jovens não gostam de ir atrás de um "velhote", visto terem acesso completo a jovens da sua idade.

Na natureza humana, as qualidades do homem e da mulher são bastante iguais. Como a mulher, durante a gravidez, fica menos capacitada para se defender e depois de dar à luz precisa de comida para a cria e de defesa para os dois, ela se colocou sob a proteção do homem. O homem, portanto, não a oprime. O seu amor por ela

---

7. Patrimônio que na época era administrado exclusivamente pelo homem. (N.T.)
8. Direito de dispor do seu próprio patrimônio. A luta para dar à mulher casada esse direito era na época uma das plataformas centrais do movimento feminista. (N.T.)

como esposa e mãe dos filhos foi sempre uma garantia de que ela jamais seria tratada como escrava. E esse respeito com o qual o homem trata a mulher, até mesmo entre camponeses, ele herdou pelo fato de ter sido criado por uma mulher – a sua mãe. Em contrapartida, a mulher não trata o homem com o mesmo respeito, habituada como estava a tramar contra os rapazes quando ainda eram pequenos. E ela, por isso mesmo, ainda sente estar acima dele. Ela é, sempre e antes de tudo, mãe. Olhe-se para a velha vovó junto da lareira e como ela trata o pai na casa, sempre como se fosse um garoto.

A mulher culta, em contrapartida, é depravada, tal qual o homem. O amor entre casais cultos é uma questão muito complicada. No fundo, está o instinto de manter a supremacia do clã. Assim que a sociedade começou a exigir garantias para as crianças e descobriu o casamento e, com o casamento, o valor dos haveres e da posição dentro da sociedade, os sentimentos naturais foram relegados para uma posição secundária, carimbados pela classe alta como sensualidade e considerados galantaria. Quando um homem procurasse o seu par, ele devia disfarçar os seus interesses em ser beneficiado com um bom parentesco, conquistar haveres e assim por diante, tudo através de galantaria. Na sequência, surgiu a adoração feminina, repulsiva e hipócrita. Assim que, depois do casamento, a máscara caía, a mulher se dizia enganada e, por consequência, surgiam então muitos casamentos infelizes.

A mulher culta não é oprimida! Quando um senhor está sentado num sofá em uma sala que não é a sua e uma mulher entra nessa sala, ele se levanta para cumprimentá-la. Quando uma mulher termina de beber a sua xícara de chá, o homem se levanta e passa a servi-la com mais chá. Nunca se vê acontecer o contrário. Um solteiro, morando na zona sul[9], jamais se nega a caminhar até Kungsholmen se alguém lhe ordena que acompanhe uma mulher até a casa dela. Quando os homens e as mulheres estão juntos, o homem sempre faz um brinde pela mulher e agradece a honra que ela lhe concedeu! O tempo de noivado é para o homem uma época de exercício permanente de amabilidades das mais variadas espécies para com a noiva, amabilidades que, depois do casamento, o aumento de trabalho impede que ele continue praticando. A esposa, então, dá pela falta dessas amabilidades e parte em sua procura. E acha que encontra um tirano.

Como se expressa a tirania do homem no casamento? O homem, normalmente, é quem escolhe a esposa e, normalmente, fica apaixonado por ela. A dificuldade em conseguir se casar aumenta as suas expectativas em relação a uma felicidade completa no casamento, de modo que ele, normalmente, se sente decepcionado. Vê que o anjo se transformou num ser humano. E o seu desapontamento o deixa de mau humor. Mas ele a ama – o que nem sempre acontece por parte dela; a escolha não foi sua. E assim ela conserva a posição de superioridade e controle. E é isso que acontece na maioria dos casamentos, pois a "paz no lar" é uma coisa pela qual o homem faz todas as concessões. A paz no lar sempre faz parte das suas esperanças mais avançadas em relação à felicidade no casamento. Na grande maioria dos casos, é a esposa que é o *homem* na casa. E o marido só é homem fora dela. Sobre essa situação, nenhuma esposa reclama.

---

9. Zona sul de Estocolmo – Söder –, ao sul do Slussen, a barra por onde saem as águas do lago Malar e em contraposição à zona norte onde se situa o bairro denominado Kungsholmen. (N.T.)

Ela dá ordens para as empregadas domésticas, determina quais as comidas a serem servidas, como deve ser a educação das crianças e, em geral, controla o dinheiro no caixa. O marido, normalmente, entrega todo o seu salário para a esposa, uma parte do qual ela poderá usar sem ser obrigada a prestar contas. Em contrapartida, ele fica obrigado a informar o destino de cada centavo que retirar do caixa, nem que seja apenas para comprar cigarros – e uma garrafa de ponche! Essa posição da esposa, portanto, não poderá jamais ser considerada como a de uma escrava. E a do marido, como a de um tirano!

Vejamos agora como Ibsen[10], por motivos desconhecidos e incompreensíveis, caracteriza a esposa e o marido, ambos cultos, na sua *Casa de bonecas*, que se tornou uma referência para todos os fãs do feminismo.

Casa de bonecas é uma peça teatral. Talvez tenha sido feita para uma grande atriz cujas atuações meio enigmáticas sempre puderam ser contadas como sucesso. O autor cometeu uma grande injustiça contra o marido, visto que não apresenta nenhuma justificativa por hereditariedade a favor dele, mas, sim, a favor da esposa – justificativas que, mais tarde, ele repete muitas vezes ao se referir ao pai dela. Mas examinemos essa tal de Nora que agora se tornou o "ideal" de todas as mulheres cultas, mas depravadas.

No primeiro ato, ela mente para o seu marido. Mantém em segredo a fraude, a falsificação de uma letra de câmbio, tripudia com os bolos, complica com todas as coisas, mesmo as mais simples, como demonstração de gosto pela mentira. O marido, em contrapartida,

---

10. Ibsen, Henrik (1828-1906): dramaturgo norueguês, mundialmente conhecido pela peça *Casa de bonecas*, que Strindberg resolveu criticar. (N.T.)

demonstra em tudo uma confiança aberta por ela, até mesmo nos negócios com os bancos, mostrando que a trata como sua verdadeira esposa. Enquanto isso, é ela que nunca fala nada de positivo a favor dele. Portanto, é mentira que ele a trate como uma boneca. Antes é verdade que ela o trata como boneco. Que Nora tenha fraudado letras de câmbio por ignorância, ninguém acredita! A não ser, talvez, quando se está sentado na plateia, olhando para uma simpática atriz na ribalta. Que ela tenha falsificado a letra de câmbio *exclusivamente* para favorecer o marido, eu não acredito, já que ela mesma se manifesta e fala do enorme prazer que teve em viajar para a Itália. Nem a lei, nem qualquer jurista aceitariam essa desculpa. Nora não é, portanto, nenhuma santa. Ela é, na melhor de todas as hipóteses, uma cúmplice que gozou dos frutos do roubo. Então, ela se confunde toda! O marido aproveita uma nova oportunidade – contra a intenção do autor – para demonstrar a confiança e o respeito que ele nutre pela esposa ao entrar numa discussão com Nora sobre a abertura de uma conta em banco. Imagine-se qual o tirano que não gostaria de levar a falsificadora da letra de câmbio para o gerente do banco! O que diria Nora se o senhor Helmer, seu marido, quisesse despedir uma serviçal? A dança seria outra!

E então se segue a cena em que ela vai pedir dinheiro emprestado ao sifilítico doutor Rank. Aí Nora fica doce! Mostra para ele, como se fosse apropriado para início de uma negociação de empréstimo, um par de meias da cor da pele.

Nora: "Não são bonitas? No momento, aqui, está muito escuro, mas amanhã... Não, não, não: só se pode ver o pé. Oh, sim, o senhor também poderá ver mais para cima! *Rank:* "Hum!" *Nora:* "Por que razão o senhor parece tão crítico? Acha talvez que elas não ficam bem?" *Rank:* "É impossível para mim ter uma opinião bem fundamentada a esse respeito!" *Nora:* (olha para ele por alguns momentos) "Devia ter vergonha!" (Bate-lhe ao de leve no ouvido com as meias) "É isso aí que o senhor merece!" (Recolhe as meias) *Rank:* "E quais são as outras delicadezas que eu vou poder ver?" *Nora:* "Nem uma casquinha mais. O senhor é um desastrado." (ela murmura um pouco e procura qualquer coisa nos seus pertences de costura).

De acordo com o que eu pude entender, Nora se oferece... Em troca de pagamento à vista! É uma atitude ideal e acobertada. Tudo, naturalmente, por amor ao marido! Para salvá-lo! Mas ir em frente e justificar a sua atitude para o marido, não, isso custaria muito em termos de orgulho. Na linguagem de Nora, chama-se a isso não estar ainda certa de que ele se mostraria maravilhosamente compreensivo!

Chega-se, então, à cena da Tarantela[11], que serve para mostrar Helmer sob uma imagem distorcida. O espectador esquece que Nora é uma tola, tratada por Helmer como uma mulher racional e sensível. E logo se vê que Helmer a trata *apenas* como uma boneca. Essa cena é desonesta, mas produz um grande efeito! É, realmente, uma *cena!*

Que Helmer, à noite, corteje a sua esposa, evidencia que ele é jovem e ela também. Mas o autor demonstra com a cena que Helmer, não fazendo a menor ideia dos negócios sujos de Nora, é um ser sensual, totalmente sensual, que não consegue avaliar as ótimas qualidades espirituais da sua boa esposa – as quais esta não se dispõe a revelar. E é Nora que consegue a falsa glória de mártir. Essa cena é a mais desonrosa que Ibsen escreveu em toda

---

11. Strindberg refere-se à cena no final do segundo ato de *Casa de bonecas*, quando Nora dança a tarantela. (N.T.)

a sua vida! E a seguir vem a dissolução, transformada num grande emaranhado, com muitas nebulosidades e inverdades. O Senhor Helmer acorda e acha que esteve ligado a uma mentirosa, uma hipócrita! Mas, nessa hora, o espectador está totalmente impregnado de compaixão por Nora e acha que Helmer é injusto! Se Helmer tivesse visto a cena das meias e do doutor, não teria pedido a Nora para ficar, mas acontece que ele não viu a cena. E, então, Helmer fica sabendo que ele, sua esposa e suas crianças foram salvos de uma morte burguesa e da ruína! Ele, então, fica feliz. Que cada pai de família ponha a mão no coração e pergunte a si mesmo se não ficaria feliz ao receber a informação de que a sua amada esposa, a dedicada mãe de seus filhos, deixara de ser condenada e de ir parar na prisão! Mas isso são emoções muito vulgares! Não, tem de ser mais acima! Lá no alto, no céu das falsidades do idealismo! O Senhor Helmer deve ser chicoteado. É o criminoso! E, no entanto, ele fala tão a sério para a sua esposa mentirosa. "Oh", diz ele, "devem ter sido três dias horríveis para você, Nora!" Mas, então, o autor se arrepende de fazer justiça para com o pobre homem e parte para a colocação de palavras mentirosas na sua boca. É uma indignidade, naturalmente, que Helmer diga a Nora que ele a perdoa! Seria muito simples, primitivo, ela aceitar o perdão dele, que, entretanto, sempre a tratou com a máxima confiança, enquanto ela só dizia mentiras. Não, Nora tem planos maiores. E se esquece, tão nobremente, do passado, de tal modo que nada lhe ocorre do que houve nem no primeiro ato. E assim fala ela, de novo, no momento em que a plateia também já se esqueceu do primeiro e do segundo atos. Nessa altura, já os lenços se fizeram presentes. "Não te parece que esta é a primeira vez que nós dois, tu e eu, marido e esposa, estamos juntos, falando sério?"

Helmer perde o controle diante de uma pergunta tão enganosa, de tal forma que ele (ou o autor) responde: "Ah, sim, falando sério – o que é que você quer dizer com isso". A intenção saiu vencedora: conseguir com que Helmer caísse numa armadilha. O Senhor Helmer devia ter respondido: "Não, minha pombinha, acho que não. Nós falamos muitíssimo sério quando as nossas crianças nasceram, visto que falamos do futuro delas. Nós falamos muitíssimo sério quando você quis colocar o falsário Krogstad como caixa no banco. Falamos sério, quando a minha vida ficou em jogo, a respeito da promoção da senhora Linde, da situação financeira da casa, do falecimento do seu pai e do médico sifilítico. Nós falamos muito sério durante oito longos anos, mas também falamos de brincadeira e tínhamos razão para isso, visto que a vida não é feita apenas de questões sérias. Aliás, podíamos ter falado muito mais sério caso você resolvesse falar para mim a respeito das suas preocupações, mas você era muito orgulhosa e sempre gostou muito mais de ser minha boneca do que minha amiga!". Mas o Senhor Ibsen não permite que Helmer diga essas palavras judiciosas, visto ser necessário mostrar que Helmer é um fracasso. E Nora, em contrapartida, terá a chance de falar a sua réplica brilhante que será citada nos próximos 25 anos. Nora dará, então, a sua resposta: "Em oito (oito!) longos anos – não, muito mais! – desde o dia em que nos conhecemos, nunca chegamos a trocar qualquer palavra séria a respeito de qualquer assunto sério!". Fiel à sua lamentável missão de ser um fracasso, o Senhor Helmer precisa responder: "Será que eu devia contínua e eternamente te pôr a par de todas as preocupações que, aliás, você não poderia me ajudar a suportar?". Isso é uma expressão muito delicada da parte de Helmer, mas não é verdadeira, já que ele devia reclamar pelo fato de ela não o colocar a par dos problemas dela! Essa cena é absurdamente falsa. E, depois, Nora reage com algumas elegantes réplicas (francesas), cujo conteúdo de sabedoria é tão vazio que desaparece assim que é soprado.

Nora: "Você nunca me amou. Você apenas achou que seria divertido se enamorar de mim!" Qual é a diferença? E, então, ela diz: "Você nunca me entendeu!" Isso não era fácil para Helmer, visto que ela sempre fingia e dissimulava, montando um verdadeiro espetáculo. Então, o pobre Helmer só pode dizer algumas besteiras como a de que irá educá-la. Isso é a última coisa que um homem deve dizer para uma mulher. Mas o Senhor Helmer precisa representar o papel de idiota. A história está perto do fim, e Nora terá que sair por cima. Em seguida, Helmer amolece ainda mais. Pede perdão: perdão por *ela* ter falsificado uma letra de câmbio, por *ela* ter mentido, por todos os erros cometidos por *ela*.

Então, sai uma palavra esclarecida por parte de Nora. Ela quer sair do casamento para encontrar a si mesma. A questão, no entanto, é saber se ela não poderá fazer isso na mesma casa com os seus filhos, em contato direto com a realidade da vida e em luta com o seu amor por Helmer, visto que o seu amor, ou o amor seja de quem for, morre de um momento para o outro. Mas isso é uma questão de gosto. O fato de ela não se achar digna de educar os filhos é pura mentira em sua boca. Afinal, ela mesma acabara de se colocar bem alto e acima ao enfrentar o seu inocente Helmer. Consequentemente, ela devia ficar com as crianças, sim. Até porque ela acha que o marido é uma nulidade que nem sequer entende o que é "maravilhoso". E também ninguém entende como é que ela gostaria de deixar a educação das crianças nas mãos de tal pessoa imprestável. A sua conversa fiada a respeito do "maravilhoso" que levaria Helmer a se entregar pelo crime dela é tão ridiculamente romântica que não merece nem uma única palavra de comentário. Que "100 mil mulheres" se tenham oferecido em holocausto pelos seus homens é uma amabilidade dirigida às damas, e Ibsen devia se conscientizar estar velho demais para dizê-la. Depois, Nora fica divagando, não dizendo coisa com coisa: ela o amou, ele a amou, no entanto, ela continua destacando que em oito anos foi uma mulher estranha que deu à luz crianças de um homem estranho! Helmer admite que não foi um marido exemplar, mas promete mudar. É uma fala muito bonita e ficam dadas todas as garantias de que no futuro tudo será melhor do que foi no início. Mas isso não serve, naturalmente, para encaixar em uma peça de teatro. PAM! – é assim que deve soar no palco quando a cortina desce! E, então, Nora prova (?) que tem sido uma boneca! Não foi Helmer que colocou os móveis do jeito que quis? Bem! Mas se a esposa se dispusesse a expressar a sua vontade, veríamos logo onde o armário iria ficar!

    E por que ela não fez isso? Certamente chegou à conclusão de que lhe era indiferente. E nisso aí ela podia estar com toda a razão. Se a Nora era agora uma boneca, então, *à la bonne heure*[12], não era culpa de Helmer. Afinal, ele a tratava com toda a confiança, a confiança devida a uma esposa. Mas não era isso que Ibsen queria provar. O que ele queria provar era justamente o contrário, mas já não tinha mais forças para fazê-lo, não acreditava mais ser essa a sua missão, e o seu sentido de justiça, entretanto, acabou irrompendo!

    O que o autor quis dizer com *Casa de bonecas* jamais saberemos. Não admira que a impressão deixada e a sensação de que se tratava de um manifesto a favor

---

12. Em francês no original: muito bem. (N.T.)

da mulher oprimida tivessem levantado logo uma tempestade, durante a qual até os calmos perderam a cabeça. A peça, na realidade, demonstra justamente o contrário do que se propunha. Também se poderia dizer que a peça inteira mostra qual é o perigo de se escrever para o teatro sobre temas sérios. E ainda, escolhendo outro ponto de vista, será que a peça *não é* uma defesa da mulher oprimida, mas, sim, apenas uma apresentação de intervenções genéticas no caráter das pessoas? Nesse caso, o autor devia ser suficientemente honesto e apontar também em favor de Helmer as intervenções hereditárias no seu caráter. Ou se trata da má educação recebida por Nora? A respeito disso, até ela mesma se acusa bastante. Por que Helmer não pode, também, deitar as culpas na má educação recebida? Ou ainda se trata apenas de uma peça de teatro, pura e simplesmente, e uma maneira moderna de fazer a corte às damas. Nesse caso, é uma peça para ser representada em praça pública e não para provocar uma discussão séria, muito menos para ter a honra de irritar, uma contra a outra, as duas metades da humanidade.

No entanto, através de *Casa de bonecas* impôs-se a questão dos casamentos infelizes. Todas as esposas passaram a ver os seus maridos como tiranos e se consideraram, por motivos mais ou menos justificados, bonecas. Além disso, surgiu na literatura uma série de homens legalmente casados que falsificaram letras de câmbio e levaram uma surra das suas esposas na cena final, sem que as autoras consigam ao menos ser tão nobres quanto Ibsen no processo de salientar a tendência hereditária como desculpa para a fraude. E, então, puderam-se ver maridos que desperdiçaram o dinheiro das suas esposas, mas as histórias de esposas que fizeram o mesmo do dinheiro dos seus maridos, isso, em nome da justiça, não se viu. Apesar de todas as tolices que foram escritas, muita coisa se aproveitou. O casamento foi desmascarado como instituição divina, as aspirações em relação à felicidade absoluta no casamento ficaram reduzidas, e o divórcio entre esposos discordantes passou a ser reconhecido como aceitável. E isso foi muitíssimo bom! As razões para casamentos infelizes podem ser muitas. Em primeiro lugar, a própria natureza do casamento. Duas pessoas, ainda por cima de sexos opostos, fazem mutuamente a imprudente promessa de ficarem juntas por toda a vida.

O casamento se baseia, portanto, em uma exorbitância. Uma das partes evolui para cá; a outra, para lá. E, então, o casamento se desfaz. Ou, ainda, uma das partes fica no mesmo lugar, e a outra se desenvolve. E aí se separam. A discordância entre esposos pode surgir a partir do fato de os dois terem espíritos fortes e chegarem à conclusão de que é impossível atingir um compromisso nas condições propostas, tanto por um como pelo outro. E o ódio surge na ligação. Se fossem livres, cada um seguiria para o seu lado. Mas isso, no caso, seria desistir da sua personalidade. Ao final, para não abdicar da sua personalidade, por instinto e vontade de mantê-la intacta, os dois podem chegar ao ponto de odiar os pensamentos um do outro. E, então, a questão de se contradizer passa a ser uma garantia de que cada um está mantendo a sua posição e as suas ideias. Essa situação é muito habitual e todo o mundo tem tido dificuldades em explicá-la. Eles se amavam, pensavam da mesma maneira, mas, de repente, explode essa inexplicável antipatia, e o que se vê é um casal em desacordo. E, então, surgem os casos da assim chamada infidelidade que ocasionam a separação. Na realidade, acontece que são muito poucas as pessoas que nascem monógamas, de modo que a fidelidade que não é uma virtude, antes uma qualidade, muda e se transforma em poligamia – portanto, em infidelidade. Se isso acontece com as duas partes, passa a ser uma grande desdita. Na natureza, pelo menos nos animais superiores, essa situação entre os sexos acontece regularmente. O touro é poligâmico, o galo também. O pato é monógamo no estado selvagem, mas o pato domesticado é poligâmico. Influência da cultura. De maneira geral, os animais predadores, no estado selvagem, são monógamos. O macho segue fiel à fêmea enquanto ela está criando os filhos. O amor entre pombos e pombas é cantado pelos poetas pelo fato de constituir um casamento para a vida, mas (um terrível *mas* para os poetas) se um dos casados se ferir e ficar ferido ou inválido, o amor segue o seu caminho e a outra parte procura um novo parceiro. Essa situação não tem nada de poética e, por isso mesmo, nenhum poeta ousou ainda revelar o famoso amor entre pombos e pombas com receio de provocar a raiva das senhoras. Em geral, o que se vê na natureza é que o acesso aos alimentos define o padrão do acasalamento. As aves predadoras põem apenas dois ovos, os alimentos são sempre escassos, e o macho ajuda a fêmea, inclusive, a chocá-los, enquanto ela parte para a caça, já que o alimento desses animais não se encontra em todos os arbustos. Esse é um casamento justo. As aves marítimas encontram-se no cio. Assim que o macho cumpre a sua gostosa missão sexual, ele voa para o oceano e passa bem, mas a fêmea fica com a tarefa de fazer o ninho, chocar os ovos e arranjar comida sozinha. No outono, quando os filhotes já estão grandes, encontram-se todos à beira-mar. Entre todas as fêmeas, ninguém tem a vida mais difícil do que a vespa. No outono, assim que a fêmea é coberta, ela procura uma fenda do lado sul de qualquer árvore e fica hibernando. O macho morre durante a primeira nevasca. Quando chega a primavera, ela constrói sozinha aquele ninho estranho, cheio de buracos onde ela põe os ovos. E, depois, ainda precisa alimentar a enorme quantidade de filhotes. É um trabalho pesado aquele que a natureza lhe impôs, mas ainda ninguém notou que a vespa tenha feito alguma tentativa para se emancipar diante das leis da natureza. E ela poderia fazer isso de uma maneira muito simples: bastava hibernar no lado norte das árvores. Aí ela congelaria durante o inverno e a humanidade sofreria a grande perda de não ter mais vespas no mundo. Vemos assim que os hábitos entre os animais dependem de uma quantidade enorme de variantes econômicas, físicas, geológicas e outras mais. Vemos ainda como a cultura transforma em polígamos, por exemplo, os cães que como filhotes recebem comida de graça.[13] Um único caso de poligamia de uma fêmea com vários machos é encontrado por Darwin entre os animais superiores. Isso acontece com o estorninho, em cujo ninho a fêmea se abriga com vários machos. Outra coisa que existe na natureza, mas que desaparece com a cultura, é o período de cio. Os mamíferos selvagens ficam no cio uma ou duas vezes durante a época quente do ano. Já com os animais domésticos e o homem, é a toda a hora. Poderia dizer-se, então, que o homem é mais obsceno? Não, depende apenas do fato de o homem ter muito ou pouco acesso à comida e ao calor, durante todas as estações do ano, coisa que falta aos outros animais. Por isso, estes têm de se apressar na primavera para que os filhotes fiquem prontos para a luta antes de o outono chegar. Também na grande

---

13. Um regulamento da polícia a respeito da manutenção das cadelas durante o cio em recinto fechado deu azo a vícios não naturais entre os nossos fiéis amigos. (N.A.)

maioria dos casos, a poligamia do homem deriva de uma origem hereditária, de tendências existentes em estágios anteriores de desenvolvimento. De qualquer forma, essa é uma falta lamentável no casamento, visto que rompe com um acordo estabelecido e perturba a confiança mútua. Mais lamentável, no entanto, é o caso de poligamia por parte da esposa. No caso do marido ser infiel, ele não obriga a esposa a criar o filho de outra, mas se a mulher for infiel, ela obriga o seu marido a trabalhar para sustentar o filho de outro homem. E isso é uma forma nada bonita de roubo.

Sendo uma instituição humana inventada por razões puramente práticas e cheia de fragilidades e de tropeços no caminho, como é que tantos casamentos se mantêm acesos e duradouros por tanto tempo? Sim, por motivo de grandes interesses em comum. Este é o sentido eterno da natureza no casamento: as crianças. O ser humano está em incessante disputa com a natureza, mas sai dela incessantemente derrotado. Ali vão dois amantes, querendo viver juntos, em parte para se divertirem e, em parte, para gozar a companhia um do outro. Falar das crianças que virão seria considerado uma ofensa. Muito antes de chegarem os filhos, porém, eles descobrem que a felicidade não é tão celestial. E, então, o ambiente fica insípido. Mas aí vêm as crianças! Tudo é novo e, pela primeira vez, o ambiente se torna doce e bonito, porque o feio egoísmo particular, entre os dois, desaparece. Um casamento sem filhos é um acontecimento desventurado e não é um casamento de verdade. A lei estabelece até, desde tempos imemoriais, a sua dissolução sem dificuldades. Uma mulher estéril ou sem filhos é de lamentar muitíssimo, mas ela nem por isso deixará de ser um desvio da natureza. Por isso, ela não pode conceber com retidão a convivência entre o homem e a mulher, e a sua palavra não devia significar nada. Por isso, a Suécia não deve levar em maior consideração as palavras das quatro autoras[14] que atualmente escrevem sobre o assunto, visto que todas as quatro vivem em casamentos sem filhos. Que diferença há, também, entre a mulher ideal de Senhorita Bremer[15], a de Lea ou a da Senhora Schwartz? Uma mulher sem filhos não é mulher. Nem homem. Por isso, a mulher moderna ideal é uma horrível hermafrodita, com uma ligação não tão pequena com o *grecicismo*.[16] São, portanto, os filhos que sustentam o casamento. Mas é aqui que surge a grande questão sem paralelo em relação ao indivíduo que, no momento exato em que cria uma descendência, fica obrigado a desistir da sua individualidade e a passar a fazer tudo pelas crianças. Na natureza, se procurássemos uma resposta, não existe aquilo a que chamamos de individualidades. E o que é uma individualidade na humanidade? Um conjunto de aspirações a respeito de certas metas a alcançar na vida, na maioria das vezes consistindo de conforto e, às vezes, quando o indivíduo se sente como representante de uma espécie sofredora, a tentativa de viver a serviço e a bem de toda a humanidade e não apenas para *os seus* filhos. Neste último caso, os filhos podem ajudar a si mesmos. Mas Nora, a mulher ideal, não parece possuir nenhuma tendência para isso. Ela anseia por liberdade,

---

14. As quatro autoras suecas seriam Ann Charlotte Edgren, nascida Leffler, Alfhild Agrell, Sophie Adlersparre, nascida Leijonhufvud (Esselte) e Mathilda Lundström (Mattis), sendo que as duas últimas eram pouco conhecidas nos meios literários. (N.T.)

15. A Senhorita Bremer é Frederika Bremer; Lea é o pseudônimo de Josefina Wettergrund (1830-1903) e a Senhora Schwartz é Marie Sophie Schwartz (1819-1894), uma das mais populares autoras suecas do século XIX. (N.T.)

16. Grecicismo: neologismo que seria aqui a designação de amor homossexual, habitual na Grécia clássica. (N.T.)

uma liberdade pessoal, egoísta, prazerosa, *ibsenística*, de poder colocar os móveis a seu bel-prazer, de não precisar pedir desculpa depois de dizer alguma tolice. Liberdade para matutar os seus pensamentos, amassando-os como se fossem barro, a fim de fazer com o produto as imagens de pequenos santos. Liberdade para deixar de ser ama e mãe. Em uma palavra, liberdade para se livrar das leis da natureza. Nora é um monstro romântico, o produto de uma bela atitude mundial chamada "idealismo" e que quer convencer os seres humanos de que são deuses e de que a terra é um pequeno céu. Que o próprio autor tenha resolvido se proteger das ideias excêntricas de Nora está no fato de ter realizado uma revisão[17] da sua peça em que deixa Nora ficar. Caso Nora tivesse recebido algum apelo, o que, aliás, não advém das suas réplicas derradeiras, ela poderia ter saído, ido embora. Assim, se fosse uma pessoa fraca, ela poderia, talvez, ter voltado.

Eis a questão: a posição da mulher está de acordo, realmente, com a natureza? A sua longa maternidade não é em si um martírio? E a sua tentativa de libertação não vai, na verdade, contra a natureza? Vamos ver como se comportam os "outros" animais. Nos mamíferos maiores, com uma amplitude de vida semelhante à dos seres humanos, a maternidade dura de um a dois anos. Então, ela fica livre até o cio chegar novamente. A fêmea humana, por meio das circunstâncias culturais, quase se pode dizer, fica presa a vida inteira. Os rapazes se libertam por volta dos vinte anos de idade, as meninas também, se é que chegam mesmo a se liberar. Por que não se liberam antes? Porque não conseguem se alimentar, nem se defender. A família é, assim, uma instituição policial, secreta, mantida pela classe alta para proteger

---

17. Ibsen fez essa revisão em *Casa de bonecas* antes da apresentação da peça na Alemanha, em 1880. (N.T.)

os jovens (falo o tempo todo do casamento na classe alta ou na classe mais aculturada). A insatisfação da mulher culta em relação à longa maternidade tem alguma coisa a ver com a própria natureza. E a sua aparente oposição à natureza é uma oposição contra a cultura, assim como a oposição contra a tirania do homem é, pura e simplesmente, uma revolta com relação ao mesmo inimigo contra o qual o homem também se levanta, a comunidade virada de pernas para o ar, embora ela veja no homem as obrigações da sociedade personificadas. Entre as pessoas naturais (os camponeses), a mulher não sofre tanto com a longa maternidade. Em primeiro lugar, porque as crianças já começam a ser úteis na idade de sete, oito anos. Em segundo lugar, porque o lar nunca fica desmazelado, já que o homem entra em casa apenas para comer e dormir. Na maior parte do tempo, vive ao ar livre. Na cidade, as pessoas em posição mais elevada ficam empacotadas em pequenas celas e qualquer pobre ser que não seja uma jovem garota praticamente não existe. A sorte dela e a do prisioneiro são muito parecidas. A mamãe tem que tomar conta dela, de modo que nenhum macho de raça "menor" apareça e emprenhe a sua criança!

Os lares no norte, na Escandinávia, são muito celebrados. Os lares no sul da Europa são menos abafados. É um problema de clima. O lar nórdico com vidros duplos nas janelas que impedem a circulação de ar, a lareira a lenha (tão aconchegante!), o longo inverno e o outono e a primavera que atormentam as pessoas tornam o lar aos meus olhos desagradável. A gente não vê isso na nossa própria família, mas sim nas outras. Primeiro, o pai e a mãe, acorrentados e algemados para o resto da vida. Se um deles tiver uma ideia que não seja compartilhada pelo outro, vão se passar quinze anos de silêncio, quer dizer, de dissimulações. Daí, os filhos altos e encorpados. A moral caseira e a falta de moral externa. Mentiras ditas para os pais ou, pelo menos, os segredos não contados. Entre eles, desde que terminaram de lutar, continuam as discussões e os desentendimentos, já que isso faz parte da natureza humana. E, então, sentem o desejo silencioso dos pais para que encontrem um rumo na vida, o que quer dizer que está na hora de saírem de casa. Entretanto, a educação. A eterna vigilância do pai e da mãe, tentando descobrir seus erros. Os erros que ficam insistentemente relembrados, até que os filhos, finalmente, chegam a sentir rancor contra os pais que apenas vigiam e espionam. E logo surge a contracrítica dos filhos em relação aos pais e, em seguida, os filhos perdem o respeito pelos pais. É uma cadeia de hipocrisia, e o lar fica feio, só continua bonito nos romances. Enfim, os filhos saem de casa, sentindo-se imensamente felizes. E, na melhor das hipóteses, voltam ao lar dos pais aos domingos para almoçar. Fora disso, os pais ficam sozinhos e nem sequer ousam pronunciar qualquer frase entre si, com medo de perturbar a paz do lar. E a paz no lar é, depois dos filhos, aquilo que mais segura a família. Por isso, à sua manutenção se dobra até a vontade mais forte ou, pelo menos, este prefere representar a submissão. Essa é, claro, uma descrição esquemática e exagerada, mas, por mais feliz que seja o casamento, existe sempre algo que fica reprimido, há sempre alguma coisa hipocritamente escondida. No fundo, encontra-se sempre uma situação recíproca de escravidão. Mas trata-se, por certo, de uma inconsistência resultante de uma maternidade exageradamente prolongada por exigência da cultura.

A existência de casamentos felizes é consequência de uma rara conjugação de uma quantidade de circunstâncias favoráveis, como adaptação mútua de temperamentos, mesmos gostos, mesmos erros. E quando ambas as partes descobrem, simultaneamente, o amor à primeira vista. É aí que existem as maiores garantias de felicidade, visto que o amor é um poder natural que sobrevive ao raciocínio do indivíduo, transforma em força a sua vontade e enfrenta qualquer tipo de tempestade, qualquer tipo de discussão. É nesses casos, contudo, que o amor consegue controlar as suas aparentes tendências egoístas. As discussões, quando surgem, limitam-se ao âmbito das duas partes e não atingem as crianças, o que é de elogiar como incontestavelmente certo. Isso acontece com maior frequência quando os dois sexos conseguem realizar uma convivência mais livre. Nesse caso ainda, é o homem que toma a iniciativa, e a mulher fica na espera, aguardando que ele chegue, o homem certo; mas se o certo não chega, então ela atende ao primeiro entre os melhores.

Todavia, dentro das atuais circunstâncias, surge a questão do movimento feminista, cuja repercussão é impossível prever, mas que fere definitivamente o estado anterior dos relacionamentos entre casais. O desejo de emancipação da mulher corresponde, igualmente, ao desejo incansável do homem por mais liberdade. Por isso mesmo, vamos emancipar o homem dos seus preconceitos e logo a mulher ficará mais livre. Mas nós devemos trabalhar para atingir essa meta juntos, como amigos e não como inimigos. Aquilo que a mulher do futuro, seja próximo ou distante, tem direito incondicional de exigir, é o que quero apresentar – libertando-me de qualquer suspeita de reacionário – na rubrica que se segue.

que, de acordo com a Natureza, lhe foram aquinhoados, mas que a organização da sociedade (e não a tirania do homem), disfarçadamente, lhe retirou.

1º – Direito a uma educação igual à do homem. Isso não significa – e eu não me cansarei nunca de repetir – que a mulher se convença de que será *elevada* à condição de homem, desde que aprenda todas as inutilidades que o homem é obrigado a meter na cabeça. O futuro promete eliminar as diferenças entre a escola popular e a escola elementar e substituir o vestibular e todos os outros exames por um único exame conjunto, cívico. Esse exame deverá ser não só único como também o mesmo para o homem e a mulher e deverá exigir o conhecimento completo da arte de ler, escrever e contar, além do conhecimento da constituição do país, dos direitos e obrigações dos cidadãos e de uma segunda língua viva. Quem quiser, depois, saber aquilo que Cícero[18] achava de Lucius Sulla e quais as intenções de Moisés em relação às crianças de Israel poderá aprender tudo isso se tiver tempo para desperdiçar com esses luxos. Afinal, o futuro exige de cada cidadão que ele trabalhe com o seu corpo pelo seu sustento, tal como a natureza decidiu.

2º – As escolas devem ser mistas, para meninos e meninas, de modo que os dois sexos comecem logo cedo a se conhecer, não acontecendo como agora, quando os rapazes ficam convencidos de que as

---

18. Cícero, o filósofo e autor romano, citou o general de batalha Lucius Sulla em várias ocasiões, inclusive no seu discurso de defesa do sexo. *Rocius Amerinus* (80 a.C.). (N.T.)

meninas são anjos, e as meninas, de que os rapazes são cavalheiros. Dessa maneira, evitam-se todas as fantasias e pecados silenciosos e prematuros, com origem no isolamento dos sexos.

3º – A menina deve ter a mesma liberdade de "se soltar" e procurar a companhia que lhe aprouver.

4º – A equalização completa entre os sexos irá substituir a repugnante hipocrisia, chamada galanteria ou delicadeza para com as damas. A menina, portanto, não deverá exigir que o rapaz se levante e lhe ofereça o seu lugar, o que é um ato de subserviência do escravo. Por outro lado, o irmão não deverá ficar habituado a esperar que a sua irmã faça a cama dele ou costure os botões da sua camisa. Isso deverá ser feito por ele mesmo.

5º – A mulher deverá ter o direito de voto. Assim, no futuro, ela confirmará em prova oral ter conhecimento da legislação da sociedade em que vive. E, então, a sociedade, todos os anos, assim como as firmas atualmente, deve ser obrigada a apresentar contas a todos os cidadãos que, tanto a mulher quanto o homem, devem considerar e julgar, para saber da conveniência do voto dado a determinada pessoa ou sobre determinado assunto.

6º – A mulher deverá ser elegível para todas as funções, que não são mais difíceis de administrar do que aquelas da função particular com as quais, inconsequentemente, ela pode lidar. A administração particular não pode ser confundida com a administração profissional, mas, sim, comparada à administração municipal – uma missão de confiança a ser exercida nos momentos livres. Existe alguém mais inteligente e sensível em termos de administração do que uma velha e experimentada mãe que, por meio da maternidade e da rotina caseira, aprendeu a exercer essas responsabilidades? (Os nossos avós tinham tal veneração pelos conhecimentos das senhoras idosas que chegavam a lhes atribuir uma sabedoria sobrenatural.)

7º – Por intermédio dessa disposição, os costumes e as leis devem ficar mais suavizados, já que ninguém aprendeu melhor do que uma mãe a ser paciente, por muito que tenha de ser exigente diante da educação dos filhos.

8º – A mulher deve ficar livre do serviço militar. Aquele que acha ser isso uma injustiça deverá ter em conta que a natureza dela exige uma compensação pelo tempo de maternidade. Aliás, no futuro, deixará de haver qualquer honra em realizar o serviço militar. Será apenas um dever a cumprir.

9º – A comunidade do futuro, por meio de uma justa divisão das riquezas naturais, vai assegurar a todos os nascidos o sustento e a educação. Assim, o casamento como garantia dessas vantagens deve tornar-se desnecessário. O marido e a mulher firmam um contrato, apalavrado ou por escrito, de ligação por determinado tempo que ambos queiram, uma ligação sem lei nem evangelho, com direito a ser desfeita quando ambos acharem conveniente. Nesse processo, é claro, pode acontecer que dois machos queiram se ligar à mesma fêmea, mas a batalha não precisará ser tão cruel, e a fêmea é que vai decidir quem escolher, o que não acontece agora. Nessa altura, ninguém precisará se casar por dinheiro ou por posição, uma vez que esse tipo de coisas não existirá mais. A escolha se tornará assim natural, e a espécie humana desse modo acabará melhorando.

Tudo isso em relação ao futuro da mulher e do casamento. Dentro das circunstâncias atuais, o que se pode fazer pela melhoria possível do casamento é o seguinte:

1º – Que o convívio entre rapazes e meninas fique mais livre.
2º – Que a educação dos rapazes seja simplificada, para que, com justiça, fique ao mesmo nível da das meninas.
3º – Que as meninas sejam desobrigadas (assim como os rapazes) de aprender muito do passado, mas obrigadas a tomar conhecimento do estágio atual da sociedade, de modo que elas
4º – possam o mais rápido possível adquirir o direito de votar.
5º – A falsa galanteria deixa de existir, e o homem e a mulher passam a conviver como se fossem homens. Os homens deixam também de organizar banquetes para si mesmos que terminam sempre com um brinde pela saúde das mulheres que ficam em casa, comendo sopa e bebendo leite.
6º – O casamento civil passa a ser adotado, segundo o qual o divórcio será facilitado. Não porque seja provável que as separações aconteçam com mais frequência do que antes. A facilidade em alcançar a separação fará com que a união seja sentida menos obrigatória e dura e que o homem deixe de imaginar que é dono da mulher. Os filhos devem continuar a manter unidos os esposos, desde que não existam problemas mais graves. A repulsiva regulamentação legal de um requerimento junto

do sacerdócio ou a exigência obrigatória de "fuga" deixariam assim de existir.[19]

7º – Os parágrafos da lei relacionados com a posição do homem como tutor da mulher devem ser revogados.

8º – A mulher atingirá a maioridade aos dezoito anos, sem restrição nenhuma.

9º – O anúncio de banhos antes do casamento e divisão judicial dos bens do casal em caso de separação devem ser obrigatórios.

10º – A mulher tem direito (depois da equalização de educação com o homem) a assumir todos os lugares e a exercer toda e qualquer função que deseje. (Mas a inclusão, de repente, de uns 2 milhões de mulheres no mercado de trabalho tornaria a concorrência sangrenta. Nesse caso, é necessário, talvez, algum tipo de condescendência nas atuais circunstâncias, ainda que inconsequente, a não ser que, possivelmente, um excesso de força de trabalho pressione o surgimento de um novo estágio de evolução na comunidade.)

11º – Ao se casar, o homem será obrigado a fazer um seguro de vida para que, em caso de sua morte, não deixe a esposa e os filhos passando necessidades. Essa obrigação é válida, em especial, quando o homem ao se casar retire a mulher do desempenho de qualquer função paga.

12º – A mulher deve conservar o seu nome e não assumir o título (aristocrático) do marido no feminino. Nas circunstâncias atuais, o título é uma propriedade,

---

19. Na época, na Suécia, o divórcio podia ser concedido por requerimento e um ano de separação de "cama e residência" ou no momento em que um dos cônjuges "fugisse" do outro realizando uma viagem para o exterior, manobra muito utilizada no meio social de maior poder econômico. (N.T.)

muitas vezes duramente conquistada e representativa de determinado valor. A igualdade de posições exige isso. Assim, muitas mulheres evitarão a tentação de comprar um título com seu dinheiro. Os rapazes receberão o nome do pai e as meninas, o da mãe.

13º – Qualquer diferença entre marido e esposa na cama e na residência, desde já, deverá ser suspensa, mas qualquer ofensa contra a "decência", mesmo no quarto e na cama, acabará por prejudicar o convívio, tornando-o entediante, confuso, repugnante, e até coisas piores. A mulher, por isso mesmo, deverá assumir uma posição mais livre e conservar o direito de dispor do seu corpo.

14º – A esposa, caso seja apenas a esposa do seu marido e a mãe das crianças, não dispondo de uma receita por trabalho seu, independente, deverá ter uma mesada para roupas e diversão. Não se trata de receber salário, nem de receber roupas sob a forma de presentes pelos quais seja obrigada a agradecer. Mas ela deverá ter o *direito* de pagar por suas diversões, mesmo estando na companhia do marido, evitando a situação de *convidada*.

15º – Caso a mulher ganhe dinheiro por trabalho realizado fora, enquanto casada, deixando, por isso, de tratar e resolver os problemas do lar, ela deverá contribuir para as despesas da casa com o equivalente àquilo que seja a contribuição do marido. Se, mesmo trabalhando fora, fizer os trabalhos caseiros, ela poderá ficar com o que recebe fora. Entretanto, os trabalhos realizados por ela no lar devem ser considerados contribuição e não serviço escravo, o que é normal na atualidade.

Entrevista

Autor: O senhor já entendeu agora o que eu tenho em mente?

Entrevistado: Sim, senhor. De forma mais do que suficiente!

Autor: Portanto, nada de mal-entendidos? Isso é ótimo!

Entrevistado: O senhor ousou atacar Ibsen. Isso é perigoso!

Autor: Aquele que atacou Karl XII, senhor, ele não receia nem o diabo, nem os duendes! Sete vezes eu caí e me levantei de novo. Aguento cair mais uma vez. Aliás, eu apenas ataquei *Casa de bonecas* como códice de conduta! Eu não gosto de códigos! Se adotarmos um código, esse esquema fica estável pelo menos por 25 anos, e então fica difícil abandoná-lo. No que diz respeito a Ibsen, o seu exemplo mostrou os perigos da literatura de ficção. Ele escreveu a peça *Brand* [Incêndio][20] contra a cristandade, e os leitores fizeram disso um código de conduta! Foi uma beleza! Ele escreveu *Gengangere* [O fantasma][21] contra a falta de decência, e os moralistas fizeram dele um código de indecência. Ele escreveu *O inimigo do povo*[22] contra a sociedade, e os piores inimigos da sociedade jogaram pedras na sua figura. É isso que acontece quando se é Moisés na montanha e se usa a linguagem com um véu azul sobre a cabeça. Ele reescreveu as suas angústias e amarguras da juventude em *Kongsemnerne* [Os pretendentes][23] e um candidato

---

20. Drama publicado em 1866. (N.T.)
21. Drama de 1881. (N.T.)
22. Drama de 1882. (N.T.)
23. Drama de 1863. (N.T.)

a filósofo em Helsingfors[24] escreveu uma tese acadêmica a respeito da peça, demonstrando que ela é um drama puramente histórico. Se o candidato avançasse de um modo mais racional, teria escrito a Ibsen para perguntar se, de fato, é assim. E teria ficado a saber a respeito do assunto. Ibsen já retirou o véu uma vez e falou em uma linguagem humana. Foi, se nos lembramos bem, depois da peça *Gengangere*. Nessa altura, desmentiu a si mesmo. Talvez ele queira ser mal compreendido. Mas deixe estar como está. Tem mais alguma outra coisa que o senhor não tenha entendido?

ENTREVISTADO: Sim. O senhor é socialista?

AUTOR: Evidentemente! Tal como todas as pessoas bem informadas hoje em dia. Será que estou impedido de o ser?

ENTREVISTADO: Será?

AUTOR: Duvida? A constituição não obriga a consciência de ninguém, nem deixa de obrigar![25] Portanto, eu tenho direito a ser socialista! Mas se o senhor me chamar de anarquista, estará mentindo. Mais alguma coisa?

ENTREVISTADO: Sim. O senhor escreveu uma peça sobre a mulher que eu não entendi!

AUTOR: Pode ser culpa minha, mas também pode ser sua. O senhor se refere a *Herr Bengts Hustru* [A esposa do senhor Bengt]![26] Sim, meu caro senhor, a peça é, em primeiro lugar, um ataque contra a educação romântica

---

24. Valfrid Vasenius, que em 1879 publicou uma tese intitulada *Henrik Ibsen e a sua poética dramática da primeira fase.* (N.T.)
25. Citação livre do parágrafo 16 da constituição resultante da reforma governamental de 1809 ("O rei não deve (...) obrigar a consciência de ninguém ou deixar de obrigar, mas defender de cada um o direito livre de seguir a sua religião" etc.). (N.T.)
26. Drama de Strindberg escrito e representado em 1882. (N.T.)

da mulher. O convento é o pensionato.[27] O cavaleiro é ele. Todos são cavaleiros para as nossas jovens garotas. Daí elas caem na realidade da vida. E, então, ela fica sabendo que ele é um camponês. E ele acredita que ela é uma tola, mas a realidade a transforma em mulher, coisa que o pensionato não conseguiu fazer. Em segundo lugar, a peça é uma apologia ao amor como força da natureza que sobrevive a todas as discussões e desavenças por sua própria vontade. Em terceiro lugar, é admirável que o amor da mulher seja considerado (com o acréscimo do amor de mãe) maior do que o amor do homem. Em quarto lugar, é de considerar o discurso de defesa do direito da mulher de ser dona de si mesma. Em quinto, trata-se de uma peça de teatro, e é pena que seja assim. Mas acabou recebendo a sua punição. Um buldogue romântico[28] com uma testa demasiado pequena me mordeu na perna e quis mostrar para mim que eu era romântico, justo no momento em que eu atacava e ridicularizava o romantismo. E eu mereci isso. Devemos deixar de escrever peças de teatro quando queremos falar de assuntos sérios. Lembrem-se de que todas as peças de teatro são anunciadas sob o título "diversão pública".

Entrevistado: Mas o senhor ataca de uma maneira inexplicável os defensores do movimento feminista e, pessoalmente, o senhor chega a ser radical!

Autor: Exatamente! Eu ataco o modo indefensável como a questão é tratada. E o movimento feminista

---

27. Menção aos pensionatos femininos, escolas para meninas onde muitas das alunas ficavam internadas. Na época, na Suécia, ainda não existiam escolas públicas às quais as meninas tivessem acesso. (N.T.)

28. Referência a Hugo Nisbeth, redator do jornal *Fígaro* entre 1878 e 1887, e a seu comentário a respeito de *A esposa do senhor Bengt* na edição de 3/12/1882. (N.T.)

recebeu um toque de galanteria em nossos dias. Toda a peça *Casa de bonecas* é uma galanteria romântica fora de moda, cheia de debilidades idealísticas. Na França, Dumas Filho[29] quis dar o direito de voto a todas essas garotas de pensionato educadas por padres. O senhor sabe qual seria a consequência disso? Muito bem, todos os jesuítas e capuchinos seriam eleitos no país, e a imperatriz Eugénie[30] colocada no trono! Eu ataquei a tentativa das mulheres de se emanciparem da alimentação dos recém-nascidos, não do uso do carrinho de berço e da cozinha. Eu ataquei o desejo da mulher de destruir em si a mãe para em troca aprender latim, assim como os pais foram destruídos antes. Eu – escute bem, meu senhor, e escreva direitinho o que vou dizer – eu ataquei o casamento *nas circunstâncias atuais*. Mostrei que a felicidade completa é impossível. Mostrei que a mulher, *nas circunstâncias atuais*, tornou-se muitas vezes (nem sempre), em consequência da educação, uma imbecil. Foi isso que eu próprio escrevi, meu senhor. Ataquei a educação da mulher, o casamento da igreja e a incoerente galanteria dos homens. Portanto, não ataquei a mulher, mas ataquei, sim – escreva isso com letras grandes –, *AS CIRCUNSTÂNCIAS ATUAIS*.

A mulher não precisa da minha defesa! Ela é mãe e, portanto, a dona do mundo! E as liberdades que ela exige agora são as liberdades que todos os homens exigem! Isso é uma coisa que devemos procurar alcançar como amigos, não como inimigos, visto que como inimigos não vamos conseguir nada. O senhor entendeu?

---

29. Dumas Filho, Alexandre (1824-1895) apresentou essa sugestão em *Les femmes qui tuent et les hommes qui votent* [As mulheres que matam e os homens que votam], 1880. (N.T.)
30. Esposa de Napoleão III, imperador francês (1852-1870). (N.T.)

O SALÁRIO DA VIRTUDE

QUANDO A MÃE MORREU, ele tinha treze anos.[1] Para ele, era como se tivesse perdido uma amiga. Durante aquele ano em que a mãe esteve de cama, ele como que travou conhecimento pessoal com ela, uma coisa que os pais e os filhos raramente fazem. Ele estava bem desenvolvido para a idade e tinha uma boa compreensão das coisas. Havia lido muito mais do que constava nos livros didáticos. Isso porque o pai, que era professor de botânica na Academia de Ciências, tinha uma boa biblioteca. Mas a mãe não havia tido uma boa educação. Ao casar, foi a primeira dona de casa do marido e a ama de leite de muitos filhos. Quando não conseguiu mais se levantar da cama, com cerca de 39 anos de idade e com as forças esgotadas por tantas gestações, tantas noites de vigília (não tinha dormido uma noite inteira nos últimos dezesseis anos), ela acabou por travar conhecimento com seu segundo filho. O mais velho era cadete e só estava em casa aos domingos. Como ela deixou de desempenhar a função de dona de casa e passou a ser só paciente, desapareceu essa situação disciplinar antiquada que sempre se apresenta entre pais e filhos. O filho de treze anos esteve quase sempre ao lado da cama da mãe, quando lhe permitiam a escola e os deveres de casa. E, então, ele lia para ela,

---

1. August Strindberg também tinha treze anos quando a sua mãe faleceu. (N.T.)

em voz alta. Muito ela tinha para perguntar e muito ele tinha para informar. Com isso, foram retiradas as grades da idade e da posição, e se alguém fosse agora superior, esse alguém era ele, o filho. Mas a mãe tinha muita coisa para lhe ensinar, muita coisa aprendida no passado. E, portanto, os dois trocavam de posição a toda a hora, entre professor e aprendiz. Finalmente, passaram a falar sobre todos os assuntos. E o filho, que na época estava pronto para entrar na adolescência e passar a ser homem, recebeu da mãe muitas informações cuja sensibilidade e timidez ajudaram-no a desvendar o mistério a que, vulgarmente, se chama aumentar a família. Ele ainda era inocente, mas na escola havia visto e ouvido muita coisa que para ele era incompreensível e o preocupava. A mãe explicou tudo aquilo que explicar se podia, advertiu-o a respeito do inimigo mais perigoso para a juventude[2] e recebeu dele a promessa solene de que nunca se deixaria conduzir para visitar as mulheres de má fama, nem mesmo por curiosidade, pois ninguém poderia confiar em si mesmo numa ocasião dessas. E ela aconselhou-o a levar uma vida sóbria e a conviver com Deus, rezando sempre que a tentação surgisse.

O pai estava afundado no prazer egoísta da sua ciência, que era como um livro fechado para a esposa. Justamente na época em que a mãe estava à beira da morte, ele acabara de fazer uma descoberta que imortalizaria o seu nome para sempre no mundo dos sábios. Num depósito de lixo, perto de Norrtull, ele tinha encontrado uma nova variedade de quenopódio, também chamado de pé-de-ganso, que tinha pelos curvos no lugar da coroa em que, normalmente, sempre se encontravam pelos retos. E, no momento, ele estava em negociações

---

2. Referência ao onanismo, de que se falava no livro da beata alemã S. K. von Kapff (edição sueca de 1860). (N.T.)

com a Academia de Ciências, em Berlim, para ter a variedade aceita na Flora Germânica, esperando todos os dias pela resposta que o tornaria imortal, ao deixar que a planta recebesse o nome *Chenopodium molle β; Wennerstræmianum*. Junto ao leito de morte, ele ficava distraído, quase ausente, inamistoso, uma vez que tinha acabado de receber a resposta positiva da academia e o mortificava não poder se alegrar e alegrar a esposa com a grande notícia. Por seu lado, ela tinha o pensamento fixo apenas no céu e nas suas crianças. Chegar e contar para ela a respeito de pelos curvos da coroa de uma flor pareceu até para ele uma situação ridícula, porém, defendendo-se, ele pensou ainda que não se tratava apenas de pelos curvos ou de pelos retos de uma coroa, mas sim de uma descoberta científica e, mais ainda, do futuro dele, do futuro dos seus filhos, já que a honra para o pai significava mais pão para a boca dos filhos.

Quando a esposa faleceu, durante a tarde, ele chorou muito, como já não chorava há muitos, muitos anos. Sentia todas aquelas horríveis dores de consciência, provocadas por injustiças passadas, ainda que pequenas. De resto, sempre fora um excelente marido, exemplarmente puro. Sentia arrependimento e vergonha por sua falta de carinho, por sua falta de atenção no dia anterior. E, num momento vazio de sentimentos, levantou os olhos e reconheceu o lado ignóbil e egoísta da sua ciência, convencido de que estava fazendo tudo pela humanidade. Mas essas emoções não duraram muito. Foi como se ele tivesse entreaberto uma porta com molas e a porta tivesse se fechado logo. Na manhã seguinte, após ter preenchido o formulário de registro do funeral, escreveu logo uma carta de agradecimento para a Academia de Ciências, em Berlim. E, depois disso, voltou para o trabalho na academia, em Estocolmo. Quando regressou à casa, no fim da tarde, quis entrar no lugar onde estaria a sua esposa para lhe dar conta da sua alegria. A esposa sempre fora para ele a amiga mais fiel na aflição e a única com que a vida lhe tinha presenteado, sempre incapaz de invejar os sucessos dele. No momento, sentia a grande falta que essa amiga lhe fazia, de quem sempre, mas sempre mesmo, podia contar com o "apoio", como costumava dizer. Aliás, ela jamais o contradizia, se bem que não soubesse, realmente, como contradizê-lo, visto que ele apenas lhe informava os resultados práticos das suas experiências. Por instantes, ele pensou em aproveitar a ocasião para conhecer melhor o filho. Os dois não eram próximos, e o pai sempre se achou naquela posição diante do filho, tal qual o oficial diante do soldado. O posto impedia que ele se aproximasse, e o filho chegava a ser para ele um suspeito. Tudo porque o filho tinha uma cabeça mais afiada do que a do pai e porque tinha lido um montão de livros novos que o pai desconhecia. Por isso, de vez em quando acontecia que o pai, o professor, parecia um ignorante diante do filho, aluno do ensino secundário. Nessas ocasiões, o pai era obrigado a mostrar o seu desprezo pelas novas tolices ou também usar a linguagem do poder, dizendo que os estudantes deviam rever os seus trabalhos de casa. Podia acontecer, então, que o filho respondesse mostrando para ele um dos seus "livros de lições" e, então, o pai ficava furioso e dizia que os novos livros didáticos deviam ir "para o inferno".

O pai fechou-se no seu herbário, e o filho seguiu o seu caminho.

Eles moravam numa rua de Estocolmo, a Norrtullsgatan, à esquerda da praça do Observatório, em uma pequena casa de pedra, de um único piso, rodeada por um amplo jardim, que o professor havia recebido por herança. Na casa, funcionara antes a Associação Gartner.[3] O professor estudava a botânica descritiva, sem se importar muito com coisas muito mais interessantes como a fisiologia e a morfologia das plantas, estudos que, na sua juventude, ainda davam os primeiros passos. Na realidade, a natureza viva era para ele quase uma coisa estranha. Por isso, deixava que o jardim, com todas as suas esplendorosas plantas, crescesse e morresse, tanto que acabou por arrendá-lo para um jardineiro com a condição de que ele e as crianças tivessem determinadas regalias. O filho usava o jardim como parque, gozava a natureza como natureza, tal como ela era, sem se importar em estudá-la cientificamente.

O seu caráter era como um pêndulo de compensação[4] malfeito: excesso de rejeição suave por parte da mãe e escassez da rigidez por parte do pai. Por isso, discordâncias e um andamento descompassado. Por vezes, extremamente sensível; outras, duro, cético. A morte da mãe atingiu-o muito profundamente. Foi muito lamentada. A mãe ficou na sua memória como uma apoteose de coisas boas, bonitas e grandiosas. Ele passou o verão que se seguiu em longas reflexões e muita leitura de romances. Contudo, a dor e a falta do que fazer acabaram afetando todos os seus nervos, e a sua fantasia entrou em ação. As lágrimas transformaram-se em chuva quente de abril, que acordara as árvores frutíferas. Estas floriram para, depois, congelarem em maio, antes que os frutos surgissem. Já tinha quinze anos, época dos indivíduos

---

3. Instituição formada por mestres jardineiros, fundada em 1848. (N.T.)
4. Pêndulo feito da composição de vários metais e utilizado nos relógios para evitar a influência da temperatura. O pêndulo aumenta e diminui o seu comprimento, conforme a temperatura, e assim aumenta ou diminui a velocidade da oscilação. (N.T.)

letrados se tornarem homens maduros, prontos para dar vida a outras vidas, constituir uma futura família cuja evolução só será retardada pela falta de comida para os recém-nascidos. Ele estava, portanto, a ponto de entrar em um martírio de, pelo menos, dez anos pelo qual o homem jovem precisa passar, lutando contra a natureza onipotente, antes de poder pensar em adquirir o direito de realizar e obedecer à lei da natureza.

Estamos na época de Pentecostes, numa tarde quente. As macieiras estão brancas, já que a natureza, esbanjando generosidade, faz abrir os botões em flor. O vento sacode as coroas, e o pólen se espalha pela atmosfera. Uma parte cumpre o regulamento e se transforma em vidas novas, outra parte cai na terra e morre. A natureza infinitamente rica nem se preocupa com uma mão cheia de comida a mais ou a menos! E quando a flor fica fecundada, ela deixa cair as suas folhas cortadas que definham no chão de areia do caminho, até que apodrecem na chuvarada seguinte, se desfazem, descem pela terra e voltam a surgir de novo, fortalecidas pela seiva, transformadas em novas flores e talvez, a seguir, em frutos. Mas então começa a luta: os que tiveram a sorte de ficar expostos ao sol, se expandem e, se não houver geadas, logo esses frutos ficam maduros e prontos. Porém, aqueles que ficam virados para o norte, todos os pobres frutos que ficam na sombra dos outros e que não recebem sol nenhum, esses apodrecem e caem no chão e ali ficam até a chegada do jardineiro, que os reúne e coloca no carrinho e os leva para chiqueiro dos porcos. E, nesse momento, as macieiras estão com os ramos carregados de frutos ainda meio maduros, pequenas formas arredondadas, com uma tonalidade amarelada, predominante, e as faces rosadas. E de novo mais uma luta: se todas as maçãs vivem, os ramos não aguentam o peso, partem-se e a árvore morre. Por isso, chega o temporal! Está na hora de mostrar força nas hastes para aguentar o vento e permanecer no lugar. As hastes fracas, essas estão condenadas a cair. E, então, chegam os besouros! Eles também acordaram para a vida e têm uma missão a cumprir para com a sua espécie. E, então, as larvas comem a maçã até a haste e aí a fruta cai para o chão. Mas as lagartas têm bom gosto e escolhem as maçãs mais fortes e saudáveis. De outra forma, haveria na vida maçãs fortes demais e, então, a luta ficaria demasiado atroz.

Mas na hora em que o dia termina, no escurinho da noite que desce, começam a acordar os desejos mais escusos dos animais. E deitados na grama quente do jardim, atraem as suas esposas. Quais? São os machos que escolhem!

E a gata da casa, bem alimentada e aquecida, depois de ter bebido o seu leite fresco da tarde, sai discretamente do seu recanto na cozinha e pisa, com cautela, o chão, entre narcisos e lírios amarelos, com receio de se molhar e estragar com o orvalho o toque do pelo antes da chegada do amante. Então, ela cheira a lavanda cuja flor acabou de se abrir e se sente atraente. Do muro do vizinho chega um gato preto, de costados amplos como os de uma marta, e reage à atração, mas, de repente, o gato colorido do jardineiro sai do celeiro e logo se estabelece uma luta feroz. A terra negra, macia e bem nutrida, saiu pisada e revolta, os rabanetes e os espinafres recém-plantados foram despertados do seu sono tranquilo e dos seus agradáveis sonhos para o futuro. O gato mais forte acaba vencendo, e a fêmea espera, neutra, preparada para receber os frenéticos abraços do vencedor. O vencido foge e vai procurar uma nova luta, na qual espera ser o mais forte.

E a natureza sorri, satisfeita, visto que não reconhece nenhum ato de deslealdade a não ser aquele perpetrado contra o seu mandamento que dá ao mais forte aquilo que é seu direito. A natureza quer filhos fortes, mesmo que para isso tenha que matar o "infinito" ego do pequeno indivíduo. E nada de pudores, nem de hesitações, nem de preocupações diante das consequências, já que a natureza a todos dá comida – menos ao homem.

Ele saiu para o jardim assim que terminou a ceia, e o pai se sentou perto da janela do quarto para fumar o seu cachimbo e ler os jornais da tarde. Nas trilhas do jardim, sentiu todos os odores que as plantas emanam quando estão em flor; o destilado mais fino e mais forte dos óleos etéreos devia concentrar em si todas as forças do indivíduo para que ele se elevasse e ocupasse o lugar de representante da espécie. Ele ouviu a canção de casamento dos mosquitos, acima do sopro dos ventos, soando como um lamento aos seus ouvidos. Ele escutou os tons de atração dos noitibós[5], o miado do cio das gatas – como se a morte, e não a vida, desse descendências –, o zumbido dos escaravelhos, o esvoaçar dos rouxinóis e o chiado dos morcegos.

Ele parou diante de um narciso, cortou uma flor e cheirou-a até as têmporas palpitarem. Jamais havia olhado para uma flor com aquela intensidade. Porém, no semestre anterior, lera em Ovídio a respeito da bela transformação de um bonito adolescente em uma flor de narciso.[5] Não havia encontrado nenhum significado especial nesse mito. O jovem, por amor não correspondido, sente essa excitação sensual direcionar a si próprio e, finalmente, se consome pela chama do amor por sua própria imagem que vê nas águas da fonte! E, no momento em que ele observava essa forma branca de gesso,

---

5. Referência a Narciso, em *Metamorfoses*, de Ovídio. (N.T.)

esse rosto de cera amarela, pálida, de uma criança doente, com essas estrias vermelhas que se veem em alguém com problemas nos pulmões, tossindo muito, com o sangue explodindo pelos poros, ele acabou pensando no seu colega da escola, um jovem fidalgo que saiu para o mar como cadete da marinha, durante um verão, e que tinha esse aspecto fisionômico.

Ao cheirar longamente a flor, desapareceu o forte odor do cravo e ficou um fedor nauseabundo de sabonete que o deixou enjoado.

Avançou a passos lentos até o caminho fazer uma curva para a direita, numa alameda arqueada de olmos podados. Na penumbra, viu bem longe, em perspectiva, um balanço, brinquedo de duas cadeiras suspensas, uma diante da outra, sendo jogado para frente para trás. No encosto, estava uma garota que agitava o balanço, dobrando as pernas e jogando o corpo para frente, enquanto segurava nas hastes laterais, com os braços levantados. Era a filha do jardineiro, que havia chegado na Páscoa e no momento acabara de ganhar o seu primeiro vestido longo. Contudo, naquela noite a mãe só deixou que ela usasse um vestido meio longo, daqueles para usar dentro de casa. Ao ver o jovem senhor, primeiro ela ficou um pouco constrangida por mostrar as meias, mas permaneceu no mesmo lugar. Theodor avançou deliberadamente e olhou-a intensamente.

– Não fique aí, senhor Theodor – disse a garota que acelerou ainda mais o balanço.

– Por que não posso ficar aqui? – perguntou ele, sentindo o fluxo de ar da saia esvoaçante batendo nas suas têmporas já quentes.

– Puxa, não! – disse a garota.

– Posso também me sentar no balanço, Augusta? – indagou Theodor, se lançando rápido para cima do brinquedo.

Assim ele ficou em pé, na frente dela, no balanço. E quando este voava para cima e para o lado dela, as dobras do seu vestido batiam nas pernas dele. Ao vir para baixo, ele ficava inclinado sobre ela e olhava direto nos olhos dela, que brilhavam de receio e prazer. A fina blusa de algodão assestava sobre os seios jovens e desenhava os seus contornos firmes por baixo do padrão listrado do tecido. Sua boca estava um pouco aberta, de tal modo que os dentes brancos e sãos pareciam juntar-se a ele como se ela quisesse mordê-lo ou beijá-lo. O balanço subia cada vez mais alto, até que chegou a bater nos ramos mais elevados do bordo. Na hora, a garota deu um grito seco e curto e caiu nos braços dele, de tal maneira que ele acabou por sentar-se na cadeira. Ao sentir o corpo quente e macio estremecer e ao mesmo tempo ser pressionado contra o seu, foi como se passasse uma corrente elétrica por todo o seu sistema nervoso, a sua visão escureceu e ele a teria largado se não tivesse sentido o seio esquerdo dela contra o seu braço. O balanço começou a parar. Ela levantou e sentou-se na cadeira oposta. E assim ficaram os dois sentados, de cabeça baixa, sem ousar olhar no rosto um do outro. Quando o balanço parou, a garota saiu do brinquedo e fingiu responder para alguém que teria chamado por ela. Theodor ficou só.

O sangue corria acelerado em suas veias. Sentiu duplicar a sua força vital, mas não sabia exatamente o que tinha acontecido. Imaginava-se como um eletróforo[6] cuja eletricidade positiva em uma descarga se ligou a outra, negativa. E isso durante um contato fraco, aparentemente casto, com uma jovem mulher. Uma coisa dessas nunca acontecera quando ele, por exemplo, durante as brincadeiras de luta na hora da ginástica,

---

6. Aparelho, hoje obsoleto, usado para produzir eletricidade estática. (N.T.)

havia abraçado fortemente vários camaradas. Ele tinha conhecido, portanto, a polaridade contrária dos seres femininos e experimentado a reação do que se podia dizer ser homem. E ele era um homem. Não aquele precocemente amadurecido que, por uma violência contra a natureza, tenha se tornado homem cedo demais. Mas já era um jovem forte, endurecido e saudável.

Enquanto passeava pelo jardim, ele percebeu também novos pensamentos ocorrendo em sua mente. A vida lhe parecia agora uma coisa mais séria, a sensação de dever e de compromisso se impôs como uma exigência premente. Mas tinha apenas quinze anos de idade, nem sequer tinha feito a comunhão. Não podia nem registrar-se ainda na sociedade e, consequentemente, sequer pensar em ganhar o seu próprio sustento, muito menos ter mulher e filhos. Os seus sentimentos sérios excluíam as ideias de ligações fáceis. A mulher era para ele uma questão para a vida inteira, o seu outro polo, o seu complemento. No momento, porém, ele se sentia espiritual e fisicamente maduro para entrar no mundo e ganhar a vida. O que impedia isso? Sua educação, que não lhe tinha ensinado nada de útil. Sua posição social, que lhe proibia descer até o trabalho manual. A igreja, à qual não jurou fidelidade, nem aos seus sacerdotes. O Estado, ainda esperando pelo seu juramento de obediência ao soberano Bernardotte e a Nassau.[7] A escola, que ainda não havia conseguido domesticá-lo para ascender à universidade. A organização secreta da classe alta contra a classe baixa. Uma montanha completa de imbecilidades pressionava-o, a ele e à sua juventude. Para ele, que agora se sentia homem, toda a educação que o esperava era como se fosse uma instituição pela qual seria

---

7. Referência à rainha Sophia de Nassau, esposa do rei Oskar II. (N.T.)

castrado antes de entrar no harém, onde a masculinidade é considerada perigosa. Ele já havia pensado em tudo, e outra ideia não lhe vinha à cabeça. Com isso, voltou a cair na sua atual situação de menoridade. Ele se sentiu como uma planta de aipo branqueado que é presa com um barbante e colocada por baixo de um vaso com flores para que estas se tornem tão brancas e viçosas quanto possível. Para isso, evita-se que, à luz do sol, surjam as folhas verdes, que a planta entre em floração e, de jeito nenhum, dê sementes.

Com esses pensamentos, ele saiu e andou pelas ruelas do jardim, para frente e para trás, até que o sino da igreja Adolf Fredrik batesse dez horas. Então, caminhou de volta para casa, a fim de subir e se deitar. Mas a porta de entrada estava fechada. Teve de bater na janela da cozinha. A empregada da casa chegou de roupa de baixo e abriu a porta, e ele pôde ver seus ombros nus acima do tecido que havia caído.

Todo o romantismo desapareceu naquele momento, e ele apenas quis segurá-la, apalpar os seus seios, fazer amor com ela. Naquele momento e numa palavra, aquela mulher era para ele apenas uma fêmea. Mas a garota já tinha entrado e fechado a porta. Nessa altura, sentiu vergonha e subiu para o seu quarto.

Uma vez ali, abriu as janelas, mergulhou a cabeça na bacia do lavabo e acendeu o candeeiro.

Ao deitar-se na cama, pegou no livro de Arndt, *As orações matutinas*[8], que havia herdado da sua mãe e que sempre lia um pouco todas as noites, mais por uma questão de segurança. Pela manhã, o tempo ficava curto. Com o livro, reacenderam-se os pensamentos acerca do voto de castidade prometido para a sua mãe, o que o

---
8. Livro do padre alemão F. Arndt. Edição sueca de 1850. (N.T.)

fez ficar com a consciência pesada. Uma mosca, atraída para o vidro do candeeiro, ficou esvoaçando com as asas chamuscadas em volta da mesa de cabeceira. Isso levou os seus pensamentos para outro lugar, sem destino certo, até que ele resolveu colocar de lado o livro de Arndt e acender um cigarro. Ouviu quando o pai tirou as botas dos pés no quarto de baixo, quando ele bateu com o cachimbo na lareira para limpá-lo e quando encheu o copo com a água da garrafa de mesa, preparando-se para se deitar na cama. Então pensou no quanto ele devia se sentir sozinho desde que a esposa partiu. Antes podia escutar através do chão de madeira como os dois conversavam em voz baixa sempre a respeito de assuntos sobre os quais, normalmente, estavam de acordo, mas agora não se ouvia voz nenhuma. Apenas os sons surdos de um ser humano agindo e adaptando sua personalidade, como os pedaços de um quebra-cabeça que precisam ser recolocados em conjunto para que se encontre neles alguma vida.

Finalmente, deixou de lado o charuto, apagou a luz e rezou em voz baixa um padre-nosso, mas não conseguiu ir além da quinta oração, pois adormeceu.

No meio da noite, acordou sonhando. Estava com a filha do jardineiro nos braços. Onde e quando, ele não se lembrava. Estava completamente sonolento e logo adormeceu novamente.

Na manhã seguinte, acordou deprimido e com dores de cabeça. Ficou pensando, novamente, no seu futuro, preocupação que pesava e pressionava demais a sua existência, quase o sufocando. Viu com receio o verão terminar, sinal de que as férias também acabavam, e isso o colocaria naquela situação melancólica, a única que a escola lhe oferecia e na qual todos os seus pensamentos morriam sob a pressão dos pensamentos dos outros, onde a atividade em si não servia para nada e onde o passar dos anos, em quantidade já definida, poderia levá-lo a atingir a meta. Era como se estivesse viajando em um trem de carga, com a locomotiva precisando parar por longo tempo nas estações. E quando a pressão do vapor na máquina ficava alta demais, por falta de uso, era preciso abrir a válvula de segurança e deixar escapar parte do vapor. A administração do tráfego ficava mexendo nos horários e nem convinha chegar cedo demais às estações. Essa era a questão principal.

O pai notou que o filho estava muito pálido e tinha emagrecido, mas achou que isso tinha alguma relação com a morte da mãe.

Então, chegou o outono. Primeiro, com a escola. Durante o verão, Theodor passou o tempo, solitariamente, na companhia de adultos, com suas vidas e lutas, e por isso, habituou-se a se considerar ele próprio um adulto. Os camaradas, rapazes que ainda não respeitavam a liberdade de cada um, permitiam-se entrar em lutas corporais, o que o obrigava a fazer o mesmo. E essa compulsão que iria enobrecê-lo e facilitar a sua entrada na sociedade, o que ensinava e como o enobrecia? Os livros didáticos eram exclusivamente escritos sob o controle da classe alta e todos eles destinados a manter a classe baixa na situação de servir à classe dominante. Os professores falavam, por vezes comovidos, para os seus alunos, apontando para o fato de todos serem ingratos, de não reconhecerem as vantagens que os seus pais lhes davam ao presenteá-los com uma instrução que muitos pobres gostariam de receber mas eram obrigados a passar sem ela. Não; na verdade, os jovens não eram ainda suficientemente instruídos para reconhecer a ilimitada extensão de toda a corrupção em vigor e as vantagens que dela decorriam. Os professores alguma vez proporcionavam alegria através do que instruíam? Não! Por isso, os professores tinham de apelar, inevitavelmente, para as paixões mais baixas dos alunos, para a ambição (um nome mais bonito para as insignificantes aspirações de quem era mais considerado do que os outros), para seus interesses e vantagens!

Que lamentável baile de máscaras é essa escola! Nem um único jovem acreditava no privilégio de saber da vida de soberanos odiados, de aprender línguas inúteis, de comprovar axiomas, de definir coisas absolutamente já explicadas, de contar os caules nas plantas e as articulações nas patas traseiras dos insetos para, finalmente, não saber mais do que seus nomes serem assim e assado em latim. Quantas longas horas se gastavam inutilmente para, de forma científica, dividir um ângulo em três partes iguais, quando isso poderia ser feito "não cientificamente" (ou seja, de forma prática), em um minuto, com um transferidor?

Que desprezo por tudo o que seria útil! As suas irmãs, que liam a *Gramática francesa*, de Ollendorff[9], sabiam falar francês após dois anos de aprendizado. Após seis anos de curso, os rapazes do ensino secundário oficial não falavam uma única palavra em francês. E com que extrema simpatia elas pronunciavam o nome de Ollendorff, como que reconhecendo todas as besteiras feitas desde que o mundo nasceu.

Mas quando as irmãs exigiam uma explicação e perguntavam se a língua não havia sido feita para expressar os pensamentos dos seres humanos, então o jovem sofista respondia com uma frase, emprestada de um dos professores que a viu ser citada como sendo de

---

9. Referência provável ao livro de ensino do francês de J. U. Grönlund, revisto pelo professor H. G. Ollendorff. Primeira edição em 1856. (N.T.)

Talleyrand.[10] Não, a língua foi feita para esconder os pensamentos dos seres humanos. Isso, naturalmente, nenhuma jovem podia entender. As suas infâmias, o homem sabe escondê-las, e o irmão não era exceção. Elas achavam-no muito instruído e desistiam sempre de argumentar com ele.

E, então, era a estética falsificadora que jogava o seu véu de brilho emprestado, uma beleza falsa sobre todo o conjunto. "Fica forte, tu, cavaleiro sentinela da luz"[11] – era a canção que se aprendia –, "com coragem para seguir os teus caminhos!" Que cavaleiro sentinela era esse, com diploma de nobreza, carteira de estudante[12], todo um conjunto de falsos atestados, segundo todos podiam verificar? Sentinela da luz, quer dizer, da classe alta que tinha o terrível interesse de manter a classe baixa na escuridão por meio das escolas e da religião. "E para frente, para frente, a caminho da luz!" Sempre se chamava a coisa com nome trocado! Naturalmente, como alguma "classe baixa" poderia surgir com luz? E, então, tudo estava preparado para que o cavaleiro da luz chegasse com a escuridão! Um verdadeiro exército de jovens "saudáveis"! Tão saudáveis eles estavam, esses jovens, mas enervados, com inatividade, desígnios insatisfatórios, ambição, desprezo por todos que não tinham meios para se tornarem estudantes universitários! Oh, os poetas da classe alta, como mentem de forma tão bela! Eram eles enganadores ou enganados?

---

10. O pensamento é de Talleyrand (1754-1838), político e chefe de estado francês. (N.T.)

11. *Continua forte, cavaleiro da luz* é um hino de J. Nybom (1815-1889), com composição de Gunnar Wennerberg. (N.T.)

12. Diploma, dando título de nobreza. E diploma, concedendo título de universitário, subscrito pelo reitor, com um histórico dos estudos anteriores e o estatuto dos compromissos com a futura universidade. (N.T.)

Do que falavam todos esses jovens na vida diária? Sobre os estudos? Nunca! No máximo, a respeito de notas! Falavam de lascívia. De manhã até a noite! De encontros com garotas, de jogos de bilhar, de bebidas, de ponche, de doenças venéreas de que eles ouviram falar por parte dos irmãos mais velhos. Saíam durante a tarde para "desfilar", e aquele que fosse mais precoce poderia mencionar o nome de um tenente, seu conhecido, e acrescentar o endereço onde a amante dele vivia. Uma vez, dois dos "cavaleiros da luz" do sétimo ano ingenuamente subiram até Hasselbacken, bem à luz do dia, em pleno verão, com duas prostitutas, e se sentaram a almoçar no restaurante diante de todos, na varanda. Foram expulsos da escola por sua ingenuidade, e não pela inconveniência do seu ato. Não sendo punidos, teriam terminado o curso e feito o vestibular um ano mais tarde, ganhando o direito de entrar no curso universitário em Uppsala, para depois serem mandados para alguma das capitais europeias e assumir uma embaixada em representação dos reinos unidos da Suécia e Noruega.

Foi nesse meio que o jovem senhor Theodor passou a maior parte da sua melhor juventude. Havia presenciado e compartilhado atos de covardia, mas não conseguiu se distanciar! Como é que isso iria acabar? Essa era uma pergunta que ele fazia a si mesmo, mas nunca chegou a receber qualquer resposta. Naturalmente, acabou se tornando cúmplice e aprendeu a manter a boca fechada.

A crisma tornou-se para ele um espetáculo, como a escola foi. Um jovem adjunto de pastor, verdadeiro beato, teria de ensinar-lhe em quatro meses a catequese luterana, a ele que havia estudado teologia, isagoge[13], dogmatismo, o novo testamento em grego e assim por diante. Mas sua rigorosa beatice, seu conceito de verdade

---

13. Ciência relativa à origem e história dos livros bíblicos. (N.T.)

na vida e sua maneira de viver não podiam deixar de impressionar Theodor.

Numa manhã de novembro, os candidatos à crisma foram chamados a comparecer na igreja para se inscrever. Theodor, de repente, acabou sendo considerado membro de um círculo totalmente diferente daquele que, todo dia, na escola, ele tinha à sua volta. Ao entrar na sala de reuniões, enfrentou o olhar de baixo para cima de cem pares de olhos, todos o considerando um inimigo. Estavam lá os trabalhadores de fumo da empresa tabaqueira Ljunglöf[14], limpa-chaminés, aprendizes de todas as profissões. Pareciam também inimigos entre si, tratando-se por apelidos pejorativos, mas essa inimizade entre as profissões era meramente temporária. Por muito que discutissem e brigassem, eles continuavam apoiando uns aos outros. Theodor, porém, sentiu uma estranha atmosfera sufocante à sua volta. Na maneira como ele se sentiu recebido, havia não apenas ódio, mas até certo desprezo, o lado oposto de uma espécie de respeito ou inveja. Sem sucesso, ele olhou em volta à espera de encontrar um colega, alguém mentalmente semelhante, vestido da mesma maneira. Não havia ninguém. O círculo de pessoas era formado por gente pobre, pois os ricos mandavam as suas crianças para a Tyskan[15], a igreja alemã, como era moda na época. Eram as crianças do povo, da classe baixa, a quem ele, diante do altar de Deus, seria considerado igual. Ele se perguntava com que base realmente se diferenciava desses outros. Não seriam eles, fisicamente, tão talentosos quanto ele? Talvez até melhores, pois todos já trabalhavam e ganhavam o pão

---

14. Fábrica de charutos instalada então na atual Sveavägen, uma das principais avenidas de Estocolmo. (N.T.)
15. Igreja alemã, localizada na Gamla Stan, cidade antiga da capital sueca. (N.T.)

que comiam, e parte deles já podia até mesmo ajudar os seus velhos pais! Estariam eles menos preparados em termos de entendimento? Isso ele não podia afirmar. Ele os escutava fazendo os comentários mais profundos, sob forma de gozação, à sua volta. Eles podiam elaborar as observações mais radicais, que ele, só por orgulho, se conteve de comemorar com risos. E, quando pensou em todos os "cabeças ocas" que tinha como colegas na escola, não conseguiu determinar uma linha definitiva entre ele e os outros. Mas essa linha estava lá! Seriam as roupas feias, os rostos deformados, as mãos calosas? Sim, evidentemente, em parte, com certeza. Ele sentia, em especial, a feiúra deles como um impasse! Mas seriam eles piores só porque eram feios?

Ele tinha um florete consigo, pois iria à lição de esgrima durante a tarde. Ele o mantinha num canto, num lugar seguro para que não atraísse interesses irresponsáveis. Contudo, já estava sendo observado. Na realidade, ninguém sabia ao certo para que servia, mas todos entenderam que se tratava de uma arma. Alguns dos mais ousados faziam questão de ir até o canto para examinar o florete. Apalpavam a faixa à volta da empunhadura, arranhavam com a unha o metal da armação de defesa da mão[16], arqueavam o fio da lâmina, apertavam a pequena bola de pele da luva. Eram como se fossem lebres a cheirar o cano de uma espingarda encontrada no bosque. Também não entendiam para que servia aquilo, mas sentiam que era algo hostil com alguma função escusa. Por fim, chegou junto dos curiosos um aprendiz de cinteiro cujo irmão era guarda de salvamento, e ele desfez todas as dúvidas:

– Vocês não veem que se trata de um sabre, seus burros? – e com isso lançou um olhar de respeito para

---

16. Uma defesa da mão contra a ponta do florete adversário. (N.T.)

Theodor, um olhar também de entendimento sigiloso, como quem diz: "Nós entendemos disso, não é?".

Seu olhar foi notado por um rapaz que fazia cordas que antes havia estado num regimento de artilharia a fim de se tornar um trompetista de paradas. Ele achou que tinham passado por cima dele ao assinalar a decisão. Não conseguiu se conter e explicou que poderiam mordê-lo no traseiro se a arma não fosse uma espada! Na sequência, a sala ficou transformada num ringue de pugilismo verbal, num verdadeiro e enorme canil, cheio de poeira levantada e de gente falando aos gritos.

Foi quando a porta se abriu e apareceu o adjunto do pastor. Um jovem pálido e magro, com espinhas no rosto e olhos azuis, claros como água. Ele começou por dar um grito mais forte. Os selvagens pararam de se debater. Depois disso, ele deu a todos um sermão sobre o valioso sangue de Jesus e falou do poder do mal sobre o coração. Finalmente, conseguiu que todos os cem rapazes presentes se sentassem nos bancos e cadeiras disponíveis. Porém, a essa altura ele já estava sem fôlego, e a sala parecia cheia de um nervosismo nebuloso. Levantou os olhos para uma janela e pediu com voz trêmula:

– Abram a ventilação.

Mas foi como se levantasse uma nova tempestade: 25 rapazes se jogaram na direção da janela e ficaram amontoados, se digladiando para puxar a corda da ventilação.

– Sentem-se nos seus lugares! – gritou ele novamente, procurando pelo chicote de açoitar.

Nova calmaria momentânea. O sacerdote ficou pensando em outra maneira mais prática de conseguir que abrissem a ventilação da janela sem causar uma batalha.

– Tu – disse ele, apontando para um pequeno rapaz cheio de medo –, levanta e abre a ventilação da janela.

O rapazito aproximou-se da janela e procurou desembaraçar a corda que puxava e abria a parte superior, a da ventilação. Sob silêncio total, mal se ouvindo a respiração da assembleia, todos estavam esperando pelo resultado quando um dos rapazes mais altos, em costume de marinheiro, que havia acabado de chegar da Espanha na fragata *Carl Johan*, perdeu a paciência:

– Com os diabos, agora é que vocês vão ver quem é que pode fazer isso! – disse ele, ao mesmo tempo em que, num abrir e fechar de olhos, tirou a camisa, subiu para o parapeito da janela, baixou a prancha da ventilação, puxou da sua navalha e cortou a corda, desembaraçando-a de uma vez... – Basta cortar! – Ele ainda teve tempo de dizer isso, antes que o padre pudesse soltar um novo grito, mais parecido agora com um grito histérico de mulher, com isso conseguindo literalmente amedrontar o marinheiro, que protestou, afirmando que "o caso estava resolvido" e que não havia outra coisa a fazer a não ser "capar" a corda.

O padre ficou completamente fora de si. Viera do interior, de uma aldeia tranquila, e não podia imaginar jamais que algum jovem pudesse estar tão profundamente deformado, tão rebaixado na falta de respeito pelas tradições, tão caído no pecado e já longe a caminho da perdição como que esse rapaz. Então, novamente, contou a história do sangue tão valioso derramado por Jesus.

Ninguém entendeu o que ele disse, pois não sabiam o que era ser rebaixado, uma vez que nenhum deles havia estado em posição superior. A assembleia, por isso mesmo, demonstrou, friamente, uma grande indiferença. O padre continuou falando das grandes chagas de Jesus, mas ninguém se sentiu culpado, visto que ninguém tinha causado feridas a nenhum Jesus. O padre tentou, então, falar do Diabo, mas esse, por outro lado, já entrara há tanto tempo no linguajar da rapaziada que logo todos entenderam que se tratava de uma maneira de falar. Mais uma vez, as palavras do padre não tiveram qualquer efeito. Por fim, o padre encontrou a maneira certa! Falou, então, da crisma, que estava próxima, coincidindo com a chegada da primavera. Relembrou a ideia de que os pais esperavam colocar os filhos a singrar na vida. E quando ele falou dos camponeses que se recusavam a contratar quem não tivesse passado pela crisma, então ficou irresistível, e ninguém deixou de entender o profundo significado da crisma. Agora, finalmente, ele estava sendo sincero e bem entendido por todos os jovens. Até mesmo os mais selvagens ficaram dóceis.

E assim se deu início às inscrições. Que coisa horrível! Como os padres eram incompetentes! Como é que eles poderiam chegar a Jesus se seus pais não eram casados? Como eles poderiam chegar à mesa do perdão aos pecadores, quando o pai foi punido na primeira viagem? Que coisa horrível! Que pecadores!

Theodor estava profundamente perturbado por todos esses insultos públicos, disparados em todas as direções. Ele queria fechar os olhos, mas não conseguia. Finalmente, chegou a hora de preencher o formulário e apresentá-lo ao padre: "O filho, Theodor, nascido no dia tal, do mês tal, ano tal. Os pais: professor e cavaleiro..." Nessa altura, surgiu um brilho fraco de sol no rosto do adjunto, e ele acenou afirmativa e amistosamente ao perguntar:

– Como está o seu papai?

E então passou um véu de tristeza sobre seu rosto pálido, amarelado, quando soube que a mãe de Theodor havia falecido – fato sobre o qual ele, aliás, tinha conhecimento. Mesmo assim, da sua boca saiu uma frase, amorosa, lamentosa, enigmática: "Ela era uma filha de

Deus...". Era como se ele falasse instintivamente, sem pensar, o que para Theodor soou como uma reprovação para o "papai", nomeado apenas como professor e cavaleiro. Em seguida, Theodor teve permissão para ir embora.

Ao sair, percebeu ter testemunhado uma coisa que jamais acreditava que existisse. Estariam esses jovens tão por baixo só porque usavam palavrões e palavras grosseiras, assim como todos os seus camaradas, pais, tios, e toda a sociedade usava? De que decadência de tradições se estava falando aqui? Eles eram mais alegres e animados do que outras crianças mimadas e, por isso, mais fortes. Se as notas deles no exame para a crisma eram ruins, isso seria por culpa das crianças? O pai dele nunca havia roubado, mas também ninguém precisa roubar quando se ganha 6 mil coroas de salário e se trabalha apenas quanto se quer fazê-lo. Seria ridículo ou uma abnormidade se ele ainda por cima roubasse.

E assim Theodor voltou para a escola e na escola conheceu o que significava ter uma educação. Aqui, ninguém era insultado por pequenas falhas. Aqui, todos teriam as suas fraquezas e as dos seus pais toleradas e deixadas em paz. Aqui, todos eram iguais e todos se entendiam mutuamente.

Em seguida chegou a hora de "desfilar" e se "esconder" numa cafeteria para tomar um licor e, depois, comparecer à aula de esgrima. E quando ele recebeu o título de senhor por parte do tenente e viu todos os jovens presentes com os membros ágeis, maneiras delicadas e expressões alegres, todos com a sensação de que um bom almoço os esperava em casa, ele sentiu que existiam dois mundos na vida – um mundo superior e outro inferior. Então, sentiu a consciência pesada ao recordar o ambiente escuro na sala da igreja e os rostos tristes das crianças ali presentes, cujas dores e falhas secretas eram estudadas impiedosamente com lentes de aumento. Isso para que essas crianças participassem da verdadeira humilhação, sem a qual a classe alta não poderia ter as suas fraquezas deixadas em paz. Com isso, alguma coisa desarmônica passou a existir na sua vida.

Por mais que Theodor oscilasse entre a sua persistente e natural tendência a conhecer os atrativos da vida e a sua recém-adquirida inclinação para virar as costas para a vida e direcionar a mente para o céu, ele jamais traiu a promessa feita à mãe. As repetidas reuniões sociais na igreja com os companheiros de estudo e o padre não deixaram de impressioná-lo. Ele passava por momentos de depressão e de melancolia, achando que a vida não era como deveria ser. Era como se algum crime horrível tivesse sido cometido em algum momento e disso agora resultasse um monte de fraudes. Ele se sentia como uma mosca enrolada em uma teia de aranha. A cada tentativa feita para abrir um buraco na teia, seguia-se uma nova ação da aranha, enrolando e asfixiando a vítima.

 Uma tarde, como o padre aproveitava todas as ocasiões para impressionar os sentimentos rudes dos jovens, eles tiveram aula no presbitério da igreja. Era final do mês de janeiro. As chamas de duas luminárias a gás criavam um ambiente crepuscular no presbitério e mostravam as figuras de mármore no altar com proporções terrivelmente exageradas. Toda a igreja, enorme com as suas duas abóbadas laterais, também estava no crepúsculo. No fundo, à distância, viam-se os fracos reflexos das luminárias do presbitério nos tubos polidos do órgão. Os anjos lá em cima na catedral sopravam os seus trombones, mas eles apareciam agora apenas como figuras humanas, sobrenaturais e ameaçadoras. Os corredores do presbitério ficaram numa escuridão completa.

O padre fez uma exposição sobre o sexto mandamento. Falou sobre adultério dentro e fora do casamento. Como o adultério se faz presente entre marido e mulher, legalmente casados, isso ele não podia descrever, embora ele próprio fosse casado, mas o adultério fora do casamento ele sabia como esclarecer. Então, ele chegou ao capítulo do onanismo. Quando mencionou a palavra, ouviu-se um sussurro perpassando pela sala entre os alunos. Os rapazes, de rostos pálidos e olheiras profundas, ficaram olhando fixamente para ele como se tivessem visto um fantasma. Enquanto ele falava da punição no inferno, os rapazes ficaram mais ou menos calmos, mas quando ele começou a ler as histórias de um livro, contando como os jovens morriam aos 25 anos de idade com a medula espinal corrompida, feito crianças de Deus, então os alunos deixaram-se afundar nos bancos e sentiram o chão estremecer sob seus pés. Depois, ele contou a história de um garoto que aos doze anos foi parar num manicômio e que aos quatorze faleceu acreditando no seu Salvador. A essa altura, era como se víssemos uma centena de cadáveres lavados e apanhados numa armadilha. O remédio contra o mal era apenas um, um único: assumir as chagas de Jesus. Uma informação detalhada a respeito de como essas chagas seriam usadas contra a puberdade precoce, isso ele não deu. No entanto, mencionou que eles deviam se abster de dançar, ir ao teatro, visitar parques de diversões e, acima de tudo, abster-se de contatos com mulheres. Quer dizer: o contrário do que, na realidade, deviam fazer. Sobre o vício ser uma severa contradição do discurso da sociedade, de que o homem se torna adulto aos 21 anos, nada se disse ou se ouviu. Sobre a possibilidade de essa situação ser evitada através de casamentos mais precoces, através do fornecimento de comida necessária para todos em vez de banquetes para alguns, disso, sim, se falou. A conclusão foi que os rapazes deviam se lançar nos braços de Jesus, ou seja, aderir a seitas religiosas, abster-se de todos os contatos com o mundo e deixar esse mundo para a classe alta. E basta. Depois do final dos aconselhamentos, o padre pediu aos cinco rapazes do primeiro banco que ficassem. Ele queria falar com eles, um a um, e era isso que faria com todos, aos poucos. Os cinco primeiros pareciam condenados à morte. Seus peitos se afundaram nas costas por falta de respiração e, caso se olhasse bem, seria possível ver seus cabelos ficarem alguns centímetros mais altos a partir das raízes, ou seja, eles ficaram com os cabelos em pé e suando frio, com a pele cavernosa tornando-se úmida. Todo o sangue fugiu das órbitas dos rapazes, e os seus olhos pareciam bolas de vidro, paradas, hesitantes entre sair-se com uma confissão total ou entrar e se esconder por trás de alguma ousada mentira.

Leram-se orações e cantou-se o cântico relativo às chagas de Jesus, mas naquela noite o cântico foi pronunciado com intervalos de silêncio e ataques de tosse de pulmões infeccionados por tuberculose, uma tosse seca como se viesse de gargantas sedentas. Então, eles começaram a sair. Um dos cinco tentou fugir, mas teve de voltar ao ser chamado pelo professor:

– Pare aí!

Foi um momento horrível. Theodor, que também estava sentado no primeiro banco, encontrava-se entre os tais cinco primeiros. Ele sentia-se desagradavelmente convocado. Não porque tivesse de verdade algum pecado a confessar, mas ele achava, bem no seu interior, ultrajoso que um homem fosse obrigado a se despir. Os quatro outros ficaram sentados longe uns dos outros. Aquele que fazia cordas também estava entre eles e tentou contar uma piada, mas esta ficou engasgada na garganta. Eles já visualizavam a polícia, a prisão, o hospital e, no fim, o manicômio. Não sabiam o que estava por vir, mas era como se estivessem para ser chicoteados com espigas de arroz na cadeia da prefeitura e era isso mesmo que sentiam. Uma consolação, a única no meio de toda aquela lamentável aflição, estava no fato de *ele*, Theodor, estar junto com o grupo. Não que eles soubessem por que razão ele era uma consolação, mas sentiam no ar que nada de mal podia acontecer com ele, filho de um professor.

– Entre, Wennerström – disse o padre, enquanto alumiava a sacristia.

Wennerström entrou e a porta se fechou. Os outros quatro ficaram sentados cada um no seu banco, tentando assumir todas as posições possíveis para fazer com que o corpo descansasse, mas não conseguiam.

Finalmente Wennerström saiu, com olhos chorosos, emocionado, e logo desapareceu pela porta do presbitério.

Assim que se encontrou lá fora, no cemitério da igreja, todo coberto de neve, ele passou em revista, rapidamente, tudo o que tinha acontecido lá dentro. O padre perguntou se ele havia pecado. Não, não havia. Ele tinha sonhos? Sim! Os sonhos são tão pecaminosos quanto os próprios pecados. Os sonhos correspondem aos males que existem nos nossos corações, e Deus vê o que se passa no coração das pessoas. Ele vê tudo e acaba nos julgando por cada um dos nossos pensamentos pecaminosos. E os sonhos são pensamentos.

– "Dá-me, meu filho, o teu coração", diz Jesus. Entrega-te a Jesus, reza, reza, reza. O que é casto, o que é puro, o que é delicioso, está com Jesus! Jesus do início ao fim. Jesus é tudo, a vida, a esperança, a bem-aventurança! "Mortifica a carne e reza sempre", diz Jesus! Vai, em nome de Jesus e não cometas mais pecados daqui para frente!

Ele se sentiu revoltado, mas também abatido. E não podia deixar de estar abatido. Na escola, não tinha aprendido nada de sensato para argumentar contra a sofisticação jesuítica. Que sonhos fossem pensamentos, isso ele gostaria certamente de modificar para fantasias, de acordo com as lições de psicologia que estudou, mas, muito bem, Deus não ligava para as palavras! A sua lógica lhe dizia que havia algo contra a natureza nesse sensualismo precoce. Ele também não podia se casar com dezesseis anos de idade, visto que ainda não podia sustentar uma esposa. Mas também não imaginava qual a razão de ele não poder sustentar uma esposa assim que tivesse atingido a maioridade. Se pudesse, de qualquer maneira estaria contra as leis da sociedade, impostas pela classe alta e vigiadas por força de baionetas. Portanto, de algum modo a natureza estava sendo violada, uma vez que a maioridade estava chegando mais cedo do que a capacidade de ganhar o pão do sustento. Isso era uma depravação! A sua fantasia era depravada, e ele queria purificá-la através de privações, orações e luta.

Ao chegar a casa, ele encontrou o pai, o irmão e as irmãs à mesa. Diante da presença deles, Theodor corou, envergonhado, até as orelhas. Como sempre, o pai perguntou se a data da crisma já estava fixada. Isso Theodor não sabia. E não tocou na comida, alegando não estar bem-disposto. Porém, na realidade, ele nem ousava comer fosse o que fosse. Subiu direto para o seu quarto e sentou-se para ler um ensaio de Schartau[17] que o padre lhe dera. Dissertava sobre a futilidade do bom senso. Justamente no momento em que ele lia e julgava ter chegado ao ponto de entender o que lia, a luz se apagou. O bom senso com o qual, por vezes, ele experimentara uma vaga esperança de poder sair, enfim, da escuridão da montanha, mesmo isso era pecaminoso. Mais pecaminoso do que todo o resto, visto que questionava a existência de Deus, tentando entender o que não fora feito para ser entendido! Por que "isso" não deveria ser entendido não era mencionado, mas era, certamente, porque no momento em que "isso" fosse entendido, a fraude seria descoberta.

Ele não se sentiu mais em condições de se revoltar e desistiu. Antes de se deitar, leu dois pensamentos de Arndt, toda a confissão de culpa, rezou o padre-nosso e o Senhor nos Abençoe. Estava com uma fome terrível, mas sentia isso com certa alegria, como se se deliciasse com a dor dos outros, a dor de um inimigo.

E então, adormeceu. No meio da noite, acordou. Havia sonhado que estava em Norrbacka e comido uma ceia leve de duas coroas e bebido champanhe, antes de, finalmente, entrar para uma sala separada com uma rapariga. Então, toda aquela noite terrível passou por sua mente de novo.

Ele saltou da cama, jogou o lençol e o cobertor de penas para o chão, deitando-se em cima de um colchão de crinas e apenas com um cobertor leve sobre o corpo. Estava com frio e com fome, mas o diabo tinha que morrer. Rezou ainda um novo padre-nosso, com algumas poucas palavras acrescentadas por ele. O cérebro começou a ficar, pouco a pouco, intumescido. No rosto, os traços endurecidos se soltaram, a boca

---

17. Henrik Schartau. Clérigo e predicante. (N.T.)

passou a sorrir. Surgiram figuras alegres, soltas, leves murmúrios, risos contidos, sons de uma valsa, copos reluzentes e rostos de gente corajosa, disposta para a vida, com olhares frios que o fitavam. E, então, abriu-se uma porta corrida. Entre cortinados de seda, sobressaía uma pequena cabecinha, a boca sorridente e os olhos prometendo. Ombros nus e redondos como se fossem modelados por mãos macias e talentosas, o pescoço desnudo até as primeiras elevações suaves dos seios. As vestes caíram diante dos seus olhos e logo ele recebeu a mulher em seus braços.

Quando acordou eram três horas da madrugada. Estava novamente derreado. Retirou o colchão de cima da cama, caiu de joelhos sobre as pedras de anteparo à lareira e rezou uma oração feita de palavras suas, uma oração dirigida a Deus, pedindo socorro. Sentia que estava em luta aberta contra o diabo em pessoa. Acabou se deitando em cima do estrado nu da cama, se deliciando com o próprio prazer de sentir as traves do estrado lhe entrarem na carne dos braços, das coxas e nas tíbias.

Na manhã seguinte, acordou com febre.

Durante seis semanas, permaneceu na cama. Ao se levantar, estava mais saudável e muito mais forte do que antes. O descanso, as refeições reforçadas e os remédios tinham aumentado as suas forças e, por isso, depois a luta ficou duplamente mais violenta. Mas ele lutou, combateu. E assim, na primavera, recebeu a crisma. O comportamento perturbador, com relação ao qual a classe alta recebeu o juramento da classe baixa, no dia de Corpus Christi, de que esta jamais se meteria no que aquela fizesse, deixou nele por longo tempo a sua marca.

A fraude desavergonhada com o *Piccadon,* da Högstedt[18], a 65 *öre*[19] por caneca[20], e a hóstias de milho da Lettström, a uma coroa cada libra[21], hóstias que, segundo o padre, provinham da carne e do sangue do agitador do povo, Jesus da Nazaré, executado havia mais de 1800 anos, não chegou a penetrar nas reflexões dele. Naquele tempo não se refletia; tinham-se "emoções."

No ano seguinte, ele fez o vestibular. O característico boné de vestibulando foi para ele uma grande alegria, pois ele achou, inconscientemente, que aquilo era uma espécie de salvo-conduto para a classe alta. Alguma coisa os convencia, a ele e aos seus camaradas, de que agora se sabiam, e os professores os declaravam, maduros em termos de conhecimentos. Mas se todos esses pretensiosos jovens pelo menos soubessem os disparates de que se vangloriavam. Caso os ouvíssemos, no exame vestibular, asseverando que não sabiam mais do que cinco por cento daquilo que os livros didáticos lhes apresentavam de conhecimento e mesmo assim passavam; caso os ouvíssemos assegurar que consideravam um milagre ter passado no exame – qualquer pessoa não inserida no meio teria dificuldades em acreditar no que diziam. E se, na mesma ceia, ouvíssemos alguns dos professores mais jovens, no momento em que as diferenças já estavam suspensas e não eram mais necessárias as apresentações, eles diriam abertamente, jurando, com gestos meio descontrolados pela bebida, que não havia um único professor em todo o colegiado que não permitisse a cola no vestibular,

---

18. Piccadon, da Högstedt: vinho para a comunhão sagrada, de origem francesa, da região de Montpellier. (N.T.)
19. Uma coroa sueca tem 100 *öre*, ou seja, centavos. (N.T.)
20. Uma caneca equivalia a 2,6 litros. (N.T.)
21. Cada stålpund (libra de aço) é igual a cerca de 0,4 kg. (N.T.)

caso contrário qualquer pessoa sóbria pensaria que o exame era uma corda de tensão medida conforme as necessidades entre a classe alta e a baixa e, então, o milagre apareceria como mais uma fraude calamitosa. É, teve até um professor que afirmou durante o baile que seria um idiota quem se convencesse que qualquer cérebro poderia reter ao mesmo tempo o conteúdo de 3 mil anos de história, o nome de 5 mil cidades existentes no mundo, o nome de seiscentas espécies de plantas e de setecentas espécies de animais, os ossos do corpo humano, todas as pedras e todas as lutas religiosas no mundo, um milhar de frases idiomáticas francesas, um milhar de inglesas, um milhar de alemãs, um milhar de gregas, meio milhão de regras e exceções, quinhentas fórmulas matemáticas, geométricas, químicas e físicas. Ele queria assumir a responsabilidade de demonstrar que o cérebro que pudesse reter isso seria tão grande quanto a cúpula do observatório de astronomia da Universidade de Uppsala. O célebre cientista Humbolt, no final, já não conseguia se lembrar da tabela de multiplicações, e o professor de astronomia em Lund, na Suécia, nem conseguia dividir números de seis algarismos. Eles acreditavam que sabiam falar seis línguas e, no entanto, não conheciam mais de 5 mil palavras, no máximo, das 25 mil da sua própria língua-mãe. E, então, o professor falava de como tinha visto os estudantes colarem. Oh! Ele conhecia todos os golpes! Tinha visto como eles escreviam os anos nas unhas, como eles conseguiam consultar os livros por baixo da carteira e como todos sussurravam entre si!

– Mas – finalizava ele – o que se pode fazer? Se não se fechassem os olhos, jamais teríamos estudantes universitários!

No verão, ele ficou em casa, no jardim da Norrtullsgatan. Pensou muito no seu futuro, no que deveria fazer, no que se tornaria. As olhadas que ele pôde dar por dentro da grande congregação dos jesuítas que em nome da classe alta tem dirigido a sociedade e a cujos segredos ele jamais teve acesso tornaram-no insatisfeito com a vida, e ele queria, como sacerdote, salvar-se da dúvida. Mas o mundo atraía-o. Era tão iluminado e claro, e o sangue dele fermentava forte, gritando por vida. Ele se desgastava em sua luta, e a falta do que fazer lhe tornava ainda mais difíceis as tentações. A tristeza dele e a saúde precária começaram a preocupar o pai, que reconheceu o que estava acontecendo, mas não podia convencer-se a falar com o filho a respeito de um problema tão delicado. Certa tarde de domingo, o professor recebeu em sua casa o irmão, capitão do exército especializado em fortificações. Tomaram café no jardim.

– Você viu o Theodor, como ele está mudado? – indagou o professor.

– Sim, o tempo dele chegou – disse o capitão. – Acho até que chegou a hora há muito tempo!

– É – concordou o professor. – Mas você não se importa de falar com ele? Eu não consigo, de jeito nenhum!

– Se eu fosse solteirão, poderia desempenhar o papel de tio – disse o capitão –, mas vou mandar o Gusten[22] falar com ele! Qualquer rapaz precisa ter a sua garota, caso contrário fica prejudicado. Raça forte, a dos Wennerströms, não é?

– Sim – disse o pai. – Tive o meu primeiro caso aos quinze anos, mas eu tinha um amigo que nem pôde receber a crisma religiosa só porque aos treze anos deixou uma colega de escola grávida!

---

22. Diminutivo de Gustav – Gustavinho. (N.T.)

— Olhe bem para o Gusten, como eles são parecidos! O danado não tem os ombros assim tão largos e as pernas são as de um velho capitão, mas ele sabe se cuidar, sem dúvida!

— Oh, sim, eu sei bem quanto custa, mas é melhor isso do que se sujar com uma prostituta qualquer – disse o pai. – Pode pedir ao Gusten para sair com Theodor e agitar um pouco a vida dele?

— Sim, é o que eu vou fazer – respondeu o capitão.

Com isso, a questão ficou resolvida.

Numa tarde de julho, dia dos mais quentes desse verão, quando tudo parecia estar em flor e a natureza se mostrava prenha de frutos, engravidada que fora na primavera anterior, Theodor permanecia no seu quarto e sonhava. Escreveu na parede em letras grandes "Vem para Jesus" – uma espécie de "paremos de discutir" destinado ao seu irmão tenente que, de vez em quando, aparecia em casa, vindo de Ladugårdslandet[23], onde estava situado o seu regimento. O irmão era uma alma alegre que sempre tinha se "comportado bem", como afirmara o seu tio, e jamais perdia tempo com ruminações sobre os problemas do mundo. Ele tinha prometido a Theodor que viria à noite buscá-lo, por volta das sete horas. Os dois conversariam sobre a festa de aniversário do pai. O plano secreto de Theodor era tentar surpreender o irmão e conseguir que ele mudasse de ideias, mas o plano secreto de Gusten era levar Theodor a ter atitudes mais razoáveis.

Às sete horas em ponto, parou uma tipoia na porta (o tenente sempre chegava de tipoia alugada) e logo em seguida Theodor escutou na escada o tilintar das esporas e as batidas do sabre à cintura.

---

23. Ladugårdslandet: antigo nome para o bairro hoje denominado Östermalm, o mais seleto da capital sueca. (N.T.)

– Bom dia, minha velha toupeira! – foi a saudação do irmão mais velho, sorrindo.

Ele era um jovem de figura atlética. Acima das botas altas bem engraxadas, notavam-se as pernas fortes e torneadas. Por baixo das calças, órgãos reprodutores bem avantajados, comparáveis aos de um cavalo de corrida. O cinto bem apertado destacava ainda mais os seus ombros largos, as costas e o peito musculosos, para não falar das coxas enormes, apetecíveis para quem quisesse nelas se sentar!

Gusten deu uma olhada para o *Vem para Jesus*, fez uma careta, mas não disse nada.

– Vem daí, Theodor, e vamos para o restaurante *Bellevue* do jardim da cidade combinar a festa do nosso velhote. Bota o casacão no corpo e vamos, meu velho Baruch.[24]

Theodor quis protestar, mas o irmão pegou o seu braço, pôs o boné de trás para frente na cabeça dele e um cigarro na boca e abriu a porta do quarto. Theodor sentiu-se ridículo, ofereceu resistência, mas acabou acompanhando-o.

– E agora segue para o *Bellevue* – disse ele para o cocheiro –, mas vai rápido, de maneira que os teus puros-sangues se alonguem como fitas em paralelo com o meio-fio da rua!

Theodor não resistiu a dar uma boa risada diante da excessiva convicção do irmão. Jamais lhe passaria pela cabeça tratar qualquer cocheiro, um homem velho e casado, por "tu".

Durante o caminho, o tenente tagarelou sobre tudo e mais um pouco. E para todas as garotas que encontrou

---

24. Referência ao amigo e assistente do profeta judeu Jeremias, considerado autor do livro apócrifo, o *Livro de Baruch*. (N.T.)

pelo caminho ele olhou. No retorno para casa, fez o mesmo.

— Você viu, viu – inquiriu Gusten – aquela garota absurdamente bonita que estava sentada na última charrete?

Não, Theodor não tinha visto nada e nem queria ver.

Então, eles encontraram pela frente uma grande carruagem com todas as garotas de Norrbacka. E não é que o tenente se levantou na charrete e começou a jogar beijinhos para elas, no meio da rua? Foi uma doidice.

Depois, resolveram o assunto no *Bellevue*. Na volta para casa, o cocheiro decidiu por sua conta, sem ordens específicas para isso, seguir para um restaurante, o Stallmästargården.

— Vamos comer alguma coisa – disse Gusten, empurrando o irmão para fora da charrete.

Theodor parecia fascinado. Nunca havia feito nenhuma promessa de abstinência alcoólica e não viu nada de pecaminoso em entrar numa taberna, embora, verdade seja dita, nunca tivesse entrado em uma e, nessa primeira vez, seguindo o irmão, parecia que o coração lhe saía pela boca.

Na antessala, o tenente foi recebido por duas garotas que, no momento seguinte, já estavam se aninhado no peito dele.

— Bom dia, minhas pombinhas! – disse ele, beijando-as na boca. – Deixem que eu lhes apresente o meu muito instruído irmão, Theodor, que ainda é virgem, mas não eu. Não é, Jossan?

As garotas olharam intimidadas para Theodor, que não sabia para onde se virar diante do discurso do irmão, de um atrevimento sem paralelo, quase ingênuo. E, então, subiram pelas escadas para o primeiro andar, onde foram recebidos por uma garota negra, tipo mignon, de olhos chorosos e vermelhos, que parecia decente e fez uma boa impressão em Theodor.

O tenente não a beijou, mas pegou num lenço e enxugou as lágrimas dela, ao mesmo tempo em que encomendava uma ceia colossal.

Era uma sala alegre, bem iluminada, com espelhos e um pianoforte, toda decorada unicamente para a realização de bacanais. O tenente abriu a tampa do piano com o sabre e antes que Theodor desse por isso já estava sentado na banqueta com as mãos no teclado.

– Agora, toca uma valsa – ordenou o irmão.

E, vejam só, Theodor tocou uma valsa. O tenente retirou o sabre da cintura e dançou com Jossan uma valsa assustadora, de tal modo que as esporas ficaram roendo as pernas das cadeiras e da mesa. Em seguida, ele se jogou em cima de um sofá e gritou:

– Venham cá, escravazinhas, e me abanem!

Theodor terminou a valsa em surdina e, em breve, já estava tocando *Fausto*[25], de Gounod. Ele nem ousava virar-se para trás.

– Vai dar um beijo nele – sussurrou o tenente para uma delas, mas nenhuma ousou fazer uma coisa dessas. Não, elas como que sentiam medo dele e da sua música triste.

Porém a mais corajosa resolveu avançar até o piano querendo dizer alguma coisa.

– Não é *Der Freischütz?*[26] – perguntou ela.

– Não – respondeu Theodor, delicadamente. – É *Fausto*.

– Ele parece tão decente, o seu irmão – disse a pequena negra, que se chamava Riken. – É muito diferente de você, seu palhaço!

– Ele é padre, também – sussurrou o tenente.

---

25. Ópera do compositor francês C. F. Gounod, 1859. (N.T.)
26. *Der Freischütz* [O livre-atirador]: ópera do compositor alemão Carl Maria von Weber, 1820. (N.T.)

Isso produziu uma impressão profunda nas garotas, que passaram a beijar o tenente só às escondidas e em relação a Theodor se mostravam embaraçadas e tímidas, como galinhas diante de um cão de guarda. Então chegou a ceia! Cruzes, tanta comida! Serviram dezoito pratos, não contando com as comidas quentes. Gusten entrou firme na bebida.

– Saúde! Tu, meu caro padre-gazela – disse ele.

Theodor não podia deixar de beber a aguardente, e ela aquecia tão bem. Chegou a cair um veuzinho fino e quente sobre os seus olhos, a vontade de comer também chegou, e ele a sentiu nas suas entranhas como se fosse um animal selvagem. O salmão fresco com o seu sabor especial, por efeito do dill[27], quase narcotizante. Para não falar dos rabanetes passando pela garganta e pedindo mais cerveja, e dos bifinhos grelhados com cebolas doces portuguesas, cheirando como se fossem uma garota dançante e sensual. E a geleia de lagosta com verduras e com odor de praia de mar aberto. E os pepinos frescos, prensados, fritos, que estalavam tão bem entre os dentes. E ainda as carnes do frango, feitas como um ensopado com salsa, o que fazia lembrar a comida nos restaurantes do jardim da cidade. E a cerveja preta que descia como se fosse uma corrente de lava e entrava nas veias. Mas, acima de tudo, vieram os morangos e aquelas taças de champanhe que a garota trouxe, cheias da bebida que escorria pelas goelas como se fosse a água refrescante de uma fonte. A garota teria de beber uma taça, também. E, então, ela falou, e o tenente falou sobre tudo e mais alguma coisa. Theodor ficou ali sentado como se fosse

---

27. Dill: tempero. Uma erva aromática com várias designações, conforme os lugares: aneto, frouxo bastardo, endrão, endro, luzendro. (N.T.)

uma árvore de seiva nova, a comida fermentando no seu corpo, de modo que ele se sentia como um vulcão. Novos pensamentos, novos sentimentos, novas opiniões, novos comentários flutuando como borboletas à volta da sua cabeça. Ele voltou a sentar-se ao piano, mas o que tocou ele não sabia dizer. Sentia as teclas sob os dedos como um montão de pedaços duros de osso dos quais seu espírito devia extrair vida, tocar em ordem, reunir e quebrar, dissolver. Também não sabia dizer por quanto tempo tocou, mas quando terminou e se virou o seu irmão chegava na sala. Ele parecia feliz como uma entidade sobrenatural, e o seu rosto brilhava de vida e força. Então chegou Riken com uma gamela e logo em seguida vieram todas as outras garotas. O tenente fez um brinde para todas, uma a uma. Theodor achou que tudo estava como devia estar e, finalmente, tornou-se tão ousado e inebriado que beijou Riken no ombro. Mas ela recuou e mostrou um ar de superioridade diante de Theodor, e ele sentiu-se envergonhado.

E, então, o relógio já marcava uma hora da madrugada. Tinham de ir embora.

Assim que Theodor chegou em casa e ficou sozinho no seu quarto, sentiu-se completamente de pernas para o ar. Rasgou o cartaz *Vem para Jesus*, não porque tivesse deixado de acreditar em Jesus, mas porque achava que tinha um caráter santimonial, de hipocrisia. Surpreendia-se diante do fato de sua religião agir sem controle, com exageros, como um mantô para os feriados, e ele se perguntava se não seria inconveniente andar a semana inteira vestido como nos domingos. Ele se considerava um ser humano simples, bem comum, com um estilo de vida para ele bastante suportável, e se achava mais em paz consigo mesmo quando se encontrava como estava, tranquilo, sem reclamações a fazer, sem preocupações opressivas. Durante a noite ele dormiu um bom sono, um sono pesado, sem sonhos. Ao se levantar no dia seguinte, suas faces pálidas estavam um pouco mais cheias, e ele experimentou uma alegre vontade de viver a vida. Saiu para um passeio e acabou chegando ao Norrtull. "E se eu fosse ao Stallmästargården", pensou ele, "só para saber como as garotas estão passando?" Então, ele entrou na grande sala e lá estavam Riken e Jossan, sozinhas, com roupas matutinas, comendo groselhas. Antes que ele soubesse como havia acontecido, já estava sentado à mesa, com uma tesoura na mão, degustando as groselhas. Elas falavam sobre a noite anterior e sobre o irmão e de como tinham se divertido. Não se dizia uma única palavra menos decente, e ele achava que era como estar em família, quando nada do que fazia podia ser considerado pecaminoso. Então, pediu café e convidou as garotas para acompanhá-lo. Logo chegou a *mamselle*, a recepcionista, que leu em voz alta o jornal *Dagbladet*[28] para elas e, naquele momento, ele se sentiu como se estivesse em casa.

E logo voltou de novo. Numa dessas tardes, ele subiu pela escada para se encontrar com Riken no primeiro andar. Ela estava sentada, costurando um pouco. Theodor perguntou-lhe se a estava incomodando.

– Oh, de jeito nenhum. Claro que não. Antes pelo contrário.

E ficaram falando do irmão. Ele estava realizando manobras e reconhecimentos e não voltaria para casa antes de dois meses. Então, passaram a beber ponche e a se tratar por "tu".

Em outro dia, Theodor encontrou-a num parque, o Hagapark. Ela colhia flores. Então, sentaram-se os dois

---

28. *Svenska Dagbladet*: um dos jornais diários na capital sueca. (N.T.)

sobre a grama. Ela estava usando um vestido de verão tão fino que ele pôde ver a parte superior dos seus seios como duas elevações brancas com um vale escuro no meio. Ele abraçou-a pela cintura e beijou-a. Ela beijou-o de volta, de tal maneira que os seus olhos viram estrelas no escuro. Foi então que ele a puxou para si como se quisesse sufocá-la, mas nesse momento ela se soltou e declarou, muito séria, que ele precisava se comportar bem caso quisesse que os dois se encontrassem de novo.

A partir dali eles se encontraram durante dois meses. Theodor se apaixonou por ela. Falava seriamente a respeito das missões superiores da vida, do amor, da religiosidade, de tudo. E, de vez em quando, fazia também as suas investidas contra as virtudes dela, mas sempre se via afastado por suas próprias palavras. Nessas ocasiões, se sentia terrivelmente envergonhado por pensar tão baixo diante de uma garota tão inocente. A sua paixão tomou, finalmente, uma forma de elevada admiração por essa pobre garota que no meio de tantas tentações conseguiu se manter pura. Por seu lado, ele conseguiu tirar da cabeça o exame para padre, pois queria fazer prova de extensão e – quem sabe – casar-se com Riken. Passou a ler poesia para ela, enquanto ela costurava. Podia beijá-la o quanto quisesse, abraçá-la, tomar certas liberdades, mas nada mais.

Finalmente, o irmão voltou. Houve uma grande festa no Stallmästargården, e Theodor pôde participar. Devia tocar para todos, incessantemente. Mas chegou uma hora em que tocava uma valsa e ninguém dançava. Ele se virou e viu que estava sozinho na sala. Levantou-se e foi até a entrada. Passou por um longo corredor que dava para várias saletas. Chegou a entrar em um quarto de dormir. Viu então uma figura, uma imagem que logo o fez virar as costas e desaparecer no meio da noite.

Só na manhã seguinte voltou para o seu quarto na Norrtullsgatan, sozinho, estraçalhado, roubado de toda a sua fé na vida, no amor e, naturalmente, nas *mulheres*, ou melhor, na *mulher*, pois para ele havia só uma mulher no mundo: Riken, no Stallmästargården!

Ao chegar o dia 15 de setembro, ele viajou para Uppsala, a fim de estudar para o exame para padre.

Passaram-se anos. Sua boa inteligência foi se apagando aos poucos diante de todas as besteiras que agora, diariamente, a todo o momento, precisava embutir na cabeça. Mas quando a noite chegava e a resistência ficava suspensa, nesse momento a natureza irrompia e tomava pela violência qualquer revolucionário que se opusesse aos seus desígnios. Theodor ficou doente. O seu rosto emagreceu, mostrando todos os principais ossos do crânio. A pele ficou de um branco amarelado como se fosse a de um feto, sempre com uma aparência úmida. E entre os pelos da barba viam-se surgir bolhas. O brilho dos olhos desaparecera. As mãos estavam esquálidas, com todas as articulações despontando através da pele. Parecia uma ilustração do que seriam todos os vícios da humanidade, no entanto eram só pureza e virtudes.

Um dia, o professor de moral teológica, um homem casado, muito duro, pediu para falar a sós com ele. O professor perguntou o mais discretamente possível se ele tinha algum problema de que quisesse falar, nem que fosse apenas para aliviar a tensão. Não, ele não tinha nenhum pecado na consciência, mas se sentia muito infeliz. O professor aconselhou-o a fazer uma vigília, a rezar e a manter-se forte.

Do irmão ele recebeu uma longa carta, em que lhe pedia para não levar tão a sério aquela bagatela acontecida. Não se deviam considerar as garotas dessa forma. "Pagar e virar as costas!" – essa era a sua filosofia, e era com ela que ele se sentia muito bem. Brincar enquanto se era jovem. A seriedade viria mais tarde. O casamento era uma instituição burguesa, por razões de manutenção da descendência familiar. Nada mais. Uma vez alcançada a estabilidade, e só então, devemos nos casar. E assim por diante.

Sobre o assunto, Theodor enviou-lhe uma missiva, também longa, bem dentro do espírito cristão, muito profunda, que ficou sem resposta.

Assim que Theodor realizou o exame final na primavera, teve de viajar para Skövde no verão, a fim de fazer um tratamento com água fria. No outono, voltou para Uppsala. Mas as novas forças que ele adquiriu foram, naturalmente, apenas um combustível novo para animar o fogo.

Ficou cada vez pior. Os cabelos tornaram-se cada vez mais finos e ralos, de modo que já era visível a sua careca. Seus passos passaram a ser arrastados e, quando os colegas o viam na rua, eles estremeciam como se estivessem diante de um viciado. Ele próprio começou a notar esse comportamento e restringiu suas saídas, só indo para a rua durante a noite. Também não se atrevia a dormir na cama. O ferro que tomou como medicação em doses exageradas acabou por estragar a sua digestão. No verão seguinte, foi mandado para Karlsbad.[29]

No outono seguinte, começou a circular um boato em Uppsala. Foi como uma nuvem negra no horizonte, era como se alguém tivesse se esquecido de fechar uma cloaca. O mau cheiro se espalhou rapidamente, lembrando a todos que a cidade, a magnífica e maravilhosa criação cultural, se assentava numa base de podridão, com as

---

29. Estação de cura muito frequentada pela boemia da época e famosa por sua água mineral. (N.T.)

canalizações de esgoto prontas para explodir a qualquer momento e envenenar toda a sociedade. Sussurrava-se que Theodor Wennerström, num momento de loucura, tinha atacado um colega em sua casa e feito a ele propostas escandalosas. Dessa vez, o boato tinha fundamento.

O pai teve de viajar para Uppsala e pedir conselho ao decano da faculdade de teologia. Chamaram o professor de patologia. O que poderia ser feito? O médico emudeceu. Por fim, comentou:

– Visto que me fazem a pergunta, vou responder – disse ele. – Mas os senhores sabem tão bem quanto eu que existe apenas um método.

– E qual é? – inquiriu o teólogo.

– Será preciso perguntar como a natureza deve ser curada? – disse o médico.

– Sim, é preciso, realmente – reagiu o teólogo, que era casado. Para ele, não era natural que qualquer pessoa pudesse ser sexualmente imoral.

O pai disse saber que somente o convívio com uma mulher poderia ajudar, mas não estava disposto a dar esse conselho ao filho:

– Pensem, e se ele contrair alguma doença?

– Nesse caso, ele é burro, se não sabe se cuidar – disse o médico.

O decano pediu para que deixassem essa conversa chocante para outro local mais apropriado. Aliás, ele não tinha mais nada a acrescentar sobre o assunto. Assim, a questão ficou por ali.

Como Theodor pertencia à classe alta, o caso foi abafado. Dois anos mais tarde, ele fez exame prático de teologia e foi mandado para Spa, uma famosa estância de cura na Bélgica. O quinino que ele tomou acabou por atacar os seus joelhos, o que o obrigava a andar apoiado em bengalas. Em Spa, chegou a amedrontar até os outros pacientes com a sua terrível fisionomia. Mas havia uma alemã de 35 anos de idade, solteira, que parece ter ficado com pena do infeliz. Sentou-se com ele num caramanchão isolado no parque do chafariz e ficaram falando dos grandes problemas da vida. Ela pertencia a uma grande aliança evangélica que tinha o objetivo de praticar o bem. Trazia consigo prospectos de jornais e revistas com a intenção de abolir as imoralidades entre solteiros e, em especial, de acabar com a prostituição.

– Olhe para mim – disse ela –, tenho 35 anos de idade e a minha saúde não é perfeita. Os idiotas dizem que a imoralidade é um mal necessário. Eu tenho feito vigílias e rezas. E tenho lutado muito, uma boa luta, a favor de Nosso Senhor Jesus Cristo.

O jovem padre olhou para ela, para os seus seios e o seu traseiro bem volumosos e, depois, para o seu próprio corpo, e pensou: "É terrível a diferença entre as pessoas neste mundo!".

No outono, o vigário Theodor Wennerström e a virtuosa senhorita Sophia Leidschütz[30] anunciaram seu noivado.

– Está salvo! – suspirou o pai, ao receber a comunicação na sua casa, na Norrtullsgatan.

– Vamos ver em que é que isso vai dar – pensou o irmão, na sua caserna, no Ladugårdslandet. – Resta apenas saber se o meu querido Theodor não é um *Jene Asra, welche sterben wenn Sie lieben.*[31]

---

30. O nome pode ser entendido como uma referência à esposa do rei Oskar II, Sophia, de origem alemã e conhecida como "protetora" de uma grande quantidade de organizações "protetoras". (N.T.)

31. Citação retirada do poema *Der Asra* [A asra], de Heinrich Heine, sendo asra uma tribo árabe. Em tradução livre: E a minha tribo é Jene Asra, que morre no dia em que ama. (N.T.)

Theodor Wennerström casou-se. Nove meses mais tarde, a sua esposa deu à luz um filho raquítico. Treze meses depois, falecia Theodor Wennerström.

O médico que assinou o atestado de óbito abanou a cabeça ao ver a mulher, alta e anafada, chorando ao lado do pequeno caixão dentro do qual descansava o esqueleto do jovem de 28 anos. "*Plus* era grande demais, e *minus*, pequeno demais", pensou o médico, "E por isso, *plus* comeu *minus*". Mas o pai, que recebeu a notícia da morte do filho num domingo, resolveu dizer uma prédica. Ao terminar, pensou em voz alta: "O mundo está todo virado de pernas para o ar, quando os virtuosos recebem tal salário!".

A nobre e virtuosa viúva, nascida Leidschütz, casou de novo mais duas vezes e procriou oito crianças, motivando ensaios sobre superpopulação e imoralidade. O cunhado chegou a afirmar que aquela mulher danada foi quem tirou a vida dos seus maridos.

Mas o tenente devasso também se casou e teve seis filhos, chegou a major e foi feliz até o fim dos seus dias.

Amor e pão

O NOTÁRIO, DECIDIDAMENTE, não tinha visto as cotações dos cereais ao viajar e visitar o major a fim de pedir em casamento sua filha, mas o major não se esqueceu disso.

– Eu a amo – disse o notário.

– Quanto é que você ganha? – perguntou o velho major.

– Mil e duzentas coroas, senhor, mas a gente se ama...

– Isso não interessa. Mil e duzentas coroas é muito pouco.

– É verdade, mas eu ganho extras. E a Louise sabe bem por quem o meu coração balança...

– Não diga baboseiras! Quanto é que você ganha em extras?

– Foi em Boo[1] que a gente se encontrou pela primeira vez...

– Quanto é que você ganha em extras? – ele balançou o lápis, repetidamente, na direção do notário.

– E os seus sentimentos, sabe, senhor, eles...

– Quanto é que você ganha em extras? – escreveu uns gatafunhos quaisquer no mata-borrão.

– Ah, vai tudo dar certo, basta chegar...

– Você vai responder ou não? Quanto é que ganha em extras? Quero números, números. Dados!

---

1. Designação de uma pequena cidade de veraneio, perto de Estocolmo. (N.T.)

— Em traduções, eu recebo dez coroas por caderno[2], dou lições de francês e já me prometeram trabalhos de revisão...

— Promessas não são fatos! Números, rapaz, números! Portanto, vamos lá. Estou escrevendo: quanto por tradução?

— O que é eu ganho por tradução? Na realidade, não posso dizer. Depende.

— Não pode dizer? Mas disse que fazia traduções pagas. Agora, acha que não pode dizer. Que conversa é essa?

— Fiz a tradução de *A história da civilização*, de Guizot. Vinte e cinco cadernos.

— A dez coroas, deu 250 coroas. E depois?

— Depois? A gente não sabe por antecipação!

— Está vendo! Não se sabe por antecipação! Mas isso é uma coisa que se deve saber por antecipação! Você acha que o casamento é apenas juntar os trapos e fazer amor. Não, meu rapaz, ao fim de nove meses vem a primeira criança, depois, mais crianças. E as crianças precisam ter comida para se alimentar e roupas para vestir!

— As crianças não precisam chegar tão cedo, quando as pessoas se amam *como nós nos amamos*, titio, *como nós...*

— Puxa, então, como é que vocês se amam?

— *Como* é que nós nos amamos? — ele levou a mão ao peito por cima do terno...

— Já não se fazem filhos como antigamente? Vocês se amam de maneira diferente? Que loucura! É uma loucura total! Mas parece que você é um homem direito e, por isso, autorizo o noivado, mas veja se utiliza o tempo de namoro para ganhar mais pão. Os tempos estão difíceis. O preço dos cereais está aumentando!

O notário corou, ficou com o rosto totalmente vermelho ao escutar as palavras finais do major, mas a

---

2. Em tipografia, caderno de livro contém dezesseis páginas. (N.T.)

alegria de conseguir a mulher dos seus sonhos foi tão grande que chegou a beijar a mão do velho. E, minha nossa, como ele ficou feliz. Como eles ficaram felizes! Quando saíram para a rua, de braços dados pela primeira vez, os seus olhos brilhavam de felicidade. Achavam até que as pessoas paravam e abriam caminho para eles na calçada como se fossem uma guarda de honra nessa caminhada triunfal. Os dois avançavam de cabeça erguida, com olhares superiores, orgulhosos, e com passadas firmes.

E assim ele passou a visitá-la à noite, ficando os dois sentados no meio da sala, a fazer revisão de textos. Ela lia, ele corrigia. E o velhote achava que o rapaz era competente. E quando os dois terminavam, ele dizia:

– Até já ganhamos mais três coroas!

E então os dois se beijavam. Na noite seguinte foram ao teatro e voltaram para casa dela de carruagem que custou duas coroas!

Às vezes, quando ele dava aulas particulares de francês à noite – o que a gente não faz por amor! –, ele remarcava as aulas e ia procurá-la. Depois, saíam e passeavam.

E assim se aproximou o dia do casamento. Então, os dois foram ao Brunkeberg[3] para olhar móveis. Tiveram que começar pelos mais necessários. Louise não queria ir junto na hora de comprar a cama, mas, de qualquer maneira, acabou acompanhando-o. Deviam ter duas camas, claro, para ficar juntas, lado a lado. Era preciso que não houvesse muitas crianças, claro! E deviam ser de nogueira, nogueira pura, em todos os detalhes. E os colchões deviam ser de listras vermelhas, com molas, e os travesseiros, enormes, de penas. E

---

3. Loja de móveis, famosa na época. (N.T.)

cada um devia ter o seu edredom, mas, naturalmente, de padronagem igual. Só que Louise queria o seu em azul, porque ela era loura.

E, em seguida, foram visitar a Leja.[4] Em primeiro lugar, é claro, escolheram uma *veilleuse*[5] de vidro vermelho para o quarto e uma figura de Vênus em biscuit. E também um serviço de mesa: seis dúzias de copos de vários tamanhos e de bocas arredondadas. Escolheram ainda facas e garfos, gravados e com detalhes. E, finalmente, os aparelhos de cozinha. Mas para isso a mãe dela teve de ir junto.

E, Deus seja louvado, como ele tinha trabalho a fazer! Aceitar os títulos de crédito, correr aos bancos, procurar artesãos, alugar apartamento, colocar os cortinados. A tudo ele dava a melhor atenção. O serviço propriamente dito, o "ganha-pão", teve que esperar um pouco, pois a questão do momento era casar. Mais tarde, ele recuperaria o tempo perdido e tudo ficaria em dia!

De início, alugariam apenas um quarto e sala. Tinham de ser prudentes, claro! Em compensação, poupariam recursos para mobiliar melhor o apartamento, tornando-o mais agradável. E assim ele acabou escolhendo um quarto e sala com cozinha, num primeiro andar da Regeringsgatan[6], por seiscentas coroas por mês. E quando Louise chamou a atenção para o fato de terem podido alugar outro apartamento de dois quartos, sala e cozinha, no quarto andar do mesmo prédio por quinhentas coroas, isso que fez com que ele ficasse um pouco embaraçado, mas para ele não tinha

---

4. Loja de artigos elétricos, famosa na época. (N.T.)

5. Em francês no original, significando candeeiro de mesa de cabeceira. (N.T.)

6. Literalmente, Rua do Governo, bem no centro da capital sueca. (N.T.)

tanta importância. O importante mesmo era eles estarem juntos, dando apoio um ao outro. Claro, Louise também pensava assim, mas não via nenhuma barreira que impedisse a troca de um apartamento de quarto e sala de aluguel mais caro por outro, de dois quartos e sala, de aluguel mais barato. É, ele havia feito uma besteira, reconhecia, mas isso não importava tanto, desde que continuassem se apoiando mutuamente.

E assim o apartamento ficou pronto. O quarto parecia até um pequeno templo. Ambas as camas lá estavam lado a lado, aguardando os seus ocupantes para formar dois conjuntos perfeitos. O sol brilhava sobre os edredons azuis, a cor ressaltando em contraste com os lençóis brancos, as pequenas almofadas com os nomes bordados nas fronhas, trabalho de uma solteirona. Letras grandes, floridas, que se enlaçavam umas nas outras como num abraço maior e se beijavam aqui e ali, quando se tocavam. A esposa tinha a sua pequena alcova em particular, separada por um biombo japonês. Na sala, que compreendia a sala de jantar, o escritório e a recepção, estava o pianino dela (que custou 1.200 coroas) e a escrivaninha dele com dez gavetas, "de nogueira em todos os detalhes" e grandes espelhos de parede, combinando com a lareira. Além disso, poltronas e mesa de jantar com aparador. "Parecia mesmo que, realmente, morava gente na sala", e nem eles podiam entender por que era preciso ter uma sala de jantar em separado, sala que sempre tinha um aspecto desagradável com as suas cadeiras de assentos de vime!

Então, acabou havendo o casamento numa tarde de sábado! E assim, na manhã de domingo, ah, que maravilha de vida! Como é bom estar casado! Que maravilha de invenção, o casamento! Passa-se a fazer o que a gente quer e, depois, ainda por cima, chegam os pais, os irmãos e as irmãs para nos felicitar.

No quarto de dormir, às nove horas da manhã, ainda estava tudo escuro. Ele não quis abrir as janelas de dentro, de madeira, para deixar entrar a luz do dia. Preferiu acender o candeeiro de luz vermelha, luz mágica que se espraiava por cima do edredom azul e dos lençóis brancos, em parte cobertos e enrugados, e iluminava a Vênus desavergonhada, feita de biscuit rosado. Lá estava a sua mulherzinha tão divinamente contrita, mas tão magnificamente descansada, como se aquela tivesse sido a primeira noite bem dormida de toda a sua vida. Na rua, a essa hora, nada passa. É domingo. Os sinos tocam pela primeira vez, tão alegres, tão apressados como se quisessem chamar todo o mundo para agradecer e louvar Aquele que criou o homem e a mulher. Ele, então, sussurra no ouvido da sua mulherzinha e pede que ela se vire para o outro lado, a fim de que ele possa se levantar e tratar do café da manhã. Ela volta a enfiar a cabeça na almofada, e ele, de roupão matinal, desliza silenciosamente até o biombo para colocar alguma roupa no corpo.

Então, ele sai e entra na sala onde o sol deixa uma grande mancha brilhante no chão, que o confunde, ficando sem saber ao certo se é primavera, verão, outono ou inverno. Sabe apenas que é domingo! Considera o seu tempo de solteiro uma época tremendamente negra, algo para esquecer. No seu lar, reconhece ainda certo cheiro que lhe faz lembrar o antigo apartamento dos pais, mas, ao mesmo tempo, o futuro lar dos seus filhos!

Ah, como ele se sente forte! Sente que o futuro está vindo ao seu encontro como uma montanha! Mas ele vai soprar e derrubar a montanha, fazê-la cair aos seus pés, desfeita em areia, e ele vai voar por cima das chaminés e das cumeeiras das casas com sua mulherzinha nos braços.

Em seguida, apanha e junta as roupas jogadas por ele e espalhadas pelo quarto. Acaba encontrando um cachecol branco pendurado num quadro onde parece ter pousado como uma borboleta branca.

E, a seguir, vai até a cozinha. Ah, como os utensílios de cobre revestido de estanho e as panelas brilham! São dele e dela! Vê chegar a garota, a empregada, em trajes menores, e se espanta por não notar a sua nudez. Para ele, ela não tem sexo. Para ele, não é nada mais do que uma mulher! Senta-se casto, tal qual um pai diante das suas filhas. E lhe dá uma ordem, a de descer até o restaurante Tre Remmare e encomendar um café da manhã rápido e "caprichado". Cerveja preta e vinho francês *bourgogne!* O *restaurateur*, aliás, já sabe do que eu gosto. Basta apresentar os cumprimentos da minha parte!

Então ele virou as costas e bateu na porta do quarto.
– Posso entrar?
– Não, meu querido – ouviu-se do outro lado a voz, acompanhada de um pequeno grito. – Um momento mais, por favor.

E, então, é ele quem põe a mesa. Quando a comida chega, é ele quem coloca na mesa os pratos novos. É ele quem dobra os guardanapos. E depois, seca os copos de vinho e ainda coloca o buquê da noiva num copo diante do lugar da esposa. E quando, finalmente, aparece de roupão tricotado, ofuscada pelo sol, ela sente uma pequena tontura, uma pequeníssima tontura, mas suficiente para que ele a tome nos braços e a ajude a sentar na poltrona, junto da mesa. E agora a esposa tem de tomar um pouco, pouquíssimo, de uma aguardente de cominho num copinho de licor. Em seguida, um sanduíche de caviar. "Oh, como é divertido! A gente pode fazer exatamente o que quer, quando se é casado! Imagine-se o que a mamãe iria dizer se visse a sua Louise tomar aquela bebida toda." É ele quem a serve e corre e a satisfaz como se ela ainda fosse a sua namorada. Que refeição maravilhosa depois de uma noite daquelas! Ninguém tem o direito de "dizer seja o que for". E está certo, completamente certo. E a gente se diverte, de consciência livre e escorreita, o que torna tudo ainda muito mais divertido. Ele já havia vivido e passado por primeiras refeições de domingo semelhantes, mas aquela, que diferença monumental! Insatisfação, ansiedade – ele não queria nem pensar nisso! E quando ele, depois das ostras, bebeu um copo da genuína cerveja preta, Göteborsporter, então, só lhe restava mesmo olhar com desprezo para todos os solteirões. "Pensar que existem esses idiotas que não querem se casar! Que egoístas. Será que não devia haver impostos especiais contra eles, assim como existem impostos por adotar cachorros?" Mas a esposa atreveu-se a ir contra, ainda que de forma a mais amistosa e delicada possível. "Ela acha que é de ter pena daqueles pobres diabos que, na maioria dos casos, não têm nem recursos para se casar. Caso os tivessem, todos se casariam imediatamente!" E o notário sente um aperto no coração e, por momentos, fica com medo de ter se apresentado como pretensioso. Toda a sua felicidade se amparava numa questão econômica. E se, se... Bolas, mais um copo de vinho francês da Borgonha! Logo chegaria a hora de trabalhar. Eles iriam ver!

E aí chegou um marreco assado, acompanhado de geleia de amoras silvestres e pepinos da região de Västerås. A esposa fica espantada, mas que era divertido, era!

– Meu Ludvig, queridinho – e isso ela diz apoiando a sua mãozinha extremosamente junto ao ombro dele

–, nós temos dinheiro para uma refeição dessas? – Felizmente, ela diz "nós".

– Ah, uma vez não é sempre! Mais tarde, vamos ter que nos contentar com arenques de conserva e batatas!

– Você come isso, arenques com batatas?

– Acho que sim!

– Ah, bom. Isso depois de comer fora uma noite dessas, com direito a um bife *à la* Chateaubriand, certo?

– Não diga isso! Não, um brinde! Foi um marreco incomparável! E acompanhado com alcachofras, hum!

– Não, Ludvig, você deve estar completamente maluco! Alcachofras, nesta época do ano! Quanto deve ter custado?

– Quanto custou? Não são boas e gostosas? Isso é que é o principal. E depois o vinho! Mais vinho! Você não acha que a vida é boa? Oh, sim, é uma glória, uma glória!

Às seis horas da tarde, chegou na porta uma caleche para um Westerlingare.[7] A mulher esteve quase para ficar zangada, mas como foi gostoso seguir quase deitados, lado a lado, no assento traseiro, balançando suavemente, a caminho do Djurgården.[8] Era quase como se estivessem deitados, juntos, na mesma cama, sussurrou Ludvig, que logo levou uma batida de sombrinha nos dedos. Havia os conhecidos andando nas calçadas, que os saudavam, e colegas que agitavam as mãos ao reconhecê-los. Era como se dissessem: "Ah, ah, seu malandro, você soube casar-se por dinheiro!". E como essas pessoas eram pequenas. E como o caminho era bem plano, com a caleche avançando sobre as molas, alongadas e em espiral, balançado suavemente. Devia ser sempre assim!

---

7. Cliente da firma J. U. Westerling, na época, a maior de Estocolmo em aluguel de charretes e caleches. (N.T.)

8. Literalmente, jardim zoológico. Uma das ilhas da capital sueca onde está localizado um parque de diversões, o Skansen, e vários museus. (N.T.)

Durou um mês completo! Bailes, visitas, jantares, ceias, teatros. Nos intervalos, ficavam em casa, onde se passava o melhor! Como era sensacional, depois de uma ceia, fugir com a esposa do papai e da mamãe, passando bem pelo nariz deles. Trazê-la pelo braço e ajudá-la a subir na carruagem, fechar a porta com uma batida bem sonora e, fazendo um sinal, dizer para o cocheiro: "Agora vamos para a nossa casa!". Lá nós fazemos o que nos apetece. Já no nosso lar é só fazer uns petiscos, uma pequenina ceia, para ficar conversando até a manhã chegar.

No seu lar, Ludwig sempre se comportou judiciosamente – em princípio! Um dia, a esposa resolveu preparar salmão fatiado com batatas cozidas ao molho branco e sopa de aveia! Ah, como estava gostoso, embora estivesse cansado de comer esse menu. No sábado seguinte, ao saber que haveria salmão salgado em casa, Ludwig chegou com dois patos. Parou na porta e gritou:

– Adivinha, Lisen[9], adivinha o que aconteceu? Uma coisa fantástica!

– O que foi?

– Você não vai acreditar quando eu lhe disser que comprei, eu próprio comprei, junto de uma ponte, a Munkbron, um par de patos por adivinha quanto?

A esposa parecia mais triste do que ansiosa por adivinhar quanto.

– Imagina, por uma coroa o par!

A esposa já tinha comprado esses mesmos patos antes por oitenta *öre* o par, mas, acrescentou ela, contemporizadora, para não detonar por completo o marido, que fazia muito frio e caía muita neve nesse inverno.

– Sim, mas, de qualquer maneira, você reconhece que é muito barato!

---

9. Diminutivo de Louise. (N.T.)

O que ela não estaria disposta a reconhecer só para o ver feliz... À noite, porém, eles teriam papa de aveia para o jantar. Mas assim que Ludvig comeu um dos patos, ficou triste por não aguentar comer tanta papa de aveia como *queria*, só para mostrar para ela que tinha gostado e realmente tinha comido bastante. Ele até gostava mesmo de papa de aveia, mas o leite ele tinha dificuldade em ingerir desde que sofreu tremores de febre alta. Era impossível para ele beber leite, mas a papa de aveia, tudo bem, podia comer até todas as noites. Melhor se fosse noite sim, noite não. Desde que ela não ficasse zangada com ele. E, assim, nunca mais se fez papa de aveia na casa!

Seis semanas mais tarde, a esposa ficou doente. Teve dores de cabeça e vômitos. Era apenas um pequeno resfriado. Mas os vômitos continuaram. Hum! Será que ela comeu alguma coisa estragada? Estaria a panela de cobre com alguma falha no revestimento interno de estanho? Mandaram chamar o médico, que sorriu e disse que tudo estava como devia estar. E o que é que estava como devia? Alguma loucura? Diga! Era impossível. Como é que seria possível? Não! Só poderia ser por causa do papel de parede do quarto, acreditem. É quase certo que há arsênio nesse papel! Manda-se já, de imediato, um pedaço para a farmácia analisar. Nada de arsênio, escreveu o farmacêutico. Mas é extraordinário! Nada de arsênio no papel de parede do quarto! A esposa continuou doente. Ele lia o livro de medicina e, então, perguntou à sua esposa qualquer coisa no ouvido! Ah, ah, é isso aí! Basta um banho quente nos pés! Quatro semanas mais tarde, a parteira garantiu que "tudo estava como devia estar!". Como assim? Ah, sim, *aquilo*, é evidente, mas como é que *aquilo* pôde acontecer tão de repente, com uma rapidez terrível? – Ah, tudo bem, se tem que ser, será divertido. Imagine-se, um pequenino! Hurra! Iam ser papai e mamãe! Que nome vamos dar a ele? Sim, teria que ser um garoto, claro!

Mas, então, a esposa puxou pelo braço dele e resolveu falar sério com o seu marido. Ele não fizera nenhuma tradução, nem qualquer revisão de texto, desde que se casaram. E só o salário não chegava.

Sim, sim, tinham levado uma vida esbanjadora. Meu Deus, a pessoa é jovem apenas uma vez na vida, mas dali em diante as coisas iriam mudar.

No dia seguinte, o notário foi até a casa do atuário, seu velho amigo, para lhe pedir que fosse seu fiador para um empréstimo.

– Quando se está prestes a ser pai, sabe, meu caro irmão, é preciso estar preparado para certas despesas.

– Esse é justamente o meu pensamento a respeito do assunto, meu querido irmão – respondeu o atuário –, e, por isso mesmo, considerei até agora não ter recursos suficientes para me casar, mas você é um homem feliz! Você casou! Você teve os recursos!

O notário sentiu vergonha e não insistiu. Não tinha coragem para pedir a esse solteirão para ajudá-lo, a ele e ao seu filho, quando, afinal, o solteirão continuava solteiro por achar que não tinha recursos para casar e ter filhos. Não, ele não podia fazer uma coisa dessas, de jeito nenhum!

Quando chegou a casa por volta do meio-dia, a esposa contou-lhe ter recebido a visita de dois homens que procuravam por ele.

– Como eram eles? Eram jovens? Ah, sim, tinham lunetas. Então, certamente, eram tenentes, velhos e bons amigos de Vaxholm.

– Não, não eram tenentes, não. Pareciam mais velhos.

— Ah — já sabia, eram velhos amigos de Uppsala, provavelmente o docente P. e o adjunto Q., que vieram ver como estava o seu amigo Ludde[10], agora, depois do casamento.

— Não, não eram de Uppsala. Eram de Estocolmo, mesmo.

A faxineira foi chamada. Ela achava que os dois homens tinham um aspecto repulsivo e ambos usavam bengalas.

— Bengalas! Hum! — ele não conseguia entender de quem poderiam ser! — Ah, com o passar do tempo, vamos saber quem são. Certamente, vão voltar.

Entretanto, ele tinha passado por Kornhamn[11] e comprado uma pechincha, uma *kanna*[12] de morangos por um preço verdadeiramente de ocasião, quase ridículo!

— Pode imaginar, morangos por uma coroa e cinquenta a *kanna* nesta época do ano!

— Ludvig, Ludvig, assim, desse jeito, onde é que nós vamos parar?

— Ah, vai correr tudo bem. Hoje, recebi a promessa de uma nova tradução!

— Mas você tem dívidas a saldar, Ludvig!

— Bagatelas! Bagatelas! Aguarde. Logo, logo, vou conseguir um grande empréstimo!

— O empréstimo é uma nova dívida!

— Sim, em condições mais favoráveis! Mas, no momento, não fiquemos falando de negócios. Os morangos, como são bonitos, não acha? Ah, agora, ficariam melhores se acompanhados de um copo de xerez. O que

---

10. Diminutivo de Ludvig. (N.T.)
11. Kornhamn. Aqui, Kornhamnstorg: literalmente, a praça do porto de cereais. (N.T.)
12. Uma *kanna* era equivalente a 2,6 litros. (N.T.)

é que você acha? Lina! Desce e vai à loja de especiarias e traz uma garrafa de xerez. *Pale.*[13] Puro, original!

Mais tarde, depois de ter dormido a sua sesta no sofá da sala, a esposa chamou-lhe para uma conversa. Mas não era para ele ficar zangado!

– Zangado? Eu! Deus me livre! É sobre dinheiro para a casa?

– Bem, é mesmo. Sim. O livro de fiados da loja de especiarias está por pagar. O açougueiro reclamou pagamento, a conta do aluguel de charrete "estourou". Numa palavra, a situação está complicada!

– Só isso? Eles vão receber cada centavo já amanhã! Uma sem-vergonhice, chegar e exigir o pagamento de migalhas! Amanhã, eles vão receber cada centavo e vão perder um cliente! Mas, agora, não vamos falar mais sobre esse assunto. Vamos sair e passear. Nada de caleche. Vamos de bonde até o Djurgården para nos movimentarmos um pouco.

E assim fomos andando até o Djurgården e quando entramos no Allambra[14] e nos sentamos numa saleta isolada, os jovens ficaram sussurrando no grande salão. Eles achavam que nós estávamos ali para viver uma aventura. Engraçado! Que loucura! Mas a esposa não gostou nada da situação! Nem da conta que veio depois! Imagine se tivéssemos ficado em casa, o que poderíamos fazer com esse dinheiro!

Os meses passaram. A hora se aproximava! Era preciso comprar o berço e a roupinhas. E muitas coisas mais. O senhor Ludvig passava os dias rodando nas lojas. Mas – o custo das coisas só aumentava. Os tempos difíceis estavam chegando. E nada de traduções,

---

13. Xerez branco. (N.T.)
14. Restaurante famoso no Skansen que hoje ainda funciona com o mesmo nome. (N.T.)

nem de revisões. As pessoas se tornaram materialistas. Não leem mais livros, o dinheiro mal chega para comprar comida. Que época mais egoísta esta em que nós vivemos! Os ideais desaparecem da vida e o par de patos é vendido acima de duas coroas. Os cocheiros se recusavam a conduzir notários de graça para o Djurgården. Afinal, eles também tinham esposas e crianças para alimentar. E os merceeiros também queriam receber dinheiro em pagamento por suas mercadorias. Oh, as realidades da vida! Que droga!

 O dia chega e a noite está próxima. Ele está pronto para se vestir e ir buscar a parteira, entretanto, é obrigado a abandonar o leito da parturiente e atender aos credores na entrada. E, enfim, lá está ele com a sua filha nos braços! Ele chora. Chora ao sentir a responsabilidade, uma responsabilidade mais forte do que as suas forças suportariam. E ele faz novas promessas para si mesmo, mas os seus nervos estão em frangalhos. Recebeu uma tradução para fazer, mas não consegue tempo para se sentar e trabalhar. Tem que correr para as lojas a toda a hora.

 Ele se precipita na direção do sogro que veio à cidade, após ter recebido a boa notícia.

– Eu sou pai!

– Ótimo – diz o sogro –, tem pão para a criança?

– Não, de momento! O avô precisa ajudar!

– Sim, de momento. Mas não no futuro, para sempre. O avô não tem mais do que o necessário para si e as outras crianças em casa.

 E agora a esposa precisa comer canja de galinha que ele mesmo vai comprar já pronta na feira livre da praça, a Hötorget, e na loja Johannisberger por seis coroas a garrafa. Da melhor qualidade! Além disso, a parteira tem de receber cem coroas. Por que razão devíamos pagar menos do que os outros? O capitão não pagou cem?

A esposa logo ficou pronta para se levantar e seguir em frente. Ah, como ela se parecia de novo como uma jovenzinha, de cintura fina, um pouco pálida, mas isso até lhe ficava bem.

O sogro volta para casa, mas antes tem uma conversa particular com Ludvig.

– Agora você está bem, mas, atenção, nada de mais filhos durante algum tempo, – diz ele –, se não quiser ficar arruinado!

– Que conversa de um pai! Não estamos casados? Não nos amamos mais? Não é para ter mais filhos?

– Não é bem assim. Há que ter pão para alimentar as crianças, também. Amar é bom! Isso todos os jovens querem. Brincar, ir para a cama, divertir-se, mas com responsabilidade!

– O sogro também se tornou materialista! Oh, que época ignóbil! Não há mais idealismo!

A casa estava minada. O amor continuava existindo, firme, os sentimentos dos dois jovens eram doces. Mas o pessoal da execução não avançava com doçura nenhuma. Era a ameaça do arresto dos bens ou a falência. Melhor o arresto. O sogro chegou com uma grande carruagem e veio buscar a filha e a neta e proibiu o genro de aparecer antes de mostrar ter pagado as suas dívidas e ter dinheiro para comprar o pão. Para a filha, ele não disse nada, mas ao entrar em casa com ela, achou que estava voltando com uma estuprada. Tinha emprestado uma das suas inocentes crianças para um jovem durante um ano. E tinha recebido a filha de volta, *apodrecida*. Ela queria ficar com o seu marido, mas não podia morar na rua com a filha!

E assim o Senhor Ludvig permaneceu em casa, vendo como o seu lar se desfazia. Lar que, afinal, também não era seu, visto que ainda não o pagara. Ah, os dois homens de lunetas voltaram e levaram a cama e os lençóis. Levaram também as panelas de cobre e estanho, o serviço de mesa, os candelabros e castiçais, tudo, tudo! E quando ele ficou só no apartamento de quarto e sala, completamente vazio, a sensação foi mesmo de vazio total, de desgraça completa. Restava apenas a memória de uma esposa que quis ficar com ele. Mas o que ela poderia fazer ali no apartamento vazio? Não, era melhor ficar tudo como estava. Assim, ela ficava bem.

E, então, recomeçou uma nova vida, cruelmente séria. Ele conseguiu emprego como revisor num dos jornais matutinos. À meia-noite era a hora de entrar de serviço e a saída era às três horas da madrugada. Foi autorizado a dormir no trabalho, não pelo fato de ter entrado em falência, mas porque a essa hora não havia transporte.

Finalmente, foi autorizado, também, a visitar a sua esposa e a filha uma vez por semana, mas sempre sob vigilância. Passava sempre as noites de sábado num quarto ao lado do quarto do sogro. No domingo à noite, tinha de voltar para a cidade e para o jornal, que saía nas segundas-feiras pela manhã.

Quando se despedia da mulher e da filha, que o acompanhavam até o portão do jardim, e lhes dizia adeus antes da curva na estrada, ele se sentia um miserável, infeliz, humilhado. E ela, então!

Ele fez as contas e chegou à conclusão de que demoraria vinte anos para pagar todas as suas dívidas! E depois? Depois, ainda assim ele não teria condições de sustentar a esposa e a filha. Mas qual seria a sua esperança? Nenhuma! Se o sogro morresse, a sua mulher e a filha ficariam na rua da amargura. E a última coisa que ele desejaria era a morte do único apoio que as duas tinham.

Como a vida é cruel quando não se consegue nem dar comida para os filhos, quando, no entanto, a natureza dá comida para todos os outros animais do universo!

Que crueldade, que crueldade enorme, é a vida não providenciar patos e morangos para todas as crianças do mundo. É cruel, muito cruel!

Para se casar

Realmente e com razão, se poderia dizer que eles jogaram a mulher nos braços dele. Ela era a irmã mais nova de cinco e tinha ainda mais três irmãos. Lá na casa do relojoeiro, ficava apertado no quarto das meninas, e um pouco de luta corporal, de vez em quando, não era inusitado.

Ele tocava viola na orquestra real, tendo passado no exame como músico de câmara. Era um bom partido. É, viu a garota em algum lugar e em seguida meteu o nariz pela porta. Elas colocaram os dois no mesmo sofá e depois ficaram dando pequenos toques nas costas dela. Os três irmãos disseram "esses dois", e o pai e a mãe se mostraram atenciosos, e logo ele a possuiu.

Ele chegava todas as tardes, pontualmente, às cinco horas, e tinha de ir embora às seis e meia para chegar ao teatro às sete. Foi um noivado cruel o que ele teve; ele sabia, por ter ouvido falar, que era um inferno ficar noivo, mas que tudo ficaria melhor assim que casassem. O velhote da casa, que também queria se divertir um pouco com um genro, tinha uma paixão por gamão. "Esse é o homem de que eu preciso", pensou ele. E agora o pobre noivo tinha que jogar gamão todas as tardes. A garota permanecia ao seu lado ou saía da sala devido às constantes manifestações ruidosas durante o jogo, enquanto o futuro genro sempre ficava impaciente. Por isso, o velhote gostava muito dele, a não ser quando ele se distraía e fazia asneiras no jogo, o que acontecia com bastante frequência.

Aos domingos, ele era convidado para o almoço na casa da noiva. Nessas ocasiões, ficava contando histórias de teatro: o que havia dito o ator Fulano ou a atriz Sicrana. Depois falava o velhote sobre como era antigamente, na época em que Torsslow e Högqvist[1] viviam. Durante a tarde, enquanto o velhote dormia, os dois podiam ficar sozinhos por momentos. Mas onde é que eles podiam ficar a sós? As meninas ocupavam o seu quarto. Os rapazes tomavam conta de todos os sofás, e o velhote ia dormir no quarto. Acabavam se aconchegando na sala de jantar, cada um na sua cadeira de vime, enquanto a mãe fingia dormir na cadeira de balanço.

Ele ficava tremendamente cansado e sonolento depois do almoço e gostaria também de dormir uma soneca, mas tinha de ficar sentado que nem um poste na sua cadeira dura, tentando manter o braço em volta da cintura da namorada. E quando os dois se beijavam, havia sempre um irmão fazendo caretas atrás da porta, tentando imitá-los, ou uma irmã a um canto vigiando a moral e a ética.

Ele tinha muito trabalho para arranjar entradas livres para espetáculos. Dia sim, dia não, precisava passar pela secretaria e levantar os seus dois bilhetes grátis a fim de atender às necessidades teatrais da família, e ainda assim, por vezes, era obrigado a contrabandear algum dos rapazes pelos bastidores. No final, eles nem faziam questão de disfarçar os seus sentimentos familiares, acabando por contrabandear uns aos outros. O mais alto acabou por ser posto na rua por ter apertado os seios de uma dançarina, tal como tinha visto um diplomata fazer, num intervalo entre dois atos.

---

1. Olof Ulrik Torsslow (1801-1881) e Emilie Högqvist (1812-1846). (N.T.)

Nos sábados à noite, muitas vezes ele ficava livre e então aproveitava para passear com a noiva no Djurgården. Evidentemente, a mãe dela precisava ir junto e raramente saíam sem levar a reboque duas das irmãs.

– Vistam uma roupa e venham conosco, – dizia a noiva. – Adolf, certamente, não tem nada contra vocês saírem para dar um passeio.

Como é que Adolf podia ser contra? Mas quando a conta chegava para pagar, lá no Alhambra, era duro ver que vinha seis vezes mais elevada do que no caso de eles dois estarem sozinhos. E também acontecia de a mãe ficar cansada. Nesse caso, era preciso alugar uma carruagem, com Adolf sendo obrigado a viajar ao lado do cocheiro. Nada agradável ter de pagar para ficar cheirando o bafo de aguardente do condutor e sentar ao seu lado feito uma rolha no gargalo, tentando virar-se para perguntar a Elin se ela estava sentindo frio. Por vezes, acontecia ainda de os irmãos chegarem para vir buscar as irmãs no Alhambra, e sempre acabavam entrando no lugar para dar uma "cheirada". E Carl, o grandão, sempre pedia para o futuro cunhado adiantar a despesa dele. Afinal, não estava ali por ser convidado. E ainda podia acontecer também que o irmão Erik chamava o futuro cunhado de lado para lhe pedir "emprestado" uma nota de cinco coroas, uma coroa ou, na melhor das hipóteses, cinquenta centavos.

Como nunca podia estar sozinho com a noiva, ele acabou casando com ela sem saber quem ela era. Sabia apenas que a amava e isso bastava. Mas ele esperava muito do casamento. Isso lhe daria o direito de ser único dono da noiva.

E, no domingo, quando chegou ao restaurante Skomakarkällarn com o seu certificado de homem livre e para comer o que seria o seu último almoço como solteiro, tudo lhe pareceu luminoso, alegre. Pensava já no seu lar, em estar ali com ela, a sós, sentados os dois no mesmo sofá, sem ninguém por perto, nem irmãos fazendo caretas, nem irmãs vigilantes. Quando ele tomou o vapor para atravessar da Skeppsbron para a Nybron[2], o sol de janeiro, muito baixo no horizonte, estava tão vermelho que chegava a projetar um risco da mesma cor em cima da neve e do gelo, em contraste com as ramagens verdes do Djurgården, que desfilavam tendo por fundo o céu violeta do fim da tarde e chegavam a dar ideia de uma guarda de honra. Nunca a atmosfera lhe parecera tão luminosa, nem a terra tão esplendorosa. Ao chegar em casa, uma água-furtada, para trocar a roupa de todos os dias por um fraque com peitilho branco, ele decidiu esquecer todos os aborrecimentos, todas as feridas, toda a vida repulsiva e anormal de um solteiro obrigado a pagar pelos prazeres femininos. Não havia nenhuma sombra no seu futuro. Ele reuniu as últimas pequenas coisas, junto com roupas usadas, numa sacola que devia ser levada para o seu novo lar, no qual iria dormir já naquela noite. Despediu-se do seu velho sofá como se fosse de uma pessoa impura, ao ver ainda alguns restos da sujeira das botas de abotoar da última garota no cobertor. Enfim, despediu-se também da porteira, uma velhota por quem ele nada sentia, mas que, em contrapartida, sentia muito a partida dele. Ela chorava, mas desejava toda a felicidade e a bênção de Deus para ele, e que a paz dominasse o seu novo lar.

À noite, realizou-se o casamento na casa dos pais dela. E, finalmente, depois de uma chuvarada de

---

2. A capital sueca está situada num arquipélago, chamado, justamente, Arquipélago de Estocolmo. O transporte entre as muitas ilhas da cidade ainda hoje é feito por lanchas, embora o número de pontes seja enorme. (N.T.)

impropérios por parte dos cunhados, que passaram o tempo todo dando palmadas nas suas costas e chamando-o de Ravaillac[3], depois, ainda, de um rio de lágrimas por parte da mãe, que o tratava como se ele fosse um sequestrador e lhe pediu, sussurrando, que fosse bom para a sua amada filha, ele resolveu pegar sua esposa pela cintura, levando-a para a carruagem que os esperava e na qual os irmãos queriam ir junto até a nova casa. Porém, ele bateu a porta da carruagem na cara deles, de tal forma que os vidros chegaram a chocalhar, ao mesmo tempo em que mandava todos para o inferno.

E assim, finalmente, os dois ficaram a sós. Mas, então, no momento em que o viu com o sorriso da vitória, de felicidade quase completa, ela ficou com medo dele. Nunca o tinha visto desse jeito.

– Está estranhando o quê? – perguntou ele. Mas ela chorava e não quis aceitar os carinhos do marido. Ele ficou triste e foi numa atmosfera nada eufórica que eles entraram no novo lar onde a empregada, que havia viajado no assento do cocheiro, verificou que tinham se esquecido de comprar fósforos.

Na manhã seguinte, ele precisava dar uma aula às sete horas. Eles deveriam tomar cuidado. O salário dele era curto, e ele queria recuperar-se dos gastos feitos durante o noivado. Às nove horas, voltou para tomar o café da manhã. Em seguida, saiu para o ensaio. Depois do almoço, tinha de dormir uma sesta antes de dar outra aula em casa às quatro horas. O hábito de dormir depois do almoço era para a esposa uma atitude brutal. Ela ficava em casa sozinha, à espera dele, e quando ele finalmente chegava, ia dormir. Mas dormir era para ele

---

3. "Don Juan", boêmio, brincalhão (imitando o assassino do rei, Ravaillac, condenado e executado no início do século XVII). (N.T.)

uma necessidade, caso contrário não aguentaria dar a aula das quatro horas. Ele precisava dormir. Às quatro horas, chegou o aluno. E então, por mais um tempo, adeus, minha querida!

– Pelo menos hoje você poderia ter cancelado essa aula!

– Impossível, preciso cumprir as minhas obrigações. Nada de concessões.

O aluno chegou, e ela ficou do lado de fora, escutando as batidas do pé de Adolf no chão marcando o compasso e a viola gemendo o dó-ré-mi-fá-sol-lá-si durante uma eternidade.

Então, ouviu-se alguém bater na porta de entrada. E logo entraram de roldão os três irmãos e todas as quatro irmãs. Gargalhadas e travessuras em geral. O grandão Carl foi logo direto para o armário da cozinha, trouxe copos de ponche e foi logo dizendo mais um impropério. As irmãs olharam para a recém-casada como que a perguntar se ela estava distraída. E a esposa teve de ir à gaveta da mesa de escritório buscar dinheiro das despesas da casa e mandar a Lina até a loja de vinhos.

Adolf, que tinha ouvido risos e conversas, abriu a porta e com um aceno da cabeça cumprimentou os cunhados e as cunhadas. E ficou sinceramente satisfeito ao ver que a sua esposa tinha alguém com quem se entreter. Infelizmente, esse alguém não era ele, mas ele não tinha tempo para se juntar aos demais.

– Escuta aqui, você está totalmente abatido – disse Erik, que era muito precoce. E Adolf retirou-se para a sua sala. Dó-ré-mi-fá-sol-lá-si! Meu Deus, como ele sofria em dar aquela aula naquele dia! Na outra sala, ouviam-se as gargalhadas e o tilintar dos copos, mas ele não podia estar junto com os outros. Ao final, a esposa veio e bateu à porta. Adolf devia apenas fazer um brinde e beber um copo de boas-vindas com os rapazes e as meninas! Sim, isso ele podia fazer! Mas logo teve de voltar. Havia chegado o aluno das cinco horas.

– Vai ser divertido para você, Elin, ficar aqui a escutar essas aulas – disse Malla.

Nesse momento Elin reagiu, dizendo que as pessoas não se casam para se divertir.

– Então, para quê?
– Isso não te interessa.

O diálogo começava a ficar um pouco complicado entre as irmãs no momento em que Adolf saiu da sua sala e se despediu, visto que tinha de ir para a Ópera. Mas pediu a todos para ficarem e participarem do lanche nessa noite com a irmã, de forma que ela não ficasse sozinha. Não precisavam esperar por ele. E eles ficaram.

Ao chegar à casa, pela meia noite, a esposa já estava dormindo. A sala, sua sala tão bonita, estava cheirando a fumaça de cigarro, um fedor de matar qualquer um. A toalha de mesa limpa que no dia anterior havia sido posta estava agora cheia de nódoas. Havia cacos de um copo partido espalhados pelo chão. Restos de cerveja nos copos exalavam mau cheiro. A manteiga estava amontoada de qualquer jeito. Todo o pão macio havia sido comido e só se via uma fatia de presunto gordo num prato (os diabos tinham comido todo o presunto magro!); era uma fatia grossa e seca como se tivesse sido cortada de uma bola de guta-percha.[4] Deixaram também anchovas com cabeça e marcas de garfo. A esposa acordou.

– Você quer alguma coisa para comer, meu querido? – ouviu-se dizendo uma voz debaixo do cobertor de penas.

---

4. Substância resinosa, amarela, de consistência parecida com a da borracha. (N.T.)

— É, gostaria! — Ele não quis ser mais preciso. Entrou na cozinha à procura de cerveja e depois se enfiou na cama. A esposa queria que ele conversasse com ela, mas ele adormeceu logo, de imediato.

No dia seguinte, chegou a sogra para uma visita por volta do meio-dia. Quando Adolf entrou em casa, a sala cheirava a vinho do Porto. No fim da tarde, veio o sogro. Adolf tinha de dar mais uma aula, e o velhote saiu logo, zangado, achando que uma vez por outra devia ser possível ficar livre, principalmente, quando se é recém-casado. Mas os irmãos e as irmãs estavam sempre presentes, sempre algum deles estava livre e vinha fazer mais uma visita. A garrafa de ponche estava sempre sobre a mesa, e sempre havia cinza de cigarro espalhada pelos tapetes.

Um dia Adolf resolveu fazer uma pequena reclamação, muito delicada, a respeito do excesso de ponche consumido, que, aliás, ele nunca chegava nem a provar.

— Ah, não! — Desse jeito, nenhum dos seus parentes ousaria voltar a pôr os pés na sua casa. Ela sabia muito bem que tudo ali em casa pertencia a ele, Adolf. E isso também era do conhecimento de todos.

— Não, meu amor, é questão apenas de reconhecer que se bebe ponche aqui em casa todos os dias! Todos os dias, meu anjo!

— Isso não é verdade. Ontem, por exemplo, não se bebeu nada.

— Sem dúvida. Mas quando não se bebe ponche um dia, em trinta dias, pode se dizer, figurativamente falando, que se bebeu ponche o mês inteiro, todos os dias.

Ela não entendia de figuras. A sua educação não tinha sido nem tão completa, nem tão boa para entender de figuras, mas, de observações irônicas, disso ela entendia bem! Ah, jamais imaginara que essa era a vida de casada. O marido nunca estava em casa e, quando estava, era para dormir ou para discutir e reclamar. Foi então que ele deu a entender para ela que tudo ali lhe pertencia, era pago por ele.

Infelizmente, no mesmo dia, o grandão Carl recebeu uma recusa na tentativa de conseguir um empréstimo. Foi uma recusa bem pobre e inadequada, sem nenhuma desculpa. O rumor a esse respeito espalhou-se rapidamente, assim como a história do ponche, e Adolf passou a ser um patife avarento, pessoa desonesta e traiçoeira, visto que antes, durante o noivado, nunca havia se comportado dessa maneira. Adolf não estava presente no momento, mas defendeu-se depois dizendo que na época tinha condições, por viver sozinho, mas que agora não tinha mais recursos a esbanjar pois, por simples adição, eram agora duas pessoas a sustentar. Isso deu azo a comentários negativos. A repreensão significava que ele, de certa forma, se ressentia da obrigação de sustentar a filha do relojoeiro.

Na sequência da discussão, Adolf sentiu-se obrigado, isso sim, a botar uma garrafa de ponche em cima da mesa quando os sapos chegaram na vez seguinte. E dessa vez a despesa não foi paga com o dinheiro da casa, pois foi ele mesmo que desembolsou diretamente a quantia.

Uma noite, Adolf chegou em casa cansado e esfomeado como habitualmente. O queijo jazia desbastado até a casca. Havia um prato em cima da mesa que mostrava resquícios de pequenos bifes grelhados. Um outro, de salsicha de fígado. O presunto gordo continuava existindo, assim como cascas de ovo e nada de manteiga.

Adolf estava com muita fome e nervoso, e teria ficado muito zangado caso aguentasse quieto. Por isso, tomou a lamentável decisão de fazer piada. Ela, por seu lado, já estava deitada na cama, preparada para o ataque.

– Olá, minha querida – disse ele. – Será que nenhum dos teus irmãos gosta de presunto gordo?

Foi como se as suas palavras valessem uma declaração de guerra.

– Você acha que eu tenho muitos irmãos, é isso?

– Bem! Você tem mais irmãos do que eu tenho manteiga.

– Não tem manteiga na mesa? – É, ela não se lembrava mesmo de ter visto manteiga na mesa e ficou triste, mas entregar-se ela não queria. Por isso, acrescentou: – Eu não sou sua criada!

Isso nunca tinha passado pela cabeça dele mas, se tivesse, a história seria outra.

– Outra como?

– Ah, deixa para lá...

– Outra, como assim? Talvez quisesses me bater, é isso?

– Isso mesmo. Se você fosse minha empregada!

– Oh, que coisa terrível, ele quer me bater...

– Se você fosse minha criada, sim, mas não agora, nesta situação!

– Quer dizer que você quer mesmo me bater, é isso?

– Só se fosse minha empregada, mas você não é minha criada, portanto eu não quero bater em você!

– Essa foi boa, sem dúvida! Eu me casei com você para ser sua esposa, não sua criada! Se alguma coisa não está como você quer, pode falar com a empregada e reclamar com ela. – Como é que ela podia ter deixado o bom lar em que vivia, para se jogar nos braços de um homem como esse!

Ao escutar as palavras "bom lar", Adolf, bem incompreensivelmente, achou que devia tossir.

– Acha que não era um bom lar? Tem alguma coisa para dizer sobre isso? Não era uma casa suficientemente fina para você entrar? – e assim por diante.

Esse tipo de conversa tornou-se habitual todas as noites.

Então, a criança chegou, e a esposa não podia ficar sozinha com ela. A irmã Malla precisava mudar-se para lá por algum tempo. Instalou-se primeiro na sala. O senhor Adolf achou que estava cometendo poligamia, visto que, muitas vezes, as saias de baixo de Malla se encontravam em cima das calças dele, sobre a cama, no quarto. E à mesa era Malla quem servia. O quarto passou a ser o do recém-nascido. E para deixar a sala livre, o senhor Adolf precisou liberar por completo sua sala de trabalho.

Ele não podia mais descansar em casa. Teve de ficar andando de um lado para o outro, tocar a campainha da porta de estranhos, ouvir desculpas, ficar no bar, enquanto esperava a hora de dar mais uma aula quando a distância para casa era grande demais.

Ele, praticamente, não voltava mais para casa.

À noite, ia para o bar da Ópera com os amigos e ficava falando de música e de coisas que interessavam a ele. Repreensões eram só o que ele recebia ao chegar a casa, de modo que nunca tinha pressa em chegar lá. Era um inferno ficar em sua casa – isso era tudo o que ele sabia. E esposa, achava que não tinha mais, que nunca tivera. Achava que um dia teria! Mas filho, tinha.

Onde é que tinha errado – talvez nunca viesse a saber. A esposa dizia sempre que o erro estava no fato de ele nunca estar em casa. E ele respondia dizendo que a sua profissão o obrigava a isso. E ambos tinham razão. Ocorre que ele não podia escolher qualquer outra profissão! Não! Era impossível! Não se podia fazer teatro durante o dia, quando toda a gente estava trabalhando. Tinha de ser à noite.

Ele reconhecia de boa vontade que a esposa não podia estar satisfeita em ser casada com um homem que só chegava tarde da noite, como se ela fosse mais uma de suas prostitutas, ou talvez nem isso. Mas era assim que acontecia antes do casamento. Afinal, a vida resolvia muitos problemas, mas não todos os que surgiam no ambiente cultural. Era preciso se acomodar a cada situação. Ela havia se casado para se tornar uma mulher casada. E ele, também! Poderia negá-lo? Por isso, estavam na situação em que estavam. Ninguém podia ajudá-los! Nem o diabo! Dentro das circunstâncias da época!

DEVER

AO BATER DAS OITO E MEIA, nas noites de inverno, lá está ele na porta da varanda envidraçada do restaurante. Com a maior precisão matemática, retira as luvas de castor[1] e olha por cima dos óculos embaciados, primeiro para a direita, depois para a esquerda, a saber se tem algum conhecido por perto. Em seguida, coloca o sobretudo no *seu* gancho, à direita do aquecedor. O garçom Gustav, antigo aluno do professor, sem sequer espera pelo pedido, já vai limpar as eventuais migalhas da *sua* mesa, recolocando no devido lugar o vidro da mostarda, remexendo o pote de sal e revirando os guardanapos. Em seguida, ainda, e sem esperar qualquer ordem, o garçom vai buscar uma garrafa de água Medhamra, abre uma garrafa pequena de cerveja da Föreningens, deixa em cima da mesa, meramente por princípio, a carta do menu e avança, mais como uma formalidade do que como uma pergunta:

– Lagostins?[2]

– Tem fêmeas? – pergunta o professor.

---

1. Na realidade, luvas feitas de pele tratada e macia de rena ou de veado. (N.T.)
2. Lagostins: Kräftor. Esses lagostins são de água doce e motivo de festas – kräftskivor –, principalmente na Suécia. A época de apanhá-los e comê-los é agosto, em pleno verão. As fêmeas são consideradas mais gostosas. De qualquer forma, são um requinte da culinária sueca. (N.T.)

– Fêmeas grandes – responde Gustav, dirigindo-se depois para a janela que dava para a cozinha e gritando:
– Fêmeas grandes de lagostins para o professor, com muito dill.

Depois disso, vai buscar um couvert de manteiga e queijo, corta duas fatias de pão preto e leva tudo para a mesa do professor. Este procura na varanda pelos jornais do dia, mas só encontra o *Posttidningen*.[3] Para substituir o noticiário da tarde, mais atualizado, acaba pegando o exemplar do *Dagbladet*[4], o matutino que ele não teve tempo de ler no almoço. Então, sentado à mesa, lê o *Dagbladet*, mas interrompe a leitura e pega o *Posttidningen* que acaba colocando à sua esquerda, por cima da cestinha de pão. Então, ele pega a faca e corta algumas figuras geométricas de manteiga que passa no pão preto. E sobre o pão, monta um retângulo de queijo suíço. Depois, enche um copinho com até três quartos de *schnapps*[5] e eleva o copo até o nível da boca onde faz uma pausa como se hesitasse diante de um medicamento; bebe jogando a cabeça para trás, dizendo "uau!". Assim, ele vinha fazendo há doze anos e viria a fazer até o dia da sua morte.

Quando os lagostins, seis ao todo, chegam, ele procura confirmar o seu sexo e, não havendo reclamação a fazer, passa a dedicar-se ao ato saboroso de comê-los. O guardanapo é colocado com um dos cantos metido no colarinho. Dois sanduíches de queijo ficam prontos ao lado do prato, a cerveja está servida no respectivo copo e o copinho de *schnapps* já voltou a ficar meio cheio. Depois disso, tudo a postos, ele pega uma faquinha especial e logo começa a matança. Não existe ninguém na

---

3. *Posttidningen*: jornal. (N.T.)
4. *Dagbladet*: jornal. (N.T.)
5. *Schnapps*: tipo de bebida destilada, aguardente. (N.T.)

Suécia que saiba comer lagostins melhor do que ele. E quando vê qualquer outra pessoa a comer esses lagostins, ele costuma dizer: "Você não sabe comer lagostins!". Primeiro, ele faz uma pequena incisão na cabeça do lagostim e, depois, leva o buraco aberto até a boca e suga o líquido divino.

– Esta é a parte mais delicada e fina – diz ele. Em seguida, solta o tórax da parte inferior do corpo do lagostim (usando um método antigo de execução de prisioneiros).[6] E, então, ajusta os dentes no corpo e chupa lenta e eficientemente. As pernas pequenas, ele deixa cair no prato. Põe um pouco do dill, toma um gole de cerveja e dá uma dentada no sanduíche. Depois de ter descascado e comido o conteúdo das pinças do lagostim, sugando os canais sólidos de cálcio, ele come a carne, terminando pelo rabo. Após comer três lagostins, ele bebe o meio copo de *schnapps* e lê as nomeações para o serviço público no *Posttidningen*. Assim tem feito nos últimos doze anos e assim sempre fará.

Ele tinha vinte anos quando começou a comer neste lugar. Agora, está com 32 anos. Gustav é garçom aqui há dez anos! É o mais velho do lugar, mais velho que o dono, o *restaurateur*, que assumiu o local somente há oito anos. Ele já viu muitos grupos de convivas no restaurante. Alguns duraram apenas um ano, dois anos, cinco anos. Depois, desapareceram, foram se reunir em outro lugar, mudaram-se para outra cidade ou se casaram. Ele se sente muito velho e, no entanto, tem apenas 32 anos! Este é o seu lar, visto que em sua casa, no Ladugårdslandet, ele apenas dorme.

---

6. Método antigo de execução de prisioneiros: abria-se o peito, puxavam-se as costelas para os lados como se fossem asas e retiravam-se os pulmões do indivíduo. (N.T.)

Já são dez horas. Então, ele se levanta e segue para a pequena sala de entrada do restaurante onde há um *toddy*[7] à sua espera. Então chega o livreiro. Os dois jogam xadrez ou ficam conversando a respeito de livros. Às dez e meia chega também o segundo violino do Dramaten.[8] É um velho polonês que fugiu para a Suécia depois de 1864[9] e que agora precisa ganhar a vida com aquilo que antes era para ele um divertimento. O polonês e o livreiro já tinham mais de cinquenta anos, mas gostavam de conviver com o professor e o tratavam como alguém da mesma idade.

Atrás do balcão está o *restaurateur*. É um velho capitão do mar que se perdeu de amores na antessala e, então, resolveu ligar o seu destino com o da dona do restaurante. Ela agora comanda a cozinha e tem sempre aberta a janela que dá para a sala, a fim de tomar conta do seu velhote e não deixar que ele "beba" as gorjetas antes de o último cliente sair. Mas, então, com o gás apagado e a cama feita para o velhote, aí sim, um *toddy* com rum faz bem para dormir.

Às onze horas, começam a chegar os jovens, que avançam timidamente até o balcão e, sussurrando, perguntam ao dono se tem alguma "sala isolada" no primeiro andar. E, então, ouve-se o farfalhar de saias passando pela entrada e, disfarçadamente, subindo a escada.

— É... — diz o livreiro que, pode se dizer, recebeu um tema oportuno para conversar. — Você não pensa em se perpetuar, meu caro?

— Não tenho recursos — responde o professor. — Por que você mesmo não se casa?

---

7. *Toddy*: na época, na Suécia, um conhaque com limão, açúcar e água quente, ou seja, um "fortificante" contra resfriados. (N.T.)
8. Dramaten: o mais antigo e tradicional teatro e casa de espetáculos de Estocolmo. (N.T.)
9. Em 1864, a Rússia derrubou uma tentativa de libertar a zona da Polônia sob domínio russo. (N.T.)

— Atualmente, ninguém me quer – diz o livreiro –, desde que me transformei num velho com um gorro de pele de foca na cabeça. Aliás, eu ainda tenho a minha velha Stava para consolar.

Stava era uma entidade mística em que ninguém acreditava. Ela seria a personificação dos desejos não acontecidos do livreiro.

— Mas e o senhor Potocki, então? – objeta o professor.

— Ele esteve casado, efetivamente, isso não basta? – diz o livreiro.

O polonês acena com a cabeça como se fosse um metrônomo e diz:

— Sim, sim! Eu estive casado, felizmente casado – e bebe mais um pouco do seu *toddy*. – Hum!

— Sim, isso também acontece – diz o professor. – Se não fossem as mulheres umas patas-chocas, podia-se pensar no caso, até! Casar! Mas elas não passam de umas patas-chocas!

O polonês acena com a cabeça, afirmativamente, concordando e sorrindo, visto que não sabe o que pata--choca significa:

— Eu me considero muito bem casado, felizmente!

— E, então, isso significa choro de crianças e roupas a secar no aquecedor – continua o professor –, e também empregadas, babás e cozinheiras. Não, não aceito, muito obrigado! Para não falar de noites talvez maldormidas!

— Que coisa! – completa o polonês.

— O senhor Potocki se espanta – intervém o livreiro – com a expressão radiante, habitual num solteirão, quando escuta um homem casado falar mal do casamento.

— Como? O que é que eu disse? – perguntou o viúvo, admirado.

— Que coisa — imitou o livreiro. E foi assim que a conversa se dissolveu numa careta mútua e numa nuvem de fumaça de tabaco.

E, então, chega-se à meia-noite. O piano no andar de cima, que havia produzido um acompanhamento ruidoso para o coro misturado de homens e mulheres no salão, silencia. A correria do garçom entre a cozinha e a varanda para. O *restaurateur* prepara as últimas garrafas de champanhe a serem servidas no andar de cima. O gás da iluminação é reduzido. E os três amigos levantam-se e saem, encaminhando-se cada um para a sua "cama casta de solteirão". Mas o livreiro vai para a sua Stava.

O professor Bloom, aos vinte anos de idade, resolveu interromper os seus estudos em Uppsala e seguir para a capital do país como professor extraordinário. Junto com as lições particulares, ele conseguia se sair bem em termos financeiros. Aliás, ele não exigia muito da vida. Ordem e tranquilidade era tudo o que queria. Em seu pequeno apartamento no bairro chique de Ladugårdslandet, que ele alugou de uma velha senhora, foi encontrar mais do que um rapaz solteiro costuma exigir. Recebeu cuidados e amizade. Todo o carinho que a natureza dessa senhora dedicaria a um parente do seu sangue acabou sendo direcionado para ele, de graça. Ela fazia comida e realmente cuidava dele. Mas ele, que tinha perdido a mãe bastante cedo e, por isso, não estava acostumado a receber tanto por nada, considerou o presente quase como uma interferência em sua liberdade. Porém, soube aceitar as atenções recebidas! No entanto, o restaurante passou a ser o seu lar. Era ali que ele pagava por tudo, sentindo que não devia nada a ninguém.

Nascido numa cidade do interior central da Suécia, ele se sentia como um estrangeiro em Estocolmo. Não procurou por ninguém. Não conviveu com membros da sua família e apenas se encontrava com os conhecidos no restaurante, falava com eles, mas não dava confiança e, aliás, também não tinha nenhuma para dar. Sua ocupação na escola, onde apenas ensinava no terceiro ano básico, fazia com que se sentisse como alguém que tinha parado de crescer. Antes, ele havia passado pelo terceiro ano, chegou ao sétimo, fez vestibular. Contudo, no momento, sentia que continuava no terceiro ano. Fazia doze anos que estava ainda no terceiro ano, não avançando nunca mais. Ensinava apenas os livros segundo e terceiro na escola Euklides. Isso era todo o curso da classe. Toda a vida se delineava para ele e apenas como um fragmento. Um fragmento, porém, sem princípio nem fim: livros segundo e terceiro. Nos momentos livres, lia arqueologia e os jornais. A arqueologia é uma ciência moderna, uma das doenças da época, pode se dizer. E é perigosa, visto que demonstra, na maioria dos casos, ser a idiotice humana uma constante através dos tempos.

Nos jornais, se ocupava apenas da partida de xadrez. A política era para ele um jogo interessante. Em relação ao rei, nada de especial. Havia sido educado, como todos os outros, tendo como crença que aquilo que acontecia no mundo não nos diz respeito, e sim deve ser resolvido por aqueles a quem Deus deu o poder. Essa maneira de ver as coisas mantinha em sua alma uma grande e pura tranquilidade. Não dava preocupações a ninguém, nem se preocupava com nada. Por vezes, quando achava que a idiotice fora longe demais, ele se consolava com a ideia de que nada podia ser feito, nem pelo diabo! A educação tinha-o tornado um egoísta, e a catequese tinha-lhe ensinado que, quando cada um cumpre a sua missão na vida, a vida lhe dá o que ele merece. Ele também cumpria sua missão na escola exemplarmente. Nunca chegava atrasado. Nunca ficava doente. Na sua vida particular, ele agia sem desvios. Pagava o seu aluguel no prazo, não comia nada a crédito e encontrava as "mulheres" uma vez por semana. (Nunca dizia que ia às "garotas".) Sua vida avançava como um trem sobre trilhos reluzentes, chegando no horário, de acordo com o ponteiro dos segundos, a certas e determinadas estações e evitando, como homem inteligente que era, qualquer acidente de percurso. No futuro, não pensava, visto que o verdadeiro egoísta jamais vê tão longe pela simples razão de que o futuro, para ele, nunca vai além de uns vinte, trinta anos! Assim seguia sua vida.

Era uma manhã de um dia de *midsommar*[10], radiante, ensolarado, como devia ser. O professor estava deitado na cama e lia sobre a arte da guerra dos egípcios no momento em que a senhorita Augusta entrou no quarto com a bandeja do café da manhã. Para festejar o belo dia, ela trazia fatias de pão com sabor de açafrão e colocara alguns lilases sobre o guardanapo. Além disso, na noite anterior, havia deixado alguns ramos de vidoeiro atrás do aquecedor de lenha, posto areia nova e um par de flores amarelas no escarrador, assim como um copo com lírios-do-vale em cima da cômoda e diante do espelho.

— Muito bem, será que o professor também não vai sair hoje e dar uma volta? — perguntou a velhinha, dando uma olhada em torno de si, a ver se tudo no quarto estava em ordem como ela tinha deixado e à espera de uma palavra de reconhecimento ou de agradecimento.

Mas o professor não havia reparado em nada e apenas respondeu secamente:

---

10. Literalmente, meio do verão. Dia festivo, feriado nacional na Suécia, comemorando a chegada do verão. Coincide, normalmente, com o nosso dia de São João. (N.T.)

– Não, a senhorita Augusta sabe que eu não costumo ir passear para não receber encontrões e nem ouvir os berros das crianças.

– Oh, mas certamente pode-se ir até o centro da cidade num dia de verão tão bonito quanto este! O professor deve ir até o Djurgården, pelo menos, não?

– Essa seria a última coisa que eu faria, especialmente hoje, em que todo o povão vai estar lá. Não, eu me sinto muito bem aqui na cidade, e essa série de feriados certamente vai terminar um dia.

– Meu caro professor – objetou a velhota –, tem muita gente achando que os feriados são poucos durante todo o ano de trabalhos pesados. Mas agora o professor precisa dizer, se faz favor, se deseja mais alguma coisa. A minha irmã e eu vamos até Mariefred e não voltamos antes das dez horas da noite.

– Desejo apenas que a senhorita Augusta tenha um bom dia. Eu não preciso de nada e sei muito bem o que fazer. O porteiro poderá limpar o apartamento quando eu sair para almoçar.

E assim ele ficou sozinho com a sua bandeja de café da manhã. Quando terminou de comer, acendeu um cigarro e continuou deitado na cama com a sua arte da guerra dos egípcios. A janela, que continuava aberta, batia ligeiramente por efeito do vento sul que entrava, ainda que fraco. Às oito horas, tocaram todos os sinos da igreja de Ladugårdslandet[11], grandes e pequenos, cujos sons foram seguidos dos das igrejas Katrina, Maria e Jakob, tilintando e ribombando de forma a desesperar qualquer pagão. Quando os sinos pararam de tocar, começaram os acordes de um sexteto a partir da ponte de comando de um vapor ancorado no porto, o Nybrohamn,

---

11. Igreja de Ladugårdslandet, também chamada de Igreja de Hedvig Eleonora, hoje conhecida como Igreja de Östermalm. (N.T.)

tocando *Den Svaga Sidan*.¹² O professor contorceu-se nos lençóis da cama e quase se dispôs a levantar-se e a fechar a janela, o que faria se o dia não estivesse tão quente. E, então, escutou-se o rufar de tambores do lado da praça Karl XIII, interrompido por um novo quinteto de instrumentos de sopro, a partir de outro vapor em Nybrohamn, que tocava Jägarkören (Coro dos caçadores), da ópera Friskytten (O livre atirador). Mas o som infeliz dos tambores da praça Karl XIII se aproximava. Eram os atiradores de elite a caminho do campo, tendo que passar pela Storgatan (A rua larga). E agora ele ouvia pela sexta vez a Norrköpings Skarpskyttemarsch (A marcha dos atiradores de elite de Norrköping)¹³, todas intermediadas pelo som das melodias dos vapores, toque dos sinos e música dos instrumentos de sopro que, finalmente, entre as batidas na água das pás propulsoras dos vapores, esmoreceu perto de Kastellholm.

Levantou-se da cama às dez horas. Pôs água a aquecer no seu fogão a álcool para fazer a barba. A camisa de colarinho e peito duros estava em cima da cômoda, tão branca e tão dura quanto uma prancha de madeira. Ele gastou um quarto de hora para abotoar as ceroulas, tentando enfiar os botões nas respectivas casas. Depois, gastou mais meia hora para se barbear. Em seguida, penteou-se cuidadosamente, como se essa fosse uma manobra de importância máxima. E, ao enfiar as calças, ele se deu ao trabalho de segurar a bainha inferior de cada perna para que não arrastasse no chão e apanhasse pó.

---

12. *Den Svaga Sidan* [O lado fraco]: musical dos franceses L. F. Nicolaïe (Clairville) e L. Thiboust, espetáculo muito popular representado pela primeira vez na Suécia em 1859. (N.T.)
13. Movimento miliciano voluntário que surgiu na Suécia em 1860. (N.T.)

O quarto era simples, extremamente simples, mas muito bem-arrumado. Tinha uma decoração impessoal, abstrata, como um quarto de hotel. E, no entanto, ele já estava morando ali há doze anos. A grande maioria das outras pessoas, ao fim desse espaço de tempo, já costuma reunir um montão de pequenas coisas: presentes, pequenas inutilidades, ornamentos, objetos de luxo. No caso, não havia sequer uma gravura pendurada nas paredes, nada que em determinada época indicasse qualquer sentimento ou emoção especial, nem sequer uma toalha bordada por alguma irmã prestativa para colocar no topo das cadeiras ou das poltronas e evitar a sujeira da brilhantina das cabeças, nem sequer uma fotografia de algum rosto querido ou um pano bordado para limpar os aparos da caneta em cima da mesa do escritório. Tudo era comprado ao melhor preço, para poupar despesas inúteis que pudessem prejudicar o equilíbrio da vida independente do proprietário.

Ele foi até a janela para olhar a rua e a Praça da Artilharia, que dava para o porto. No prédio em frente, na lateral, viu uma mulher de corpete, fazendo sua toalete. Ele desviou o olhar como se a imagem fosse feia ou transtornasse sua tranquilidade. Lá embaixo, no porto, circulavam pequenos barcos de carga e também vapores, e as águas da corrente do estreito[14] brilhavam à luz do sol. Subindo para a igreja, viam-se algumas velhinhas com o livro de salmos na mão. À entrada do regimento de Artilharia, havia uma sentinela no posto, com o seu sabre, mostrando-se descontente e olhando, de vez em quando, para a torre da igreja, a fim de verificar quanto tempo faltava para ser substituído. Não contando isso, as

---

14. Estreito: no centro da cidade de Estocolmo, existe um canal de ligação das águas do lago Malar com as águas do Mar Báltico. (N.T.)

ruas continuavam vazias, cinzentas, quentes. Ele olhou novamente para a mulher que estava se vestindo do outro lado da rua. Agora ela pegava uma borla de pó de arroz e esfregava a face perto do nariz, diante do espelho, com uma expressão parecida com a de uma macaca. A essa altura, ele saiu da janela e sentou-se numa cadeira de balanço.

Fez, então, o seu programa para o dia, já que, na realidade, sofria de um receio profundo de ficar sozinho. Nos dias úteis, tinha à sua volta os alunos na escola e, ainda que não amasse esses selvagens, sabia dominar-se, isto é, conseguia exercer a difícil arte da dissimulação, embora sentisse certo vazio quando se afastava deles. No momento, durante as férias de verão, conseguiu montar um esquema de recuperação de alunos, mas até mesmo estes tinham um período de férias, de modo que ele há vários dias que estava só, com exceção dos horários das refeições, em que ele sempre podia contar com o livreiro e com o segundo violino.

"Às duas horas", pensou ele, "quando a parada já tiver passado e a multidão já se dispersado, vou até o restaurante e almoço. Depois, levo o livreiro comigo para o Strömsborg, onde deve pairar o silêncio e a tranquilidade num dia como o de hoje e onde podemos tomar o nosso café com ponche até que anoiteça. Depois, voltamos para o Rejners." (Assim se chama o restaurante no Berzelli Park.)

Ao bater as duas horas, ele pegou no seu chapéu, tirou todo o pó da roupa com uma escova e saiu.

"Gostaria de saber se hoje eles têm perca cozida ao molho branco", pensou ele. "E se dá para encomendar e pagar uma dose de aspargos, visto ser hoje dia de *midsommar*!"

E assim foi passeando a caminho do restaurante, procurando a sombra ao longo do alto muro da padaria.

No Berzelli Park, famílias de trabalhadores com carrinhos de criança ocupavam os mesmos bancos em que, nos dias úteis, costumavam sentar-se as babás mais distintas da rua Stora Trädgårdsgatan. Foi onde ele viu uma mãe amamentar sua criança. Um peito enorme, que a criança tapou com a mão gorducha pela metade. O professor desviou o olhar com veemência. Perturbava-o ver esses forasteiros no *seu* parque. Era para ele como se visse o pessoal de serviço se refestelando no salão da casa quando os patrões estavam fora. E ele não podia desculpá-los por serem tão feios.

Ao chegar à varanda de vidro e ao levar a mão à maçaneta da porta do restaurante, ainda pensando nas bonitas percas que comeria "com muita salsa", os seus olhos bateram num papel branco com alguma coisa escrita, pendurado no vidro, por dentro. Nem precisou ler. Ele sabia qual era o conteúdo do texto. O restaurante estaria fechado no dia de *midsommar*. Sabia disso, mas tinha esquecido e, naquele momento, era como se tivesse batido com a cabeça num poste de luz junto ao meio fio! Ficou furioso. Primeiro, com o dono do restaurante por não abrir as portas nesse dia, e com ele próprio por ter esquecido que o restaurante estaria fechado. Achou monstruoso que não lembrasse de uma coisa tão importante. Não queria nem acreditar que isso fosse possível, passando a procurar por alguém que tivesse motivado esse esquecimento. Era, naturalmente, o dono do restaurante. Agora, estava desorientado, irresoluto, desesperado, perdido. Sentou-se num banco do jardim, quase chorando de raiva.

Pumba! De repente, veio uma bola e bateu em cheio no seu peito, branco e engomado. Ele pulou do assento como uma vespa irritada, querendo saber quem havia sido o criminoso. Viu, então, o rosto feio de uma menina, rindo bem diante dos seus olhos, e atrás dela um trabalhador em traje de feriado e chapéu de palha que, rindo, pegou a garotinha pela mão e lhe perguntou se tinha se machucado. E em volta viu ainda uma multidão de empregados e guardas que riam. Ele olhou ao redor à procura de algum policial, visto sentir-se atingido nos seus direitos como pessoa mas, ao ver o policial em conversa animada com a mãe da garotinha, perdeu toda a vontade de discutir e partiu direto para a Norrmalmstorg para subir numa charrete e seguir para o sul da cidade, o Söder, e procurar o livreiro em casa, pois agora é que não podia ficar nem mais um momento sozinho, consigo mesmo. Ao subir na charrete, ele sentiu-se mais ou menos protegido e só então resolveu limpar a camisa, um pouco empoeirada pela bola.

Ao chegar à Götgatan, ele despediu o cocheiro, certo de que encontraria o livreiro em casa. Porém, ao subir as escadas, ficou angustiado. E se ele não estivesse em casa? E ele não estava em casa, não! Também não havia ninguém no resto do prédio! Não houve resposta nenhuma quando ele bateu nas portas. O silêncio era tão completo que ele chegava a ouvir o eco dos seus próprios passos na escada.

Quando, finalmente, voltou à rua, sozinho, ele não sabia para onde ir. O endereço de Potockis ele não sabia, e encontrar um guia de endereços, hoje, quando todas as lojas estavam fechadas, até ele achou que era impossível!

Desceu a Götgatan sem saber ao certo para onde ia. Atravessou a cidade, passando pela Skeppbron, a Norrbro e a Praça Karl XIII. Não encontrou nem sequer um único rosto conhecido. E ele se sentia ferido por essa multidão que havia tomado a cidade na ausência dos deuses. Afinal, ele havia sido educado como aristocrata, como todos nas escolas do Estado.

A fome, que após a primeira erupção se acalmou, voltava agora a acordar com força total. Veio-lhe à cabeça um pensamento terrível que ele, por covardia, nem ousava transformar em palavras: "Onde é que eu vou almoçar?". Ele saíra de casa com vales-refeição, além de uma coroa e cinquenta centavos. Era tudo o que tinha em caixa. Os vales serviam apenas para pagar as contas no Rejners, e uma coroa ele precisava para pagar o transporte.

Acabou chegando ao Berzelli Park, onde se encontravam as famílias de trabalhadores, tragando a comida que trouxeram de casa nas suas sacolas: ovos cozidos, lagostins, panquecas! E a polícia nada dizia! Havia mesmo um policial com um sanduíche e um copo de cerveja na mão! O que mais o aturdia era ter que reconhecer que essas pessoas que ele desprezava no momento estavam por cima, numa situação melhor do que a dele. Mas por que razão ele não poderia ir a uma padaria e aquietar a sua fome? Por quê? Bem, a resposta saiu dele mesmo como uma espécie de inspiração. Correu em disparada para o vapor que o levaria até Djurgården, onde devia encontrar algum conhecido a quem, por muito que isso lhe custasse, pediria emprestado dinheiro suficiente para almoçar, mas um almoço mais aprimorado, no sofisticado restaurante Hasselbacken!

Havia muita gente no barco a vapor, de modo que o professor teve de ficar de pé, ao lado da máquina que lhe aquecia as costas e lhe enchia a sobrecasaca com mau cheiro de gordura derretida. Ao seu lado, ficou também uma cozinheira de tranças, cheirando a pomada rançosa. Nenhum rosto conhecido!

A subida para Hasselbacken ele fez o mais rápido possível e chegou tentando adotar uma aparência distinta, confiante. A área em frente ao restaurante parecia um salão de teatro e parecia, também, seguir essas mesmas regras, ou seja, ser um ponto de encontros e um lugar para se mostrar e ser visto para aqueles que tivessem alguma coisa para mostrar. Em cima e ao fundo, estavam alguns oficiais militares, de rostos azulados em decorrência de muita comida e bebida. Ao lado deles, havia alguns representantes de países estrangeiros, de aparência lívida e cansada pelo trabalho extenuante de controlar alguns compatriotas bêbados, chegados de um navio de visita ao porto da cidade ou dispostos a assistir aos espetáculos de gala, normais nesse dia, como batizados, casamentos, funerais e assemelhados. Mas com isso também estava esgotada a presença de gente fina. O professor, entretanto, descobriu na área o limpa-chaminés do bairro Ladugårdslandet, com a família, o *restaurateur* do Kungen i Helvete, o provedor da farmácia Sjubben e outros que tais. E com eles seguia um homem de fantasia esverdeada com divisas prateadas e na mão uma vara dourada, jogando olhares desdenhosos para esses grupos, olhares de quem perguntava: "O que estão fazendo aqui?". O professor ficou extremamente constrangido diante desses olhares que pareciam todos dizer: "Ali vai ele procurando pelo seu almoço!", mas ele teve de continuar. Chegou às varandas onde se comem percas com aspargos e onde se bebe vinho branco suave de Bordéus e champanhe. E um, dois, três... Ele sente uma mão amiga pousar no seu ombro e quando se vira descobre o rosto alegre e radiante do garçom Gustav. Recebe logo um desafetado aperto de mão e uma pergunta sincera e franca: "O professor aqui, como está?". E o garçom Gustav, tão satisfeito em se sentir por um momento alguém igual ao seu cliente, aperta na sua mão quente um pedaço de "madeira" dura, uma mão rígida, enfrentando ao mesmo tempo um par de olhos semicerrados, marcando distância. E foi essa mão rígida que, na noite anterior, no salão do restaurante onde se encontravam todos os dias, tinha posto na sua mão uma nota de dez coroas de gorjeta. E esse homem lhe tinha agradecido pelos serviços prestados e pelo bom atendimento como, normalmente, se agradece a um amigo. E o garçom Gustav dá meia volta e senta-se entre os seus amigos, confuso e triste, mas o professor segue em frente, com um sentimento de amargura na mente, desviando-se aqui e ali de uma porção de gente que, segundo ele pensa, está sussurrando por trás das suas costas palavras de escárnio: "Ele hoje não almoçou!".

Então ele desceu da colina, encontrando um teatro de marionetes onde a figura de Kasper leva pancada da mulher. Vê também um marinheiro que lê o futuro numa espécie de bola de cristal, para secretárias, canhoneiros, guardas e viajantes. Todos haviam almoçado e estavam alegres. E ele achou por momentos que estava pior do que os outros, mas então se lembrou de que eles não sabiam nada de como os cercos dos egípcios se realizavam e, assim, voltou a sentir-se melhor. Mas não podia entender como é que as pessoas desciam tanto, a ponto de encontrar prazer em se divertir ouvindo prognósticos até desagradáveis sobre o futuro.

Entretanto, havia perdido a vontade de pesquisar em outros restaurantes, seguindo por Novilla, passando em frente do Tivoli e por Singelbacken. Ali, em cima da grama, alguns jovens dançavam ao som de um violino. Um pouco mais adiante, uma família inteira se espalhara pela grama, debaixo de um carvalho. O homem, o pai da família, estava de joelhos, em mangas de camisa, com um copo de cerveja em uma das mãos e um sanduíche com salsicha na outra. Seu rosto gordo, redondo e alegre, muito bem barbeado em torno da boca, resplandecia de alegria e de boa vontade, e ele estimulava os seus convidados, incluindo, notoriamente, a esposa, os sogros, cunhados, garçons e serviçais, a comer e a beber até ficarem satisfeitos e alegres, visto que aquele era dia de *midsommar*, o dia inteiro. E o homem, sempre bem humorado, ficou contando piadas, de modo que todos rolavam na grama de tanto rir. As salvas de gargalhadas eram estrondosas. E quando as panquecas foram servidas e comidas com os dedos e a garrafa de vinho do Porto andou de mão em mão, o balconista mais velho da loja fez um discurso, por vezes caloroso e comovente, a ponto de as senhoras puxarem dos lenços e o anfitrião parar de mastigar um pedaço de panqueca já no canto da boca. O discurso, no entanto, era por vezes hilariante, de modo que as exclamações de apoio, os bravos e as gargalhadas fizeram silenciar o orador. A essa altura, o professor ficou apático, parou no caminho e acabou sentando numa pedra, atrás de um pinheiro, para ver "os animais". Quando o discurso terminou e o anfitrião e anfitriã aceitaram o brinde feito, finalizado com gritos e fanfarras de acordeão, com os pratos rasos e fundos já vazios, todo o grupo passou a brincar de esconde-esconde. E as sogras foram para trás de uns arbustos acompanhando os menores que precisavam fazer suas necessidades. Uma das mães chegou a ter de abotoar as calças de alguns mais crescidinhos.

"Que animais", pensou o professor, virando as costas e indo embora. Para ele, o natural era feio, e o bonito era artificial, a não ser nos quadros dos grandes e reconhecidos mestres, abrigados no Museu Nacional.

Observou como os jovens ficavam em mangas de camisa, enquanto as garotas penduravam os seus distintivos, as pulseiras coloridas, símbolos da classe alta, nos ramos dos arbustos de espinheiros-alvares. E era assim que elas se apresentavam para correr.

Na corrida as garotas levantavam as saias, de modo que as ligas das meias podiam ser vistas – vermelhas e azuis, compradas em armarinhos –, e quando os cavalheiros conseguiam alcançar as suas damas, eles as abraçavam e rodavam com elas nos braços, de modo que "as pernas podiam ser vistas até os joelhos". E todos riam, velhos e novos, propagando-se o eco das gargalhadas.

"Era inocência ou corrupção?", questionava-se o professor. Mas com certeza as pessoas daquele grupo nem sabiam o que a palavra "corrupção" significava e, por isso, estavam alegres e satisfeitas.

Ao se cansarem do jogo e das correrias, o café já estava pronto. E o professor não podia entender onde os cavalheiros poderiam ter aprendido a ser tão delicados e atenciosos para com as damas. Eles chegavam a ficar de quatro para apanhar de cima da toalha no chão o pote de açúcar e o cesto de pão e doces para servir as garotas. Logo em seguida, recompunham as suas vestes, apertando os cintos para regular a largura.

"São os machos se aperaltando para conquistar as fêmeas", pensou o professor, "basta esperar!"

Mas, então, ele viu o anfitrião, de alma alegre, servindo atenciosamente não só o seu velho sogro e a sua velha sogra e até mesmo a sua esposa, como também todos os empregados da loja, e, quando algum deles reagia ao convite, dizendo "Sirva-se o senhor mesmo", respondia ele: "A seu tempo, a seu tempo!". E logo ele viu que o sogro descascava um pedaço de madeira de pinheiro e fazia cachimbos para os garotos, enquanto a sogra agia como uma criada, reunindo pratos e talheres e querendo lavar tudo de uma vez. Naquele momento, o professor pensou que o egoísmo era uma coisa estranha ao assumir formas humanas: todos, ao que parecia, davam e recebiam, precisamente, por igual. Mas que era uma forma de egoísmo, não havia dúvida!

Então eles iniciaram um jogo de apostas[15] em que os prêmios a pagar eram beijos, beijos de verdade, beijos na boca, estalados. Quando chegou a vez do alegre contador da firma beijar um carvalho, ele não só beijou a grossa árvore como também a abraçou como quem abraçava, loucamente apaixonado, uma garota quando ninguém estava vendo. Logo houve uma revoada incessante de gargalhadas, visto que todos sabiam, realmente, como se praticava o ato, embora ninguém estivesse disposto a praticá-lo na frente dos outros.

O professor que, de início, apreciava criticamente o espetáculo de um ponto de vista elevado, em cima da pedra, acabou por se aproximar e se integrar na alegria do grupo, a ponto de quase pensar que fazia parte dele. Chegou mesmo a demonstrar reações diante das piadas dos empregados e do anfitrião que, ao que parecia, era um pequeno comerciante, ganhando dele, professor, ao fim de uma hora, uma profunda simpatia. Até mesmo contra sua vontade, o professor sentia-se alegre só de olhar para ele. O anfitrião era um sacerdote de otimismo de primeira classe. Entrava também em todas as espécies de jogos e de exercícios de ginástica, além de "engolir" moedas, "comer" fogo e imitar todos os tipos de cantares dos pássaros. Quando conseguiu retirar do cinto de uma jovem um bolinho de açafrão e logo fazê-lo desaparecer atrás da orelha, até o professor soltou uma gargalhada tão forte que mesmo o seu estômago vazio ficou aos pulos.

---

15. Jogo em que se apostava alguma coisa e que, para recebê-la de volta, havia que se cumprir determinada missão, geralmente beijar alguém. (N.T.)

Então, começou o baile. O professor havia lido algo sábio na *Gramática de latim*, de Rabes: *Nemo saltat sobrius, nisi forte insanit*[16] – uma citação de Cícero. Ele sempre considerara a dança uma explosão de insanidade. Sem dúvida, vira cães e potros dançarem por estarem contentes, mas não acreditava que Cícero pudesse ter estendido a sua máxima para os humanos. E entre os animais e os humanos, o professor aprendera a traçar uma linha bem sólida. Ao ver, agora, todos esses jovens, rapazes e garotas, sóbrios, bem nutridos e sem sede, rodopiar ao som do acordeão, meio falho mas bem compassado, era como se a sua alma tivesse entrado num balouço e ficasse balançando, sujeitando olhos e ouvidos ao domínio da música. Ao final, não pôde evitar que o seu pé direito, lentamente, seguisse os compassos da melodia.

Passadas três horas, levantou-se, mas foi quase impossível sair do lugar. Era como se fosse abandonar uma alegre companhia, visto se sentir como se tivesse estado com eles. Sentia-se mais aliviado, experimentando uma paz e um agradável cansaço, como se ele próprio tivesse participado de todas as atividades.

A noite chegou. Uma ou outra carruagem laqueada transportava no assento traseiro algumas damas envoltas em capas brancas de ir ao teatro, parecendo cadáveres, com uma maquilagem esbranquiçada e retoques negros nos olhos, coisa que estava na moda e que fazia a mulher parecer como se tivesse sido retirada há pouco da cova. A nova orientação dos pensamentos do professor levou-o a pensar que essas damas viviam aborrecidas, e delas o professor não tinha inveja nenhuma. Enfim, ao longe,

---

16. Citação de Cícero em *Pro Murena*, 13: "Ninguém dança sóbrio, a não ser que seja louco". (N.T.)

além da estrada, no canal de acesso, viam-se agora os barcos a vapor, com muitas bandeiras e música a bordo, voltando das suas viagens de recreio e com o pessoal vibrando e cantando, de tal maneira que os seus berros se ouviam nas colinas do Djurgården.

O professor jamais havia se sentido tão só na vida como nesse dia, entre a multidão, e achava que as pessoas olhavam com compaixão para ele, que caminhava sozinho como um eremita. Aliás, ele próprio achava também que deveria ter pena de si mesmo. Gostaria de ir ao encontro da primeira pessoa que visse e falar com ela, apenas para ouvir a sua própria voz, visto achar que, na sua solidão, havia um estranho andando ao seu lado. Nesse momento surgiu na sua mente uma dor de consciência. Lembrou-se do garçom Gustav, em Hasselbacken, que não podia esconder a sua alegria ao vê-lo. Tinha chegado ao ponto de desejar que qualquer pessoa viesse ao seu encontro e demonstrasse a sua alegria em vê-lo, mas não veio ninguém.

Ah, sim, quando ele estava sentado no vapor, veio ao seu encontro um cão usado na caça de perdizes. Perdera-se do dono e resolveu pousar a cabeça no colo do professor. Este, embora desse preferência a não entrar em contato com cachorros, não o enxotou. Sentia no joelho a maciez e o calor do animal que olhava para ele, bem nos olhos, como quem pede ajuda para achar o dono.

Ao chegar ao porto de desembarque, perto de Nybron, o cão partiu em disparada, seguindo o seu caminho.

"Ele não precisava mais de mim", pensou o professor, que continuou caminhando para casa, onde se deitou.

Os acontecimentos insignificantes desse dia de *midsommar*, no entanto, atingiram profundamente o professor e abalaram a sua segurança. Ele reconheceu, de fato, que toda a consideração, toda a previdência, toda a previsão inteligente, não seriam suficientes para o ser humano sentir-se seguro. Com isso, ele sentia a insegurança rondar à sua volta. Até mesmo o restaurante, que ele considerava como o seu lar, não era mais digno de confiança, podendo fechar a qualquer momento. Mesmo a atitude um pouco mais fria por parte do garçom Gustav começou a perturbá--lo. O garçom era tão delicado quanto antes, mais atencioso do que nunca, mas a amizade havia desaparecido, a confiança fora interrompida. Isso fez com que o professor ficasse desconfiado e cada vez que recebia um pedaço de carne mais duro ou um pouco menos de batatas, pensava sempre: "Ah, ah, ele está se vingando!".

O verão foi cruel para o professor. O segundo violino viajou, e o livreiro passou a ficar mais em outro lugar da cidade, Mosebacke.

Uma noite, já no outono, o livreiro e o segundo violino estavam reunidos e sentados de novo no restaurante, bebendo os seus *toddys*, quando o professor entrou com um pacote debaixo do braço. Ele tentara esconder cuidadosamente o pacote numa caixa de bebidas no depósito de lixo. O professor gemia e parecia anormalmente nervoso.

– Então, meu caro amigo – começou o livreiro, certamente, pela centésima vez –, você não vai se casar nunca?

– Aos diabos, o casamento! Será que uma pessoa não tem preocupações suficientes? E por que é que você também não se casa? – retrucou o professor.

– Eu? Eu tenho a minha velha Stava – respondeu o livreiro, sempre tendo um leque de respostas estereotipadas para um montão de perguntas.

– Eu fui feliz no casamento – disse o polonês –, mas agora a minha *muié* está morta! Husch!

— Sua *muié* morreu — imitou o professor. — Então, o senhor é viúvo. Como conviver com isso?

O polonês não entendeu a observação do professor, mas acenou com a cabeça, concordando. O professor considerou, então, que os dois começavam a cansá-lo. A conversa desbancava sempre na mesma direção, no mesmo assunto, e ele já conhecia as respostas deles de cor.

Quando o professor se levantou e foi buscar um cigarro em seu mantô na entrada do restaurante, o livreiro correu até o depósito e pegou o pacote. Como não estava fechado, ele logo conseguiu abri-lo e ver que se tratava de um pijama, um fino pijama americano que ele desdobrou cuidadosamente e colocou em cima das costas da cadeira do professor.

— Husch! — repetiu o polonês, fazendo uma careta, como se tivesse visto algo de horrível.

O dono do restaurante, que gostava de uma boa brincadeira, escondeu-se atrás do balcão, rindo desalmadamente. O garçom parou na sala e logo surgiu uma cabeça pela abertura que ligava à cozinha.

Quando o professor voltou e viu a peça que lhe pregaram, ficou pálido de raiva e desconfiou imediatamente do livreiro, mas quando viu Gustav a um canto, rindo, veio-lhe à mente a ideia fixa: "Ele se vinga de mim!". E sem dizer uma palavra, embrulhou o pijama, jogou dinheiro na mesa e foi embora.

A partir daquele dia, o professor nunca mais apareceu no Rejners. O livreiro ficou sabendo que ele comia agora no restaurante Ladugårdsland. E, de fato, era isso que ele fazia, mas estava profundamente insatisfeito. Não que a comida fosse ruim, mas não era feita do jeito a que ele estava habituado. Os garçons não eram atenciosos. Muitas vezes, chegou a pensar em voltar para o Rejners, mas o seu orgulho proibiu esse retorno. Afinal, havia sido "despejado" do seu lar. Uma ligação de muitos anos tinha terminado em cinco minutos.

No outono, chegou mais uma má notícia. A senhorita Augusta recebeu uma pequena herança na cidade de Nyköping e deixaria Estocolmo no dia primeiro de outubro. O professor precisou se mudar e acabou mudando-se todos os meses. Nada lhe satisfazia, nada parecia estar em ordem. Era um lugar pior do que o outro, e nenhum se parecia com o antigo. Estava tão habituado a andar pelas antigas ruas que, às vezes, acabava se achando diante do portão do seu primeiro apartamento antes de descobrir o seu erro. Em resumo, estava completamente desorientado. Por fim, ficou hospedado num tipo de pensão com direito a quarto e comida, uma coisa que ele sempre odiara e da qual sentia até medo. Seus conhecidos acabaram perdendo a pista dele.

Uma tarde, o polonês estava de novo sentado no Rejners, sozinho, fumando, bebendo, batendo cabeça, segundo a capacidade oriental de se afundar em total vazio mental característica da sua raça. Aí entra o livreiro, tempestuosamente, como um ciclone. Joga o chapéu meio amarrotado em cima da mesa e explode:

– Meu Deus, nosso Senhor! Meu Deus, nosso Senhor! Vocês nem imaginam!

O polonês acordou do seu nirvana, feito de conhaque e de tabaco, revirando os olhos.

– Meu Deus, nosso Senhor! Vocês não imaginam! Ele está noivo!

– Quem é que está noivo? – perguntou o polonês, cheio de medo, diante de um chapéu amarrotado e da copiosa utilização do nome do Salvador.

– O Professor Bloom! – e o livreiro pede um *toddy* como compensação pela bela notícia que oferecera.

O dono do restaurante teve de se afastar do balcão para ouvir:

— É por dinheiro? – perguntou ele, astuto.

— Não, acho que não – diz o livreiro, que no momento se sente um herói e fica monitorando a sua generosidade.

— Ela é bonita? – pergunta o polonês. – A minha *muié* era muito bonita, husch!

— Não, ela também não é bonita – reage o livreiro. – Mas parece ser uma boa menina!

— Quer dizer que você a viu? – perguntou o dono. – Ela é velha? – e ele dá uma olhada para o buraco de acesso à cozinha.

— Não, ela é jovem!

— E os pais dela? – continua o dono do restaurante.

— O pai, ao que parece, é fabricante de cintos em Örebro!

— Não é possível, que malandro! – comenta o dono.

— Isso mesmo! Foi isso que eu sempre disse! – replica o livreiro. – Aquele homem nasceu para se casar.

— Todos nós, homens, mais ou menos, nascemos para isso – triplica o dono do restaurante. – E acredite em mim, acredite que é verdade, ninguém foge ao seu destino! – e com essa exposição de sabedoria, para fechar a questão, ele se retira de novo para trás do balcão.

Depois de terem se acalmado com a certeza de que não se tratava de dinheiro, começou-se a considerar outra questão: "Do que eles vão viver?". E o livreiro fez um cálculo do que seria o salário do professor e do que "ele poderá ganhar dando aulas particulares". Assim que essa questão também ficou esclarecida, o dono do restaurante voltou e quis saber de detalhes:

— Onde é que você a encontrou? Ela é loura ou morena? Ela o ama? – esta última pergunta é considerada de forma alguma injustificada.

O livreiro "acha que sim", viu como ela se apoiava no braço dele à noite diante da vitrine de uma loja na Arsenalgatan [a Rua do Arsenal]. Muito bem, mas como é que ele, sendo um autêntico bode feito de pedra, podia se apaixonar? Era totalmente inacreditável! Mas que tipo de marido ele seria? O dono do restaurante sabia que ele era totalmente "esquisito" no que dizia respeito a comida, e isso qualquer homem não pode ser quando se casa (olhou para a abertura que dava para a cozinha); além disso, gostava muito de tomar os seus *toddys* à noite. Ele acha que, uma vez casado, vai poder beber o seu *toddy* todas as noites? E, por fim, ele não tolerava crianças!

– Puxa, isso não vai dar certo – disse ele, assobiando. – Acreditem, não vai dar certo! E ainda vou lhes dizer mais uma coisa, meus senhores – neste momento, ele levantou-se, olhou em volta e continuou sussurrando –, raios me partam, mas acho que o velho hipócrita tinha um tipo de atitude cocorocó, para não dizer estranha! Os senhores não se lembram daquela noite, hi-hi-hi!, em que ele trouxe o pijama? Ah, ah, ah! Vocês não estão vendo a situação? Fiquem de olho na senhora Bloom e vocês verão! Podia ser pior! Mas eu não vou dizer nada, não!

De qualquer maneira, o fato permaneceu: o professor estava noivo e pretendia casar-se dentro de dois meses.

O que aconteceu depois disso não compete a esta história. Além disso, é muito difícil saber do que acontece por trás dos muros do mosteiro chamado lar, onde o compromisso do silêncio ainda assim continua sendo mantido.

De certeza, sabe-se que o professor nunca mais foi visto em restaurantes e tabernas. O livreiro, que um dia se encontrou com o professor a sós numa rua, acabou recebendo uma longa preleção sobre o casamento e sobre o *dever* de casar-se. Isso mesmo, o professor abandonara definitivamente o grupo dos solteirões, dizendo que eles eram egoístas, não queriam se reproduzir, que esses cucos deviam pagar mais impostos, visto que todos os impostos indiretos atingiam mais os pais de família. É, ele foi tão longe a ponto de achar que a lei devia ser mudada, punindo todos os solteiros pelo crime de "contrariar a natureza". O livreiro, que tinha boa memória, exprimiu algumas dúvidas a respeito de ligar o seu destino a uma "pata-choca", ao que o professor respondeu, mencionando que *a sua* esposa era a mulher mais inteligente que ele havia conhecido.

Dois anos mais tarde, o polonês viu o professor e a esposa no teatro e achou que "eles pareciam 'filizes', husch!". Três anos mais tarde, o dono do Rejners viajou no dia de *midsommar* para Mariafred, perto de Estocolmo. Não muito longe do antigo palácio da cidade, no gramado do jardim, encontrou o professor empurrando um carrinho de bebê e levando na mão uma cesta com comida, seguido de uma autêntica caravana de senhores e de damas que pareciam ter vindo "passear no campo". Mais tarde, o professor foi visto a cantar melodias folclóricas e a saltar o eixo com os mais jovens. Parecia dez anos mais novo e se comportava como um verdadeiro cavalheiro para com as damas. O dono do restaurante, que permaneceu o tempo todo bem perto do grupo, de tarde, pôde ouvir um pequeno diálogo entre marido e mulher. No momento em que esta retirou da cesta um prato de lagostins de água doce, ela pediu ao Albert para não ficar triste, mas tinha sido completamente impossível encontrar algumas fêmeas para ele, embora ela tivesse procurado por toda a feira em Munkbro. E, então, o professor tomou-a pela cintura e beijou-a, dizendo que ele gostava também dos lagostins machos e que estava completamente satisfeito com tudo. Quando o pequenino começou a chorar no carrinho, foi o professor que o pegou e o aconchegou no colo, balançando um pouco, até a criança deixar de chorar. Bom, tudo isso não passava de detalhes. Estranho era ver como as pessoas conseguiam viver casadas quando antes mal sabiam viver como solteiros. Parecia até que as crianças já nasciam trazendo consigo a comida de que necessitavam quando vinham ao mundo! Coisas espantosas acontecem!

Em compensação

Ele era um gênio acadêmico no seu tempo, e não havia dúvida nenhuma de que se tornaria uma personalidade muito importante. Entretanto, como bacharel em direito, tinha de seguir para Estocolmo e procurar trabalho. A tese acadêmica ficou adiada. Ele era muito ambicioso, mas não possuía riquezas. Por isso, havia decidido se casar rico e famoso. Era visto tanto em Uppsala como mais tarde em Estocolmo nas melhores companhias que se podia encontrar. Em Uppsala, na qualidade de estudante mais velho, sempre fazia um brinde, um *skål*[1], de boas-vindas para os recém-chegados e sugeria o tratamento de *tu*, em especial, para os alunos de origem aristocrática. Estes se sentiam bastante honrados em travar conhecimento com o colega mais velho que, com isso, assegurava ligações de amizade e de "utilidade comestível" e assim sempre era convidado a passar o verão no palácio dos pais dos seus novos amigos.

Era com eles que caçava nas épocas próprias. Tinha talentos especiais para ser uma boa companhia, tocava e cantava e sabia entreter as damas. Por isso, era constantemente convidado, todos gostavam dele. Sua maneira de se vestir denunciava uma elegância que estava acima das

---

1. Essa palavra sueca vem dos tempos dos vikings, que bebiam coletivamente da mesma taça grande – uma *skål*. Em outros países, se diz e escreve *skol*. (N.T.)

suas posses, mas ele jamais pedia dinheiro emprestado aos nobres ou aos amigos. Havia comprado até duas ações sem valor no corretor Kropp & Wäng e nunca se esquecia de falar disso assim que recebia a convocação para as reuniões da firma.

Durante dois verões foi visto fazendo a corte a uma garota nobre com alguma riqueza. Falava-se até dos seus planos, quando, de repente, desapareceu do meio distinto e noivou com uma garota pobre cujo pai era um artesão, um tanoeiro, sem riqueza nenhuma.

Seus amigos não entenderam isso: como podia ele sair do brilho do ambiente em que vivia? Ele, que planejara tudo a seu favor, que recebera a comida na boca e só precisava mastigar? Muito bem, nem mesmo ele entendia a situação – como os seus planos de muitos anos podiam ter sido esmagados pelo rostinho de uma garota que ele viu apenas uma vez num barco a vapor? Ficou destruído, possesso. Perguntava aos seus amigos se não a achavam bonita. Não, isso eles não achavam, sinceramente não. Mas ela era inteligente. Bastava ver nos seus olhos: eles falam! Mas os amigos não viam nada e ouviam ainda menos. A garota não dizia uma palavra.

Mas ele ia na casa do tanoeiro noite sim, noite não. Ah, como ele era um homem inteligente! Ficava de joelhos, uma reminiscência das brincadeiras do verão. Segurava o fuso de fiar a lã, cantava para ela, tocava, falava de teatro, de religião, e lia sempre uma resposta de concordância nos olhos profundos dela. Ele ainda escrevia versos para ela e colocava tudo, a sua coroa de louros, os seus sonhos ambiciosos, até mesmo a sua tese acadêmica, tudo, a seus pés. E foi assim que ele se casou com ela.

O tanoeiro carregou na bebida durante o casamento e fez um discurso inconveniente dirigido às garotas presentes, mas o jurista encontrou tanta naturalidade, tanto amor filial na atitude do velhote que, em vez o mandar calar a boca, ao contrário, até o estimulou a continuar. Ele se sentia muito bem entre essa gente simples. Podia ser ele mesmo. "Vejam, isso é o amor", diziam os amigos. "Há qualquer coisa de extraordinário nesse amor!"

E assim se casaram. Um mês, dois meses. E ele estava tão feliz, tão feliz! À noite ficavam os dois sozinhos e, então, ele cantava de novo *Rosen i Nordanskog*[2], canção que era a preferida dela. Ele também falava de teatro e de religião, temas que ela escutava devotadamente, mas sobre os quais jamais dizia qualquer coisa. Concordava sempre com ele, enquanto dobrava as toalhinhas dos encostos das poltronas.

No terceiro mês, ele voltou ao seu antigo hábito de dormir a sesta após o almoço. A esposa gostava de se sentar ao seu lado por jamais poder ficar sozinha. Isso o constrangia, visto que sentia uma necessidade imensa de ficar só com os seus pensamentos.

Por vezes, a esposa ia esperá-lo à tarde na Norrbro e ficava muito orgulhosa toda a vez que ele se separava dos seus companheiros e corria para ela. E assim ela o acompanhava até chegar a casa, em triunfo! Ele era só dela, de mais ninguém!

No quarto mês, ele começou a cansar-se de cantar *Rosen i Nordanskog*. Já era uma canção desgastada! E resolveu pegar um livro. Assim, ficaram os dois em silêncio.

Uma noite, ele precisou ir a um velório com direito a ceia. Era a primeira noite que ele não passava com ela.

---

2. *Rosen i Nordanskog* [As rosas em Nordenskog]. Uma canção possivelmente traduzida do alemão, arranjo musical de C. L. Fischer. (N.T.)

Ficando em casa, a esposa devia chamar uma amiga para lhe fazer companhia e, depois, ir para cama na hora habitual. Ele não sabia quanto demoraria.

A amiga foi embora às nove horas. A esposa ficou sentada no salão, à espera. Decididamente, ela não podia ir para cama sem que ele tivesse voltado. Não sentia tranquilidade para dormir.

Então ela ficou sozinha no apartamento. O que é que ela podia fazer? A amiga havia ido embora para se deitar, e a casa ficou em silêncio. Apenas o pêndulo do relógio marcava o compasso de espera. Mas o relógio não marcava mais do que dez horas quando ela pôs de lado as toalhinhas e passou a fazer pequenas limpezas e a ficar nervosa. Estar casada era isso? Ser retirada do seu ambiente familiar e ficar sentada num apartamento vazio, à espera que o marido chegasse, meio bêbado e rude? Mas ele a amava e, de vez em quando, precisava sair à noite a trabalho. Ela, porém, era uma tola que não podia entender isso! Será que ele ainda a amava? Não aconteceu há pouco tempo de ele se recusar a segurar o fuso de fiação, uma coisa que, antes de se casarem, gostava tanto de fazer? Será que no dia anterior ele não havia se mostrado insatisfeito quando ela foi ao seu encontro, buscá-lo? E se ele tivesse que ir a alguma reunião de negócios à noite talvez não precisasse ficar para a ceia!

Já eram dez e meia quando ela terminou de fazer essa análise. Espantou-se com o fato de não ter pensado nisso antes. Então os maus pensamentos desfilaram mais uma vez pela sua mente, mas agora com mais força e intensidade. Ele não falava mais com ela. Não cantava, e o piano ficava fechado. Até mentira, dizendo que ia deitar-se um pouco à tarde e ficava lendo um romance em francês.

Ele havia mentido para ela!

O relógio marcava agora onze e meia. O silêncio era total, insuportável. Ela abriu a janela e olhou para a rua. Lá embaixo estavam dois homens conversando com duas mulheres. É, era assim que os homens se comportavam! Imagine, o seu homem! Aí ela soçobrou.

Fechou a janela e acendeu o lustre do quarto. Ele havia insistido que queria um grande lustre no quarto. "Uma pessoa precisa ver o que está fazendo", disse ele, em determinada oportunidade íntima. Ainda agora era tudo brilhante, tão fino, tão novo, no quarto. A colcha verde da cama parecia até um prado, e as almofadas, pequenas e brancas, davam a ideia de dois gatinhos na grama. O toalete brilhava de tão polido, e o espelho ainda não tinha aquelas manchas feias derivadas do vapor do banho. A escova do cabelo, a caixa do pó de arroz, a escova de dentes, tudo estava ainda como novo. Os chinelos dos dois, debaixo da cama, continuavam tão firmes e novos que parecia até nunca terem sido usados. Tudo ainda aparentava frescura, mas já estava tão velho. Ela já conhecia todas as canções que ele cantava, todas as suas frases feitas para decorar as conversas nos salões, todas as suas palavras e todos os seus pensamentos. Ela sabia precisamente o que ele ia dizer quando, na hora do almoço, se sentava à mesa, e tudo o que diria quando estivessem a sós à noite.

Estava entediada, cansada de tudo. Será que ainda amava esse homem? Ah, sim, claro que amava. Mas era isso tudo aquilo com que ela havia sonhado em sua juventude? Eram só esses os seus sonhos de jovem? Seria assim a vida toda? É, mas, mas, mas... Logo chegariam os filhos! Mas até agora, nem sinal! Imagine! Então ela não ficaria mais sozinha, e ele poderia sair o quanto quisesse, visto que ela sempre teria com quem falar e de quem tratar. Talvez faltassem os filhos. Talvez o casamento fosse feito, realmente, para que o homem tivesse uma amante e nada mais, uma amante que a lei lhe garantisse poder ter em paz! Muito bem! Porém, para isso, era preciso que ele fizesse amor com ela e isso ele não fazia! E, então, ela chorou!

Ao chegar, à uma hora da madrugada, ele não estava bêbado, nem um pouco, mas quase ficou zangado quando viu a esposa ainda de pé.

– Por que ainda não se deitou? – foram as suas primeiras palavras como saudação.

– Como é que eu poderia ter tranquilidade para me deitar se estava à sua espera?

– Ah, é? Assim, vai ficar divertido. Dessa maneira, nunca mais vou poder sair à noite! Acho também que você chorou!

– Sim, chorei. E por que não chorar se você não faz mais... amor comigo?

– Como assim? Só porque eu tenho que sair para uma reunião de negócios?

– Uma ceia não é fazer negócios!

– Ah, é isso? Quer dizer que agora não vou poder mais sair? Ah, como as mulheres são insistentes...

– Insistentes! Ah, sim, eu vi como você se comportou ontem na hora do almoço quando eu fui ao seu encontro na Norrbro. Mas nunca mais vou fazer isso, não.

– Mas, minha querida, eu estava com o meu chefe...

Ai, ai, ai! Agora, ela voltou a chorar. A esposa teve convulsões, e ele teve que acordar a Lina para que fizesse uma bebida quente.

Ele chorou, também. Lágrimas do coração! Pelo que fez, por ser duro, perverso, por matar ilusões, enfim, tudo! Mas eram mais do que ilusões! Ele a amava, sim! Não amava? Como assim? E ela também disse que o amava, mais do que nunca, agora que ele estava de joelhos na sua frente e assim que ele beijou os seus olhos. Sim, eles se amavam um ao outro! Fora apenas uma nuvem que passou! Pensamentos ruins na solidão. Nunca mais, nunca mais ela ficaria sozinha novamente. E assim os dois adormeceram abraçados, com ela sorrindo de novo.

Mas no dia seguinte ela não foi ao seu encontro. E ele nada perguntou na hora da refeição. Falou bastante, mas mais por falar. Era como se estivesse falando sozinho. De tarde, ele a entreteve, contando-lhe como era a vida em Sjöstaholm e o que as senhoras disseram para ele e qual era o nome do cavalo do conde. No dia seguinte, falou da sua tese acadêmica.

Uma tarde, ele voltou para casa muito cansado. Ela estava sentada no salão, à sua espera. O seu novelo de lã caiu no chão, enrolando-se no pé dele. Ele, então, continuou andando, arrancou a toalhinha que ela estava tricotando das mãos dela e jogou tudo para longe. Ficou zangado e esperneou. Estava cansado demais para se baixar e apanhar o novelo. Com a voz meio rouca, ela falou da sua falta de delicadeza. Ele respondeu, dizendo que não teve tempo para sequer pensar nos trastes dela e que ela podia muito bem fazer qualquer outra coisa de útil. Ele, por seu lado, devia pensar na sua tese, caso quisesse avançar no futuro. E, por isso, era preciso que os dois pensassem em restrições.

A essa altura, o problema estava criado.

No dia seguinte, a esposa estava tricotando uma meia para o seu marido, com olhos de choro. Ele esclareceu que era mais barato comprar meias prontas. Então, ela caiu no choro novamente. O que é que ela devia fazer? Lina, a empregada, tratava de tudo na casa. Na cozinha não havia trabalho a fazer para mais de uma pessoa. E Lina ainda fazia a limpeza do resto da casa. Ele queria que mandassem Lina embora?

– Ah, não, de jeito nenhum.

Como é que ele queria fazer, então?

Isso ele não sabia responder, mas alguma coisa estava errada. A casa estava custando demais. Tudo custando muito caro. Não dava para aguentar por muito tempo. Não conseguia terminar a sua tese. E aí novas lágrimas, muitos beijos e uma grande reaproximação.

Mas depois ele começou a sair à noite duas vezes por semana. Negócios! Um homem precisa se mostrar ao seu público. Agora, tinha de ser assim. Caso contrário, acabaria por ser esquecido.

Oh, as longas noites, muito longas. Mas, agora, a esposa já ia para a cama e fingia que dormia quando o marido chegava.

Um ano passou, e nem se notava sinal de criança chegando. O jurista achou que a situação começava a ficar parecida com a que teve antes, durante algum tempo, com uma amante, com a diferença apenas de que estava ficando mais chato e mais caro. As conversas pararam de acontecer, a não ser no caso de assuntos relativos à casa. Ela era idiota, ele achava. E ele só se guiava pelo que pensava, olhando profundamente para as pupilas dela, pupilas grandes, extraordinariamente enormes. Ele passou a falar abertamente do antigo amor entre eles, um amor passado. Não, passado não. O coração voltou a bater mais forte, e o antigo amor voltou com força total, uma coisa emocionante, inexorável, algo que jamais poderia morrer. Era assim que ele falava, por vezes, consigo mesmo. Tudo na vida acaba cansando. O que é que tornaria *Rosen i Nordanskog* uma peça impossível de perecer? Após escutar essa peça 365 vezes por ano, nem o diabo aguentaria. Não, a esposa tinha razão ao concluir que o amor também podia se desgastar. Não por princípio, mas, sim, garantidamente, lentamente, ao longo do tempo. Pensando bem, será que não poderia ser apenas um concubinato? Na realidade, era isso e nada mais, visto que não havia crianças no casamento deles.

Um dia, ele decidiu falar com um camarada casado, sendo ambos membros da ordem dos maçons livres, mas casados.

– Há quanto tempo você está casado, meu irmão?
– Seis anos!
– Você acha que é chata a vida de casado?
– No início, ficou meio insípido, mas assim que as crianças chegaram, passamos a respirar novamente.
– Não é possível! É extraordinário, eu não consigo ter filhos.
– A falha não é sua, mas poderá ser resolvida com facilidade. Mande a sua esposa para o médico!

Ele falou confidencialmente com a sua esposa e ela foi ao médico. Bingo! Seis semanas depois, estava grávida.

Agora, a vida era outra, na casa. Tanta coisa a fazer! As pequenas peças de roupa apareciam por toda a parte, até mesmo em cima da mesa da sala, e eram escondidas rapidamente entre álbuns de fotografias e livros de poesia sempre que alguém batia à porta. Tudo era posto para fora, de novo, quando se via que quem chegava era o marido. E, então, era necessário encontrar um nome para o rebento, já que seria um filho, claro. E, assim, novas conversas com a parteira, compra de livros de medicina infantil, berço e respectiva roupa de cama.

E o tempo passou, e ele chegou. Era mesmo um menino!

E foi então que ele viu "aquele macaquinho vermelho, pequenino, que cheirava a manteiga", deitado sobre os peitos que outrora eram apenas brinquedos seus. Viu a mulherzinha se tornar mulher de verdade, com as suas pupilas grandes fixadas tão profundamente no seu filhote, como se quisessem ver o futuro – a essa altura, ele entendeu que havia algo de muito profundo, sim, naqueles olhos, mais profundo do que o seu teatro e a sua religião poderiam compreender. E isso incendiou de novo todo o passado, fez reviver a primeira chama, surgindo como algo de novo, algo que ele havia pressentido, mas nunca entendido.

Como ela estava bonita, quando se levantou de novo! E tão inteligente em tudo o que dizia respeito ao recém-nascido!

Ele se sentiu como um homem de verdade. Em vez de falar dos cavalos do conde e das partidas de críquete do barão, falava agora quase demais do seu próprio filho.

Ao sair certa noite, sentiu saudades de voltar para casa, não por causa de a esposa estar esperando, tornando a sua consciência pesada, mas por saber que agora ela não estava mais sozinha. Ao chegar a casa, os dois dormiam, tanto a esposa como o filho. Ele quase que tinha ciúmes do filhote, sentia-se posto de lado, embora soubesse agora como era agradável ser uma pessoa por quem se sentiam saudades.

De um momento para o outro, ele voltou a dormir a sua sesta depois de almoço. E quando o pequeno Harald passou a poder estar entre os convidados, ele voltou a abrir o piano e, então, cantou-se de novo a *Rosen i Nordanskog*, uma canção completamente nova para Harald e também para a pobre Laura, que há muito tempo não a escutava.

E nunca mais houve tempo para tricotar de novo, embora a casa estivesse cheia de toalhinhas para evitar sujeira nos encostos das cadeiras e poltronas. Também não houve mais tempo para completar a tese acadêmica.

— Essa é o Harald que vai escrever — dizia o jurista, que agora sentia que a sua vida não terminaria mais, quando terminasse.

À noite, eles se reuniam como antes e falavam, mas agora falavam ambos, porque agora ela entendia do que ambos falavam. Ela reconheceu ter sido uma idiota presunçosa que não entendia nada de teatro e de religião. Foi isso que ela disse logo de início, se bem que ele não tenha acreditado. Agora é que ele não acreditaria de jeito nenhum.

Ambos cantavam *Rosen i Nordanskog*, com Harald gritando junto. Também dançavam cantando *Rosen i Nordanskog* e ainda balançavam o berço cantando em surdina *Rosen i Nordanskog*, que nunca mais pareceu uma canção desgastada pela repetição, nunca!

Azar

— Você pode imaginar o quanto será delicado viver com uma mulher a vida inteira, quando dois camaradas de escola só conseguem aguentar-se mutuamente uns dois anos. E os homens ainda assim, normalmente, têm os mesmos costumes e astúcias. Cautela, veja bem, antes de escolher. Tente conhecer bem a sua noiva antes de se casar!

Assim costumava predicar o velho tio para o jovem sobrinho, mas de que serviu? O homem *não escolhe* a sua esposa, visto que essa eleição, a escolha natural, é feita, na maioria dos casos, de forma espontânea.

E foi assim que ele encontrou a mulher certa! Era uma garota brilhante de 22 anos. Já estava pronta para se casar aos dezessete e esperara cinco anos para se livrar do lar paterno, dos biscoitos da mamãe e da censura das irmãs. E, então, ele chegou, o cavalheiro, o cavaleiro salvador. O cavaleiro era atacadista e herdara um velho e bom negócio perto de Skeppsbron. Tinha hábitos tranquilos e desejava apenas montar o seu próprio lar, onde pudesse entrar e descansar em paz. Fora criado para ser o melhor e o mais decente dos homens casados. E assim, eles se casaram.

Foi ele quem colocou tudo em ordem, considerando todas as possibilidades, de modo que eles seriam, sem dúvida, muito felizes.

Bem, no dia seguinte ao casamento, não havia ordem nenhuma em nada. Tiveram de ir almoçar com os pais. Mas, e no dia seguinte? Ele precisava estar no escritório às nove horas da manhã.

Ela respondeu sim, claro, por estar ainda sonolenta. Ele levantou-se às sete e meia e preparou a mesa do café e ainda colocou um vaso com flores diante do lugar dela. Depois, acendeu a lamparina de cozinhar ovos e, em seguida, voltou ao quarto.

– Salta daí, minha querida! O café está pronto – disse ele.

Mas ela virou-se para o lado da parede e disse que queria dormir mais um pouco.

– Tudo bem! – ele esperaria até as oito e meia.

Voltou, então.

– É estranho que você não me deixe dormir. Pode tomar o seu café. Eu tomo o meu mais tarde.

Ele ficou triste, mas decidiu esperar. De qualquer forma, era um problema desagradável. Queria chegar cedo ao escritório para abrir o correio. Mas, mais tarde, certamente ficaria mais divertido. Uma pequena conversa matinal, *tête-à-tête*, estivera sempre entre as suas expectativas de felicidade caseira. Às nove e meia, ele ousou fazer uma nova tentativa. Então lhe pareceu ainda mais estranho verificar que ela não conseguia dormir mais. Ela estava habituada a dormir quanto quisesse e esperava que ele não estivesse disposto a reeducá-la. Por que ele ainda não havia tomado o seu café da manhã? O que é que o retinha? Ela gostava de tomar o café da manhã na cama, mas o seu sono ela queria tê-lo em paz.

A essa altura, ele ficou mais triste ainda, mas não tinha nada a objetar. E quando se sentou à mesa, sozinho com o seu café, achou que, afinal, continuava solteiro como antes. Não foi nada feliz que ele saiu para o escritório.

No almoço, toda a comida fora engrossada com açúcar. Ele odiava comida doce, mas não quis fazer com que ela ficasse triste. No entanto, ainda perguntou se a comida havia sido feita de acordo com o desejo dela ou da cozinheira. Fora por desejo dela. Era com esse tipo de comida que ela estava habituada na casa dos pais. A salada era acompanhada de creme de leite, ovo e açúcar. Ele ainda lançou uma nova pergunta: se ela não preferia temperar a salada com azeite. Não, ela não conseguia tolerar o azeite. Mas podia se preparar uma salada especial para ele com azeite. Ele não queria nem discutir o assunto. Não valia a pena. Era melhor deixar como estava.

Após a refeição, ele costumava tomar café, mas ela estava proibida pelo médico de tomá-lo. Ele ficou sozinho bebendo a sua xícara de café. Poderia ler o jornal para ela? Havia um artigo muito interessante sobre o movimento irlandês.[1] Oh, não, ela não queria escutar nada tão horrível.

Aí, ele acendeu um charuto. Um bom havana, comprado diretamente de Bremen. Grande comoção!

– Você fuma?

– Naturalmente. Você não sabia?

– Não! O meu pai sempre achou feio fumar e eu fico doente com o cheiro de tabaco.

Ele colocou o charuto no canto da mesa e viu dolorosamente como ele ardeu, se consumiu, até se transformar em cinza bonita, deliciosa, branca como algodão.

De tarde, ele queria ler alguma coisa. O quê? Dickens? Não, ela não tolerava a língua inglesa e autores ingleses. Ele teria alguma coisa em francês? Não, ele detestava tudo o que vinha da França. Que pena!

---

1. Movimento irlandês: a menção diz respeito ao movimento nacional, com um programa radical, político e econômico, organizado na Irlanda em 1879-1880. (N.T.)

E ele tinha que comparecer a bailes, jantares e ir ao teatro. Este último fazia-o sofrer ainda mais: ele via que o espetáculo no salão era mais interessante do que o da cena. E, além disso, não se podia falar, nem segurar a mão um do outro, e muito menos se beijar.

Mais adiante, na primavera, teriam de escolher uma residência de verão. Ele votou pelo Mällaren onde havia vivido e crescido, mas ela não podia morar perto desse lago pelo fato de, uma vez, ter tido convulsões por lá. Portanto, acabaram indo para um lugar no Báltico, perto de Saltsjön. Ele amava pescar e caçar e tinha um veleiro. Eram as suas três paixões na vida, e com elas conseguia recuperar durante o verão sempre curto o que ele perdia em saúde durante o inverno.

Na primeira manhã de domingo passada na residência estival, ele levantou-se às cinco horas, pegou uma sacola com comida, o equipamento de pesca e um homem para acompanhá-lo. Oh, como foi bom fumar um cachimbo, um bom cachimbo feito de raiz de urze branca, com um bom tabaco da marca *birdseye*, e pegar as percas.

Voltou para casa, risonho e satisfeito, ao meio dia. Dirigiu-se logo para a mulher para beijá-la, mas foi repelido. Ele cheirava a peixe fresco e a tabaco. Como é que um homem instruído podia sentir prazer em atividades tão simplórias? Para não falar do tempo que ela teve de esperar pelo café da manhã.

O gato pôde comer quantas percas pudesse, e o resto foi jogado fora.

De tarde, ela ficaria bem de novo. Ele tinha uma surpresa para lhe oferecer. Os dois seguiram pelo parque e caminharam descendo em direção à marina.

Na marina havia um barco especial com propulsão mista, a remos e à vela, e um marinheiro esperando com boné na mão, pronto para levar o casal para um passeio no mar.

– Você sabe velejar? Esse barco é seu?

– É claro, minha querida – respondeu ele, com orgulho.

– E você não me disse nada! Eu não vou permitir nunca que você saia de barco. Você tem que me prometer isso, Ernst, de nunca sair de barco. Está ouvindo! Nunca! Se é que você me ama!

Ernst teve de prometer, embora hesitasse entre ficar em desgraça e abraçar o seu divertimento preferido.

"Tenho tido um azar desgraçado", pensou ele. E seguiram de volta, então, para o parque, onde passaram a tarde no maior aborrecimento. Mas a esposa mandou chamar os vizinhos para um encontro no fim da tarde. Vieram tenentes e juristas que ficaram sentados na varanda, discutindo teatro e música. E o Senhor Ernst teve de andar em volta cortando a ponta dos charutos para os seus convidados e enchendo os copos de ponche, de tal maneira que à noite estava tão cansado quanto qualquer garçom estaria. Quando ele tentava entrar nas conversas, aconteceu sempre lhe darem uma réplica à qual não conseguia responder. Eram todos muito jovens e muito rápidos. Ao final, ele se sentiu como se tivesse representado o papel do dono do bar em que a sua casa se transformou.

No outono, foram notados sinais de uma gravidez. A esposa ficou zangada, zangada com o marido, zangada consigo mesma. Continuou amarrando um espartilho à volta do corpo e saindo para as festas até não poder mais. Nos dois últimos meses de gravidez, ela ficou arrasada e irritadíssima. Isso não poderia acontecer nunca mais! Ele precisava ler romances franceses que o distraíssem e chamar alguns amigos mais próximos que pudessem divertir a esposa. A casa ficou cheia de amigos.

E, então, nasceu a criança. Ela, naturalmente, não quis amamentar o filho, visto que, mais tarde, não poderia mais usar decote.

Assim que voltou ao normal, falou com o marido sobre lições de hipismo. Ele pediu conselho ao seu médico, que as desaconselhou. No dia seguinte, a esposa voltou da rua depois de falar com o "professor" que recomendou a cavalaria, com uma argumentação fortíssima. Aliás, não recomendou – ordenou, ouviu? Não havia saída.

O Senhor Ernst sentia pânico só de entrar no picadeiro. Quando chegou lá, logo sentiu o cheiro de animal no cio, de suor e de amoníaco. Pelas portas meio abertas, podiam-se ver mulheres meio despidas, de calças e de blusas de linho. Ele achou repulsivo o contato corporal do "professor" ao ajudar a sua esposa a subir na sela. O sargento, fisicamente muito bem-dotado, pegou na esposa dele pela cintura e colocou as pernas dela na posição correta sobre a sela. E havia todos aqueles cavalheiros por perto que seguiam com olhares penetrantes todos os movimentos do corpo dela. Aqui a imoralidade pairava no ar e a prostituição se fazia às escondidas. Mas o professor havia "ordenado".

– Cavalgue você também – conclamou a esposa quando, uma vez, ele pareceu insatisfeito. Ele acabou montando duas vezes, mas sentiu dores no baço, deixou cair o chapéu, foi alvo gozações do professor, e as risadas foram gerais.

Finalmente, um dia, a esposa veio dizer que os horários de hipismo haviam sido mudados para a noite. Eles passariam a treinar quadrilha com música. Ele poderia ficar sentado na bancada, se quisesse. E ele ficou sentado na bancada uma noite, para nunca mais ficar. Nos intervalos dos treinos, foi incumbido de dar apoio logístico a cavaleiros e amazonas, abrindo garrafas de champanhe e de água mineral.

Finalmente, acabou ficando em casa, sozinho, tomando conta do filho. Essa era a sua felicidade sonhada! E a essa altura ele chegou a pensar em todas aquelas esposas que ficavam em casa, enquanto os seus homens passavam as noites nas tabernas. Por que ele não tinha encontrado uma dessas mulheres infelizes na vida? Assim, os dois ficariam juntos e não sozinhos, cada um para o seu lado. Azar! Azar!

Os treinamentos de quadrilhas continuaram e, em breve, passaram a ser seguidos de ceias.

Uma noite, por volta da meia noite, ouviu-se um insistente toque de campainha na porta de entrada. O Senhor Ernst que, como habitualmente, estava próximo do quarto do filho, lendo Dickens, correu para abrir a porta. Sua esposa estava só na entrada, embora ele tivesse escutado passos apressados descendo a escada. Parecia doente, e ele precisou apoiá-la, ajudando-a a entrar e a sentar-se. Estava pálida e com os olhos brilhando.

– Ernst – disse ela, caindo num riso convulsivo, parecido com choro –, você ainda me ama?

– Sim, ainda te amo.

– Eu estou tão doente, tão doente. – Seus movimentos eram lentos e o sorriso em sua boca era triste. – Oh, como eu te amo!

O Senhor Ernst ficou preocupado. Há muito, muito tempo que ele não ouvia essas palavras.

– Você está zangado comigo? – continuou ela, contorcendo-se de dor.

– Não, claro que não – respondeu ele –, mas gostaria e ficaria feliz se você não passasse tanto tempo fora de casa.

– Ah, sim, passo muito tempo fora... Foi o professor que "ordenou"! A minha saúde não significa nada para você?

– Oh, sim, claro!

– O pequenino passou mal? Eu não sou uma boa mãe, você acha? Não faço como essas mães que saem com os seus rebentos só para se mostrar...

Bem, estava na hora de ela se levantar, mas estava doente. E ele deu-lhe ajuda e apoio até o quarto. Quis chamar pela empregada, Kristin.

– Não é preciso. Nem Kristin, nem ninguém!

E, então, recebeu dele um copo com água e sentou-se no sofá.

O Senhor Ernst ficou pálido. O quarto cheirava a conhaque e a tabaco!

– Ah, com que é que você passou o tempo se divertindo, meu velho companheiro? Ficou lendo Dickens, de novo! Oh, como estou doente!

E, então, ela estava novamente doente! Mas queria dar um beijo no filho. O marido, porém, se interpôs, diante da porta:

– Aqui você não entra!

– Quem é que me proíbe?

– Eu! Você está bêbada, sua puta!

– Ah, ah, ah! Isso nunca você devia ter dito! Seu merda!

Ela pegou um livro para jogar contra ele, mas acabou caindo no chão.

O Senhor Ernst foi acordar Kristin, e os dois meteram a esposa na cama. Em seguida, ele arrumou dois tapetes diante do quarto do filho, onde permaneceu deitado a noite inteira.

* * *

Ele não chegou a vê-la pela manhã, mas ao sair para a o escritório estava decidido a pedir o divórcio. Qual, porém, o motivo? Por bebedeira. A lei não previa esse caso. E havia o escândalo! A sociedade! Mas precisava se divorciar!

Ele relembrou toda a cena da noite anterior. As palavras que foram ditas. Por impulso, de repente. Mas já estavam latentes no inconsciente.

Durante toda a manhã, ele ficou andando e se lamentando, considerando-se até como morto. O que é que a vida poderia lhe dar agora? E à criança, sem mãe? Foi com passos lentos e pesados que ele voltou ao lar na hora do almoço. Que tempestade estava para acontecer? O que poderia acontecer? Percorreu o derradeiro pedaço da rua. Parou diante da mercearia e olhou para as mercadorias expostas na vitrine. Deveria subir? Não seria melhor dar um fim ao sofrimento? Mas, e o filho? O filho?

Ao subir a escada, ouviu cantar e tocar piano. Ao entrar, viu que ela acompanhava ao piano uma amiga que cantava. E, então, ela levantou-se, correu para o seu maridão e o beijou. Foi como se ele tivesse recuperado de novo a saúde em segundos. Que bonita ela estava hoje! E com que espírito agradável ela falou para a amiga como estivera doente na noite anterior, sem mencionar nenhum detalhe desagradável! E como para os três foi um almoço alegre!

E, então, os dois ficaram sozinhos. Nenhuma palavra a respeito da noite anterior. Ele já estava deitado na cama, vendo como ela se despia. Achou que ela estava menos tímida do que antes, mas continuava bonita. Ele a odiava, mas a sua carne estava presa com algemas. Jamais poderia continuar vivendo longe dessa mulher.

E assim a vida continuou como antes. Ele sentava na bancada do picadeiro e abria as garrafas de champanhe.

Subia nas portas do refeitório e pendurava as redes decorativas dos bailes, embora não dançasse. Ia ao teatro e levava o lenço grande para a cabeça ou o pescoço dela e abotoava as suas botas, só para ver por momentos os seus tornozelos.

De vez em quando, porém, ele se cansava da situação e ficava em casa.

– Que besta de homem – diziam os machos.

– Que bom partido para uma mulher! – diziam algumas mulheres.

Um dia ele leu no jornal de domingo a respeito de uma dama da sociedade. Coisas escandalosas. Havia sido vista beijando homens nos portões das casas.

Uma suspeita horrível surgiu, mas ele não tinha prova nenhuma, visto não se levarem testemunhas para tais ocasiões aventurosas. Contudo, sua tranquilidade desapareceu. Sentiu que estava sendo enganado, mas nada podia fazer.

Num ataque de raiva, porém, resolveu arranjar uma amante. Esta, dois meses depois, também o enganou. Ele arranjou outra amante, com as mesmas consequências. Queria que a esposa soubesse, mas ela não sabia de nada ou fingia que não sabia.

E assim as coisas continuaram, ano após ano. Romper de uma vez? Não, ele não podia por causa do filho. E, além disso, não sabia viver sem ela.

Uma noite, depois de beber muito na casa de um amigo, ele resolveu abrir o seu coração e contou tudo, o que, aliás, o amigo já sabia.

– Você não está sozinho – disse o amigo. – Você é homem e, portanto, aquele que detém a iniciativa. Por consequência, em quase todos os casos, é o homem que se torna escravo. Aquele que ama é o escravo. Quase todos os casamentos são realizados por amor da parte do homem. É assim na natureza. Os machos atacam; as fêmeas ficam sentadas, esperando. Quem? Aquele que chega! E, acredite em mim, são as mulheres que governam o mundo, ainda que não tenham direito a voto. Ela se casou para sair de casa, e isso é o que faz a maioria das mulheres. Você se casou para ter a sua casa! Ela é depravada? Não! É da natureza dela ser poliândrica. E você, é da sua natureza ser monogâmico. Foi azar terem se encontrado um com o outro! Foi azar, meu amigo!

Era uma explicação, achava também o senhor Ernst, mas não servia como consolação, de jeito nenhum!

Fora cometido um erro que não se podia corrigir.

– Os casais podem se dar bem, mas isso nunca se sabe a não ser depois. E, então, já é tarde demais! – acrescentou o amigo.

O que se poderá fazer, então? *O que* se poderá fazer?

– Vamos ter que fazer, afinal, como os homens do campo – disse o amigo, na brincadeira, já um pouco cansado do papel que estava desempenhando.

– E como é que fazem os homens do campo?

– Eles agem sob prova! Juntam-se. Se der certo, casam. Se não, adeus, passe bem! Oh, os camponeses! Eles é que sabem das coisas!

Desgastes

Ele abriu os olhos para a idiotice do mundo, mas não tinha forças para penetrar na escuridão e ver qual a razão dessa idiotice. Por isso, ficou desesperado, dividido, feito em pedaços. Então, acabou por se apaixonar por uma garota que preferiu casar-se com outro homem. Por essa razão, ele lamentou-se diante dos seus amigos e amigas, mas todos apenas riram na cara dele. E assim, "incompreendido", ele continuou em frente, sozinho, mais um pedaço do seu caminho. Pertencia à alta sociedade e participava das respectivas festas que o distraíam, mas que ele desprezava, atitude que não escondia de ninguém.

Uma tarde, ele foi a um baile. Dançou com uma jovem de beleza extraordinária e cheia de vida. Ao terminar a valsa, colocou-a contra a parede. Ele precisava falar com ela, mas não sabia o que dizer. Finalmente, a garota interrompeu o seu silêncio e, com um amplo sorriso nos lábios, perguntou:

– O barão se diverte muito em dançar?

– Não, nem um pouco! – respondeu ele. – E você?

– Não conheço nada mais ridículo – respondeu ela.

Ele havia encontrado a sua alma gêmea, a mulher da sua vida.

– Por que razão você dança, então? – perguntou ele.

– Pela mesma razão que você! – disse ela.

— Você consegue ler os meus pensamentos? – perguntou ele.

— Qual seria a dificuldade? As pessoas que pensam da mesma maneira sempre sabem o que a outra está pensando.

— Hum! Você é uma garota estranha. Acredita no amor?

— Não!

— Nem eu! Mas, de qualquer forma, as pessoas precisam se casar!

— Eh! Começo a acreditar nisso!

— Você gostaria de se casar comigo?

— Por que não? Pelo menos, nós nunca iríamos discutir!

— Nossa! Como é que você sabe?

— Porque nós temos as mesmas ideias!

— Está certo. Mas poderá ficar monótono! Nós não vamos ter nunca nada para contar um ao outro. Já sabemos o que o outro vai dizer.

— Sim, mas ficará cada vez mais monótono se continuarmos solteiros, incompreendidos, você sabe!

— É verdade, sim! Você vai querer tempo para pensar?

— Sim, até o cotilhão![1]

— Não mais do que isso?

— Para quê?

Ele conduziu-a ao salão e deixou-a a sós. Depois, bebeu alguns copos de champanhe. Durante a ceia, ficou observando-a. Ela aceitou ser acompanhada por dois jovens diplomatas, mas parecia apenas se divertir com eles e tratá-los como se fossem porteiros.

---

1. Antiga contradança de salão, de passos complexos, semelhantes aos da quadrilha, que reunia músicas, folguedos e fantasias e com que se costumava concluir um baile. (N.T.)

Ao chegar a hora do cotilhão, ele se dirigiu imediatamente para ela e lhe entregou um buquê de flores.
– Você aceita? – perguntou ele.
– Sim! – respondeu ela. E assim, ficaram noivos.

Foi um casamento correto, todo mundo concordou. Os dois pareciam como se tivessem sido feitos um para o outro. As mesmas posições sociais, as mesmas condições financeiras e os mesmos pontos de vista, sofisticados, sobre a vida. Mas sofisticados não no sentido de mundanos. Não, os dois não gostavam de bailes, espetáculos, bazares e de outras diversões nobres que davam à vida valores mais elevados. Eles eram como dois quadros novos, acabados de criar, sem passado, totalmente iguais, mas sem a menor ideia de como a vida escreveria o seu futuro e se o seu futuro também seria igual. Nunca nenhum deles perguntou ao outro, durante o noivado, nem nos momentos mais íntimos: "Você me ama?". Por que ambos sabiam que não se amavam, visto não acreditarem no amor. Falavam pouco um com o outro, mas se entendiam muito bem. E assim se casaram.

Ele era sempre atencioso, sempre delicado. Ambos eram bons amigos. A criança que chegou não interferiu em nada no relacionamento deles, a não ser apenas que, agora, os dois tinham alguém sobre quem conversar.

Entretanto, começou a se revelar no homem certa vontade de trabalhar. Começou a se sentir responsável e a perceber como podia entristecer uma vida na lassidão. Ele vivia de rendas, não tendo aceitado nunca qualquer função no governo, mas começou a procurar algum tipo de atividade que pudesse encher o vazio na sua vida. Era ele que ouvia o primeiro grito matinal dos outros quando estes começavam a acordar e era ele que sentia o dever de participar dos grandes trabalhos de pesquisa sobre as razões de todos os sofrimentos humanos. Passou a ler, a seguir a política e escreveu, finalmente, um ensaio publicado num jornal sobre a questão do ensino nas escolas. Agora estava sendo chamado para um grupo de estudos sobre o ensino. Passou a ser um pesquisador, visto que a questão tinha de ser estudada a fundo.

A baronesa ficava deitada no sofá, lendo Chateaubriand ou Musset. Havia desistido de todas as esperanças na sustentação da humanidade, e era um sofrimento para ela ter que revolver todo o pó e todo o lixo que os séculos fizeram baixar sobre as instituições humanas. No entanto, viu que não conseguia acompanhar o passo do marido. Eles eram como dois cavalos de corrida. Pesaram-se antes de começar e verificaram que ambos tinham o mesmo peso. Ambos prometeram manter o mesmo ritmo de corrida na pista. Tudo estava muito bem calculado. A corrida devia ser completada no mesmo tempo, e ambos deviam sair da corrida juntos. Mas agora o marido já tinha conseguido um corpo de avanço em relação a ela, sua mulher. Se ela não se apressasse, se atrasaria definitivamente.

E isso acabou acontecendo! No ano seguinte, ele tornou-se auditor do Estado. Viajou dois meses. Agora, a baronesa sentia que o amava. Sentia amor só pelo medo de perdê-lo. O novo sentimento apoderou-se dela.

Quando ele chegou a casa, ela era só fogo e chamas, mas ele tinha a cabeça cheia daquilo que viu e ouviu durante a viagem. Reconheceu em seguida que o divórcio era uma coisa para breve, mas queria adiá-lo, evitá-lo se fosse possível. E, assim, começou a mostrar para ela, em imagens grandes e vivas, como essa máquina, colossal, gigantesca, que se chama Estado, funciona. Procurou explicar o andamento do sistema, a velocidade das engrenagens, os seus regulamentos e as suas barreiras, pêndulos ruins e válvulas inseguras. Ela seguiu o raciocínio dele por momentos, mas logo se cansou. Com a sensação da sua inferioridade, da sua desvalorização relativa, ela se jogou de corpo e alma na educação do filho. Queria mostrar que tinha valor, sendo uma mãe exemplar. O marido, porém, não gostou nada disso. Casara-se com uma boa companheira e agora tinha uma babá. Como remediar essa situação, quem poderia imaginar uma coisa dessas?

A casa permanecia, agora, cheia de parlamentares e auditores, e era costume os homens falarem de política durante o almoço. A esposa limitava-se a ver se o serviço corria bem. O barão, porém, sempre atento, colocava um jovem secretário de cada lado da anfitriã, para que a conversa pudesse girar em torno de teatro e de música, mas a baronesa sempre mudava de assunto e ficava falando de educação de crianças. Após a sobremesa, os homens não se esqueciam de fazer um brinde à anfitriã, mas, de barriga cheia, logo seguiam para a sala dos homens para continuar falando de política e fumar. A baronesa, por seu lado, seguia para o quarto onde dormia o filho, reconhecendo com amargura que o marido estava à frente, muito à frente, de tal maneira que não poderia ser mais alcançado por ela. Ele trabalhava muito em casa, à noite, e ficava escrevendo até de madrugada mas, a essa altura, se fechava sempre no escritório. Quando, depois, encontrava a esposa chorando, isso partia o seu coração, mas a conversa entre os dois efetivamente não acontecia; nada tinham a dizer um para o outro. Aliás, nunca haviam tido nada a dizer um para o outro. Porém, por vezes, quando o trabalho o aborrecia, quando sentia que a sua própria pessoa se tornava cada vez mais pobre, ele experimentava um vazio, uma secura, uma saudade de algo mais quente, mais íntimo, com o que se lembrava de ter sonhado na sua juventude. Mas todas essas sensações ele jogou para longe, considerando que seria infidelidade. Afinal, ele tinha uma concepção profunda do seu compromisso para com a esposa. Para fazer a vida dela um pouco mais tolerável, sugeriu que ela pedisse a uma prima, de quem ela sempre falava e que ele nunca tinha visto, para que viesse morar com eles durante o inverno. Esse havia sido há muito tempo o desejo da baronesa, mas agora que a questão estava sendo posta, ela não queria mais. Decididamente, não queria. O marido pediu para ela indicar o motivo, mas ela ignorava qual fosse a razão. Isso excitou a curiosidade dele e, finalmente, ela confessou que estava com medo que a prima lhe pudesse roubar o marido. Era uma garota estranha; só vendo para crer. A baronesa chorou e avisou, mas o barão riu. E a prima veio.

Um dia ao almoço, o barão chegou a casa, cansado como habitualmente, já tendo esquecido a prima e a sua curiosidade por ela. E ela havia chegado. Sentaram-se à mesa. O barão perguntou à prima se ela gostava de teatro. Não, não tinha interesse pelo teatro. Preferia a realidade do que a sua imitação. Montara na sua cidade uma escola para crianças abandonadas, pobres ou nascidas de criminosos, e fundara uma associação para ex-presos... Ah, bom, justamente agora estava sendo discutida a questão do sistema de prisões. Ela tinha muitas informações a respeito do assunto. E assim se falou do tratamento de presos até o final do almoço. Além disso, a prima prometeu produzir um pequeno texto sobre o assunto para o barão rever e dar a forma final.

Tudo o que a baronesa previra, aconteceu. O senhor barão acabou realizando um casamento espiritual com a prima e abandonou a esposa à sua sorte. Além disso, a prima era bonita e, quando ela se debruçava sobre o barão, sentado na mesa do escritório, ele experimentava calor e bem-estar ao sentir a maciez do braço dela tocando o seu ombro e o calor da sua respiração no rosto. E eles não falavam sempre de tratamento de presos. Falavam também de amor. Ela acreditava no amor espiritual e explicava, com a maior intensidade que podia, que o casamento sem amor espiritual era prostituição. O barão ainda não estava acompanhando bem a evolução desses novos pontos de vista sobre o amor e achava que essa era uma expressão forte, mas, sem dúvida, tinha alguma razão de ser.

A prima tinha ainda outras qualidades, inquestionavelmente valiosas num casamento espiritual correto. Ela tolerava o tabaco, mas preferia fumar cigarros. Por consequência, depois do almoço, ela seguia o primo até a sala de reunião dos homens e podia falar de política. Nesses momentos, ela era verdadeiramente encantadora. Assaltado por uma pequena dor de consciência, o barão abandonava o local por momentos, dirigia-se para o quarto do filho, beijava a esposa e o menino e perguntava se estavam bem. A baronesa agradecia, mas não estava feliz. O barão voltava, então, de espírito aliviado para a sala dos homens, como se tivesse acabado de cumprir uma obrigação, e lá ficava. Por vezes, assaltava-o a ideia de que a sua esposa, na posição de anfitriã, também devia estar presente. E ele se sentia realizado pela metade diante do peso da ausência dela.

Ao chegar a primavera, a prima não viajou para casa, e sim seguiu com eles para uma estância de banhos. Ali ela contratou um espetáculo teatral particular para os pobres da região. Ela e o barão atuaram no espetáculo, representando, naturalmente, o papel de amantes. Como consequência, a chama incendiária se propagou e desenvolveu, a questão dos presos na cadeia entrou em recesso, e o amor floresceu. Interesses interligados, os mesmos pontos de vista e, talvez, o mesmo tipo de temperamento.

A prima foi chamada para voltar para casa. E, assim, começou a correspondência. A baronesa tinha de ler todas as cartas. Ela não queria fazer isso, mas exigia. Por fim, desistiu da exigência, e ele passou a ler as cartas sozinho. Então, finalmente, a prima apareceu de novo, e os freios se soltaram. O barão descobriu que não podia viver sem ela. O que fazer? Divórcio? Significaria morrer! Continuar do jeito que estava? Impossível! Dissolver o casamento anterior, que o barão agora considerava prostituição, e se casar de novo? Sem dúvida, essa era a única saída honrada, ainda que fosse dolorosa. Mas isso ela não queria! Não queria que a acusassem de ter roubado o marido da esposa, sua prima. E o escândalo, o escândalo!

Mas era desonesto não informar a esposa, era desonesto continuar do jeito que estava. Ninguém poderia dizer por quanto tempo a situação se prolongaria.

– O quê? O que é que você quer dizer com isso? Prolongar para onde?

– Ninguém pode saber, nem dizer.

– Oh, que vergonha! O que é que você pensa de mim?

– Que você é uma mulher!

Então, ele caiu de joelhos em atitude de adoração e explicou que não queria saber do seu tratamento de presos e da sua escola para abandonados, não se importava de ela se dedicar a uma coisa ou outra. A única coisa que ele sabia era que a amava!

A essa altura, ela disse que o desprezava e disparou em direção a Paris. Ele viajou atrás dela e escreveu uma carta de Hamburgo para a sua esposa. Explicou que eles dois haviam cometido um erro e que seria imoral não corrigi-lo. E pediu o divórcio!

Eles se divorciaram, e um ano mais tarde o barão casou-se com a prima. Tiveram uma criança, mas esta não veio perturbar a felicidade deles – antes pelo contrário.

Tantas ideias novas, tantos eram os ventos fortes que sopravam! Ele conseguiu que ela escrevesse um livro sobre jovens criminosos, mal recebido pela crítica. Ela ficou furiosa e prometeu nunca mais escrever nada; ele tomou a liberdade de lhe perguntar se ela escrevera o livro para receber elogios, se queria ser famosa. Ela respondeu com uma pergunta: por que motivo ele escrevia? Isso deu azo a uma pequena troca de argumentos, mas foi refrescante ouvir, pela primeira vez, uma opinião diferente da sua. Da sua? Ela sempre expressara as suas próprias ideias. E foi com orgulho ferido que ela disse ser dona das suas próprias ideias e que essas ideias, por isso, seriam sempre diferentes das do homem, para que não houvesse qualquer engano. Ele explicou que ela poderia ter as ideias que quisesse, desde que não deixasse de amá-lo.

Amar? Que é que é isso? Ele era um animal como todos os outros homens, um animal que havia sido falso desde o primeiro momento em relação a ela. Não era o espírito dela que ele amava, era o seu corpo!

Ambas as coisas: ele amava o espírito e o corpo. Em resumo, ele a amava *in totum*!

E como ele havia sido falso o tempo todo...

Falso, não. Ele fora vítima de autoconvencimento: achava que amava apenas o espírito dela.

Cansaram-se de andar no passeio e acabaram se sentando numa cafeteria. Ela acendeu um cigarro. O garçom chegou correndo e, em termos indelicados, disse para ela que ali era proibido fumar. O acompanhante exigiu uma explicação. O garçom disse que o local era do melhor nível e que não queriam desagradar aos seus clientes habituais deixando entrar "mulheres como essa".

Eles se levantaram, pagaram e foram embora. O barão estava furioso, e a jovem baronesa, pronta para chorar.

– Veja, o poder do preconceito! Fumar, para o homem, era uma tolice. Era, sim, uma idiotice fumar. Mas para a mulher, era um crime! Livre-nos desse preconceito quem puder! Ou quem quiser!

O barão não queria que a sua esposa recebesse a honra vulgar de ter sido a primeira a ir contra esse preconceito, e outra coisa não era senão isso. Na Rússia, as damas da sociedade fumavam entre os pratos servidos durante os grandes jantares. Portanto, se poderia dizer que o conceito mudava conforme a latitude, e não se poderia dizer que essas coisas menores fossem insignificantes na vida, pois a vida é feita de pequenas coisas. Se os homens e as mulheres tivessem os mesmos maus hábitos, seria mais fácil viverem juntos, aprenderem a se conhecer melhor e a serem mais iguais! Se tivessem o mesmo nível de educação, teriam também os mesmos interesses e jamais entrariam em conflito pela vida inteira.

Aqui, o barão parou, como se tivesse dito algo idiota. Mas a baronesa não estava escutando, visto que os seus pensamentos estavam direcionados ao insulto.

Ela havia sido insultada por um garçom, banida da companhia da melhor sociedade. Havia alguma coisa por detrás disso, certamente! Eles eram conhecidos no lugar, sem dúvida. Ela notara isso antes.

O que é que ela notara?

Sim, nos restaurantes as pessoas tratavam os dois com indiferença. As pessoas não acreditavam que eles fossem casados, visto que andavam de braço dado e se mostravam corteses um com o outro. Ela vinha aguentando isso por muito tempo, mas agora não podia mais. E, no entanto, o que era isso em comparação com o que ela teve de ouvir por parte dos parentes do seu lar anterior?

Sim, o que é que ela tinha ouvido dos seus familiares, coisas que não falou para ele!

Que coisas! Que cartas! E as anônimas!

E quanto ao barão? Tratavam-no como se fosse um criminoso, ainda que não tivesse cometido qualquer crime! Observara todas as exigências da lei e não havia cometido qualquer falta em relação ao casamento. Viajou para fora do reino, segundo o que determinava a legislação. Anunciou a separação. A petição de divórcio foi aceita pelo consistório real. A divina igreja, através dos seus padres, carimbou os papéis que o liberavam do seu compromisso marital anterior. Portanto, não havia rompido com nenhuma exigência. Podia-se liberar todo um povo em relação ao seu compromisso perante o monarca quando o país era invadido – como é que a sociedade não podia reconhecer essa liberação em termos de compromisso de casamento? Como a sociedade podia julgar ao contrário da lei? A sociedade não havia estado de acordo quando o direito do consistório dissolver qualquer casamento foi legalizado? A sociedade estava, portanto, em contradição consigo mesma. Ele foi tratado como um criminoso, sim! O secretário da embaixada, seu velho amigo, quando ele mandou a sua carteira e a da baronesa, só devolveu uma! Teria ele negligenciado a sua missão oficial?

Oh, sim, a baronesa atravessou situações muito piores. Uma das suas amigas em Paris fechou a porta na cara dela e muitas outras viravam as costas quando a encontravam na rua.

Ninguém sabe onde o sapato aperta, a não ser aquele que o calçou no pé. Eles dois haviam calçado os sapatos, botinas espanholas[2], e estavam agora em disputa com a sociedade. A sociedade os repudiava. A sociedade, essa associação de meios cretinos que viviam anonimamente como cachorros, mas adulavam uns aos outros, desde que não cometessem nenhum escândalo, quer dizer, desde que não fossem suficientemente honestos a ponto de cancelar o compromisso, aguardar o período de resguardo e recuperar a liberdade que a lei lhes garantia. E essa sociedade, comunitária *par préférence*[3], se acomodava em sua sigilosa depravação e distribuía conceitos sociais segundo uma escala na qual a honestidade ficava bem abaixo de zero. A comunidade era, portanto, uma teia de mentiras! Como era possível não ter visto isso antes? Mas agora seriam feitas as necessárias pesquisas na formosa construção, de modo a verificar como estavam as suas fundações.

Eles nunca estiveram tão de acordo como no dia em que voltaram para casa dessa vez. Em seguida, a baronesa passou a ficar a maior parte do tempo em casa com a criança e esperando para breve outro filho. Aquela batalha era para ela por demais difícil, e ela já estava cansada de tanta luta. Ela já estava cansada de tudo! Escrever sobre presos libertados numa sala quente e elegantemente mobiliada e, a uma respeitável distância, estender para eles uma mão bem enluvada, isso a sociedade poderia

---
2. Instrumento de tortura (as pernas são comprimidas e esmagadas por meio de pranchas equipadas com pregos). (N.T.)
3. De preferência, em francês no original. (N.T.)

entender. Mas estender a mão para uma mulher que se casou com um marido libertado, isso a sociedade não queria compreender. Por quê? A resposta não era fácil.

Entretanto, o barão teve que ir à luta pela vida. Nas câmaras, nas reuniões, nas festas, por toda a parte ele ouvia ataques selvagens contra a comunidade. Lia jornais e revistas, acompanhava a evolução da literatura, realizava estudos. A sua nova esposa ficou ameaçada de ter o mesmo destino da anterior: o de ficar para trás. Mas era estranho! Ela não podia seguir todos os detalhes das pesquisas feitas por ele. Rejeitava muitos dos novos ensinamentos, apesar de reconhecer que ele estava certo e trabalhava por uma boa causa. Ele sabia que em casa sempre podia contar com "apoio" irrestrito, com uma amiga que lhe queria bem. O destino dos dois mantinha-os juntos como se fossem um casal de pombos com medo da tempestade que se aproximava. O lado feminino dela, no momento tão pouco respeitado e que era apenas uma reminiscência da mãe, a força natural que a mulher tem, de repente, surgiu. Surgiu, sim, como o calor de uma brasa vespertina sobre as crianças, como um raio de sol sobre o marido e como um processo de paz sobre o lar. Muitas vezes, ele se perguntava se não tinha sentido a falta dessa companheira, com quem antes podia falar a respeito de tudo, e descobriu que seus pensamentos ganhavam em força desde que havia deixado de apresentá-los precocemente. Achava que ganhava mais por meio de uma atitude de consentimento silencioso, de concordância amistosa, do aperto de mão participativo. Ele se sentia mais forte do que antes e mais livre do controle de sua fala. Agora, ele ainda se sentia sozinho, mas menos sozinho do que antes, quando por vezes escutava observações que apenas provocavam dúvidas.

Era noite de Natal em Paris. No seu pequeno chalé perto de Cours la Reine, a limpeza havia sido feita, milagrosamente, e foi trazida do bosque de Saint Germain uma grande árvore de Natal. O barão e a baronesa pretendiam sair juntos logo depois do café da manhã para comprar os presentes natalinos para as crianças. O barão estava um pouco pensativo. Tinha acabado de distribuir um pequeno impresso com o título: *É a alta sociedade parte da comunidade?*, mas ainda não sabia como o texto tinha sido recebido. Estavam à mesa do café na bonita sala de jantar com as portas escancaradas até o quarto das crianças. Escutavam como a babá brincava com elas, e a baronesa sorria de felicidade e satisfação. Seus gestos tinham se tornado tão suaves e a sua alegria tão tranquila. Um dos pequenos, de repente, gritou, e ela levantou-se da mesa para ver o que estava acontecendo. Ao mesmo tempo, entrou na sala de jantar uma criada com a correspondência. O barão rasgou logo dois envelopes. No primeiro havia um jornal "grande e respeitado" que ele abriu e revirou até encontrar uma manchete com letras gordas: "Lobo em Veum". Logo leu algumas linhas: "O Natal está à porta. Uma época querida para todos os que têm o coração aberto e puro. Uma festa para todos os cristãos, em que a paz e a compreensão velam por toda a humanidade. Uma época em que até os assassinos guardam as suas facas nos bolsos e os ladrões respeitam o sagrado direito de posse. Essa época solene em que, especialmente nos países nórdicos, se manifestam os princípios históricos das nossas antigas tradições", e assim por diante. "E, então, como o mau cheiro de uma cloaca, chega um indivíduo que não só resolve cometer a indignidade de romper laços sagrados como ainda cuspir o seu ódio contra os mais conceituados membros da nossa comunidade, um ódio ditado pela vingança mais suja..." O barão dobrou o jornal, metendo-o no bolso do roupão. Em seguida, abriu o outro envelope. Era uma caricatura sua e de sua esposa. Fez com que este "jornal" seguisse o mesmo caminho do outro, rapidamente, visto a esposa ter voltado. Ele terminou o café e, por sua vez, foi se vestir. Em seguida, saíram os dois.

O sol brilhava sobre os plátanos orvalhados dos Champs Élysées e a Place de la Concorde se abria como um grande oásis de luz solar no meio do deserto pedregoso. Ele tinha o braço dela por baixo do seu, mas sentia que era ela quem o apoiava. Ela falava do que deviam comprar para as crianças, e ele respondia da melhor forma possível, mas, de repente, ele interrompeu a conversa e perguntou-lhe como se fosse a propósito de nada:

– Você sabe qual é a diferença entre castigo e vingança?

Não, ela não tinha pensado nisso.

– Imagino – disse ele – que a diferença seja esta: quando alguém que escreve anônimo para jornais se vinga, então se trata de castigo, mas quando alguém que não escreve para jornais, indicado pelo nome, castiga, isso é vingança! Vamos nos registrar entre os novos profetas!

Ela pediu para que ele não estragasse o seu Natal falando de jornais.

– Esta época solene – repetiu ele, para si mesmo – em que a paz e a compreensão... E assim por diante.

Os dois seguiram pelas arcadas da Rue de Rivoli, subiram os bulevares e fizeram as suas compras. Comeram no Grand Hotel. Ela estava cheia de boa disposição e tentou estimulá-lo, mas ele continuou pensativo. De repente, disparou:

– Como é possível ter a consciência pesada quando se faz o que é correto?

Isso ela não sabia dizer.

— Será que isso é consequência de a sociedade nos ter educado a ter a consciência pesada todas as vezes que nos levantamos contra ela? Provavelmente! Por que não se tem o direito de atacar a injustiça que foi maltratada por injustiça? Pela simples razão de qualquer outra pessoa que não o maltratado poder atacar, e a sociedade não querer ser atacada. Por que ele não atacou antes a sociedade, quando ainda fazia parte dela? Pela simples razão, naturalmente, de que ele, então, não sabia onde se encontrava. Era preciso se afastar do quadro para ter uma visão melhor do todo e emitir uma opinião sobre ele.

— Não fale de coisas tão cruéis no dia de Natal!

— É verdade, é dia de Natal, "neste dia solene"...

E, então, voltaram para casa. A árvore natalina foi iluminada e ficou brilhando de paz e felicidade, ainda que o tronco escuro do pinheiro abeto cheirasse a enterro e se mostrasse sombrio, tão sombrio quanto o rosto de barão. A babá chegou com as crianças. Naquele momento, o seu semblante clareou, visto que, pensou ele, quando elas crescessem colheriam as alegrias, enquanto eles continuariam lembrando os dias de lágrimas. Então, chegaria a hora de eles terem a consciência pesada ao contrariar as leis da natureza, e não como agora, quando se é cavalgado por loucos, chicoteado com bengaladas, restringido por histórias de sacerdotes inventadas pela sociedade, a favor da sociedade. A baronesa sentou-se ao piano quando as serviçais da cozinha e o mordomo entraram na sala. Ela tocou as velhas e tradicionais danças de que os nórdicos gostam e todos dançaram com as crianças, mas não pareciam alegres. Era como se fosse a fala culposa de uma missa pública. Somente então o pessoal e as crianças receberam os seus presentes de Natal, e as crianças logo foram para a cama.

A baronesa entrou no salão e sentou-se numa das poltronas. O barão, por sua vez, sentou-se num banquinho aos seus pés. Em seguida, ele deixou que a sua cabeça descansasse no colo dela. Oh, estava tão pesada, tão pesada! Ela afagou a testa dele, mas não disse nada.

O quê? Ele chora?

Ele estava chorando, sim, e ela nunca tinha visto um homem chorar. Que coisa horrível! Ele chegava a tremer com todo o seu corpo forte, mas não fungava nem se ouvia um único som de sua parte.

– Por que está chorando?
– Estou tão infeliz!
– Infeliz por minha causa?
– Não, não, de forma alguma por sua causa, mas ainda assim...
– Foram indecorosos com você?
– Oh, sim! Muito!
– Pode dizer o que foi que aconteceu?
– Não. Quero apenas ficar aqui sentado, deitar a minha cabeça no seu colo! Como eu fazia com a minha mãe, às vezes, há muito tempo!

Ela balbuciava palavras de afeto para ele como se fosse para uma criança! Beijava as suas pálpebras e enxugava as suas lágrimas e seu rosto com o lenço. Isso a fazia sentir-se tão forte, tão estranhamente forte, que não chorou. Quando ele olhou para ela, voltou a sentir coragem novamente.

Como ele podia ser tão fraco? Era horrível ver como, na realidade, para ele parecia difícil aguentar opiniões contrárias. Será que os seus adversários acreditavam mesmo no que diziam? Que coisa horrorosa, só de pensar... Mas era isso mesmo que eles faziam. Se era possível ver pedras crescendo agarradas a troncos de árvores, como não seria possível ver ideias crescendo agarradas nos cérebros? Mas ela acreditava que ele tinha razão, que ele só queria o bem da humanidade!

Sim, ela acreditava nisso, mas ele não podia ficar zangado assim. Será que ele não sentia a falta da sua criança, a outra?

Oh, sim. Contudo, não havia nenhum remédio para isso!

Não, ainda não! Mas ele e os outros que trabalhavam pela salvação dos que vinham depois precisam criar algum remédio que sirva para si próprios!

Por enquanto, ele ainda não tinha proposta nenhuma, mas havia cabeças mais poderosas que a dele e muitos pensando juntos. Um dia seria encontrada a solução para o problema que parecia insolúvel.

Sim, claro. Eles vão ter de resolver... Mas o casamento, seria o deles um casamento correto já que ele não queria contar para ela o que se passou? Não seria esse, também, um probl...

Não; o deles era, sim, um casamento que deu certo. Os dois se amavam. Talvez não se amassem antes, mas agora se amavam. Ou iria ela negá-lo?

– Não, meu querido, meu amado marido, eu te amo!

– Então, o nosso é um casamento abençoado por Deus e pela Natureza!

ESCOLHA ANTINATURAL OU A ORIGEM DA RAÇA

O BARÃO LEU COM GRANDE E NOBRE (realmente introduzida![1]) indignação no *Livsslaven*[2] como as crianças da classe alta pereceriam caso elas não tomassem o leite materno das crianças da classe baixa. Ele até leu Darwin e achou ter entendido que as crianças nobres, por meio de escolha, estariam até em estágios mais avançados de evolução da raça humana. Contudo, ele criara uma aversão, com base na ciência da hereditariedade, contra a utilização de amas. Isso, possivelmente, significaria a introdução do sangue da classe baixa nas veias nobres da classe alta e o consequente resultado de adoção de conceitos, concepções e intenções inferiores implantados na classe alta. Portanto, ele adotou como princípio que a sua esposa deveria amamentar as crianças e, se o seu leite não fosse suficiente, as crianças deveriam ser nutridas com mamadeira. Tirar o leite das vacas era sem dúvida um direito seu, já que as vacas comiam o seu feno e sem o seu feno morreriam de fome ou sequer teriam nascido.

---

1. A palavra "introduzida" aqui refere-se à introdução ou inscrição que, na época, era necessário fazer e ser aceita na Riddarhuset [a casa dos cavaleiros] como meio de preservar a nobreza sueca. (N.T.)
2. *Livsslaven* [O escravo da vida], romance de Jonas Lie, autor norueguês (1883). (N.T.)

E assim nasceu a criança. Era um filho. O barão ficou até um pouco preocupado antes de a gravidez surgir e ser reconhecível. Na realidade, era um homem pobre, e a esposa, muito rica. À riqueza dela, porém, ele não tinha acesso, nem para utilizar, visto o seu casamento ter sido abençoado com condicionantes legais quanto à herança, pendente segundo o capítulo 00 e o parágrafo 00 da respectiva lei. A alegria pelo nascimento da criança era, portanto, muito grande e nada hipócrita.

O filho era um ser pequenino, quase transparente, puro sangue, com veias azuis à superfície da pele. Mas o sangue, na realidade, não era fino. A mãe era uma figura angelical, criada com alimentos especiais, defendida com vastas peles da influência desagradável do clima e ostentando aquela palidez extraordinária que atesta as mulheres de raça.

Ela própria amamentou o seu filho e, vejam, não foi preciso tirar leite dos camponeses para ter a honra de sobreviver. Eram tudo invenções. A criança sugou o leite da mãe e chorou durante uma quinzena. Todas as crianças choram, portanto isso não queria dizer nada. Mas o bebê emagrecia, emagrecia demais. Foi chamado o médico. Numa conversa sigilosa com o marido, o médico explicou abertamente que a criança morreria caso a mãe continuasse a amamentá-la, em parte por ela estar muito nervosa e em parte por falta de leite suficiente. O médico chegou a realizar uma análise qualitativa do leite materno e mostrou por meio de várias equações que o filho morreria de fome caso a situação continuasse do mesmo jeito. O que seria preciso fazer, visto que a criança não podia morrer? Uma ama ou a mamadeira? O médico recomendou a ama.

Porém, acabou sendo escolhida a mamadeira. A melhor vaca holandesa chegou com medalhas conquistadas na reunião dos criadores da região e era alimentada com o melhor feno das redondezas. O médico analisou o leite e tudo estava como devia ser. Foi muitíssimo conveniente o uso de mamadeira! Como é que não se tinha pensado nisso antes? Assim, se dispensou uma ama, uma tirana dentro de casa, uma "não-presta-para-nada" que seria preciso engordar e tomar conta e que talvez ainda tivesse alguma doença transmissível no corpo.

Mas a criança continuou emagrecendo e chorava. Gritava noite e dia! Certamente, tinha dores de barriga. Uma nova vaca chegou e foi feita uma nova análise. O leite passou a ser dissolvido com a famosa água mineral de Karlsbad (puríssima, da fonte Sprudel), mas a criança continuou a chorar.

– Não há mais nada a fazer senão chamar uma ama – explicou ele.

– Não, de jeito nenhum. Não queremos tirar o leite de outras crianças, não é natural e também não se sabe nada a respeito de "hereditariedade".

Como o barão só queria falar do que era natural e não natural, o médico teve de elucidá-lo a respeito de como a natureza funciona, constatando que dessa maneira todos os nobres morreriam e as suas propriedades acabariam em posse da Coroa. Assim a natureza tinha resolvido e a cultura humana era apenas uma tola luta contra a natureza, segundo a qual os seres humanos, ao final, vão desaparecer. A raça do barão estava condenada a desaparecer. Estava provado que sua esposa não conseguia dar um alimento adequado para a sua cria. Para que esta vivesse, era necessário, portanto, roubar (ou comprar) o leite de outra mulher. A raça, portanto, vivia de roubar até nos menores detalhes.

– Quer dizer que também é roubo quando se compra leite! Leite comprado?

— Sim, visto que o dinheiro com que se compra o leite materno do povo é, sem dúvida, produto de um trabalho. Trabalho de quem? Do povo. Os nobres não trabalham.

— Quer dizer que o doutor é socialista?

— Não, sou darwinista. Posso até tolerar ser chamado de socialista. Para mim, tanto faz!

— Tudo bem, mas é roubar quando se compra? Isso é forte demais!

— Claro, quando se compra com dinheiro que não é ganho pelo suor do seu rosto...

— Com dinheiro pelo qual o corpo não trabalhou, é isso?

— Sim, senhor.

— Mas, sendo assim, o doutor também é ladrão, certo?

— É claro que sim. Mas não há qualquer barreira que me impeça de falar a verdade! Não se lembra o barão do ladrão penitente que sempre dizia a verdade?

A conversa ficou por ali, e foi chamado o professor, que chamou o barão de assassino porque ainda não havia chamado uma ama de leite. O barão teve que convencer a esposa. Precisou também jogar fora todas as suas convicções e aceitar um simples fato: o amor pelo filho (em comparação com a lei da herança).

Mas onde seria possível encontrar uma ama? Na cidade, não valia a pena nem tentar: todas as pessoas estão podres! Não, tem de ser uma garota do campo, mas a esposa não queria que fosse uma garota. Uma garota que já fosse mãe seria uma pessoa imoral. E pensar que o filho podia receber alguma sequela hereditária... O médico disse que todas as amas eram jovens e que, se o barão recém-nascido herdasse a sequela de gostar, mais tarde, de ir às garotas, isso demonstrava que ele era capaz, e tais sequelas eram passíveis de tratamento. Ter qualquer esposa de camponês como ama seria impossível, visto que aquele que tem terras quer ter filhos, também.

– E se conseguíssemos que uma garota case com um lavrador?

– Nesse caso teríamos que esperar nove meses.

– E se casássemos uma garota que já tivesse dado à luz?

– É, essa é uma boa ideia!

O barão conhecia uma garota que tinha uma criança de três meses. Ele sabia disso muitíssimo bem, pois o seu noivado tinha demorado três anos e o médico acabou "ordenando" que ele fosse infiel. Ele foi ao encontro dela, pessoalmente, e lhe perguntou. Ela receberia um terreno caso concordasse em casar com Anders, que trabalha no estábulo, e se tornasse ama de leite na mansão do barão. Acordo feito. Ela preferiu aceitar essa situação a continuar vivendo na vergonha. Os banhos, primeiro, segundo e terceiro, seriam anunciados no domingo seguinte e Anders viajaria para sua casa durante dois meses.

O barão olhou para o filho dela com um estranho sentimento de inveja. Era uma besta, grande e forte. Bonito não era, mas, sem dúvida, viveria muitas gerações. O garoto nasceu para viver, mas sua sorte estava selada.

Anna chorou quando a sua criança foi levada para uma creche, mas as boas refeições da mansão – ela comia a mesma comida dos patrões –, a cerveja preta e o vinho que bebia à vontade acabaram consolando-a dentro de pouco tempo. Além disso, saía na caleche grande com o cocheiro e o criado sentado ao lado dele. Também tinha tempo para ler, e leu *As mil e uma noites*. Nunca antes na sua vida havia sido bem tratada.

Mas dois meses mais tarde Anders voltou. Estivera visitando os seus pais. Havia comido, bebido e descansado. Tomou conta do terreno que ela recebeu, mas começou a sentir saudades da sua Anna. Seria possível pelo menos ela vir visitá-lo? Não, a patroa não queria. Nada de problemas!

Anna começou a diminuir a sua produção de leite e o pequeno barão recomeçou a chorar. O médico foi consultado.

– Deixem que eles se juntem – disse ele.

– E se isso prejudicar?

– Pelo contrário! Mas Anders vai ser "analisado" primeiro.

Anders não queria. Recebeu um par de peles de cordeiro e deixou-se examinar.

O pequeno barão nunca mais chorou.

Então chegou uma notícia da creche. O garoto de Anna morrera de difteria. Anna teve uma interrupção na produção do leite[3], e o pequeno barão berrou de fome, mais uma vez, de maneira horrível. Anna teve de ser mandada embora, voltando para a sua casa com Anders, e uma nova ama foi contratada. Anders ficou satisfeito por viver o casamento de verdade, mas Anna havia adquirido novos e finos hábitos. Não podia beber café brasileiro, só gostava do de Java. Sua saúde não permitia que comesse arenque em conserva seis vezes por semana. Não aguentava mais engolir batatas e, por isso, começou a faltar pão em casa.

Um ano mais tarde, Anders teve de abandonar o sítio, mas o barão lhe deu uma ajuda e o transformou em caseiro de outra propriedade.

---

3. Interrupção do leite: doença que suspende a produção de leite na amamentação. O leite não sai, pode endurecer e causar uma inflamação, uma mastite. O autor usa uma palavra em sueco, *mjölkkastning*, denotando que, na época, fins de século XIX, ainda se acreditava na Suécia que o leite, quando não saía, se espalhava pelos órgãos internos da mulher, o que, cientificamente, nunca foi comprovado. (N.T.)

Anna passou a faxineira na mansão do barão e via o barãozinho com frequência, mas ele não a reconhecia. Ainda bem. No entanto, ele estivera no colo dela, bebera o seu leite. Ela salvara a sua vida e pela vida dele perdera a do seu próprio filho. Mas ela era fértil e teve muitos filhos que se transformaram em caseiros, ferroviários e um tornou-se prisioneiro num forte.

Porém, o velho barão viu com preocupação o dia em que o jovem barão casaria e teria herdeiros. O jovem barão não era muito forte, e o velho barão estaria muito mais tranquilo se o outro barãozinho que morreu na creche estivesse agora na mansão. Quando ele leu de novo o romance *Livsslaven*, teve de reconhecer que a alta classe vivia à custa da classe baixa. Quando releu Darwin, não pôde mais negar que a escolha, tal como ela era feita atualmente, era tudo menos natural. Mas as coisas eram como eram e não podiam ser mudadas. O médico e os socialistas podiam dizer o que quisessem!

Tentativa de reforma

Ela via com repulsa como as jovens eram educadas para serem donas de casa de seus futuros maridos. Por isso, aprendeu uma profissão que a sustentaria pela vida inteira, sob quaisquer circunstâncias. Ela sabia produzir flores artificiais.

Ele via com angústia como as jovens esperavam, sentadas, para serem alimentadas por seus futuros maridos. Queria se casar, sim, mas com uma mulher independente, que se pudesse sustentar, para que ele a visse como igual e a tivesse como companheira pela vida inteira e não apenas como dona de casa.

O destino quis que os dois se encontrassem. Ele era pintor, artista plástico, e ela fazia, como já foi dito, flores artificiais. E foi em Paris que os dois tiveram aquelas novas ideias.

Foi um casamento cheio de estilo. Eles alugaram um apartamento de três quartos em Passy.[1] O ateliê ficava no meio. O quarto do homem de um lado, o da mulher, do outro. Não deviam dormir na mesma cama; era uma indecência que não tinha a mínima correspondência na natureza e que apenas dava oportunidade para exageros e mal-entendidos. Imaginem eles se despindo no mesmo

---

1. Pequena cidade nos arredores de Paris, perto do Bois de Boulogne. Hoje, Passy é apenas um *arrondissement* – um bairro da capital francesa. (N.T.)

quarto: oh, não! De jeito nenhum, cada um no seu canto, e então, o ateliê no meio, um local neutro, à disposição de ambos. Havia apenas uma velhota que vinha pela manhã e à noite.

Tudo estava muito bem calculado e, realmente, bem pensado.

– Mas, e quando vocês tiverem uma criança? – inquiriu aquele que permanecia em dúvida.

– Nós não vamos ter nenhuma criança!

– Bom! Se não querem ter filhos...

Era verdadeiramente encantador. Ele descia para a praça todas as manhãs e fazia compras. Depois, fazia o café. Ela varria, fazia as camas e limpava o apartamento. E, então, os dois começavam a trabalhar. Ao se cansarem, paravam e ficavam conversando por momentos, se aconselhavam um com o outro, riam e se divertiam. Quando se aproximava o meio dia, ele acendia o fogo e ela lavava os legumes. Depois, ele tomava conta do *pot-au-feu*[2], enquanto ela descia até a mercearia e trazia a bebida. Voltava, punha a mesa. E ele servia a comida.

Mas não viviam como irmão e irmã. À noite, se despediam e cada um ia para o seu quarto. Porém, em seguida, ele batia na porta da esposa, que dizia:

– Entra!

A cama, entretanto, era estreita, o que não se transformava em problema nenhum. Os dois acordavam de manhã, cada um na sua cama. Em geral, ele servia de despertador e batia na parede.

– Bom dia, minha querida! Como é que você se sente hoje?

– Bem, obrigada. E você?

---

2. Literalmente, panela no fogo. Na realidade, sopa de carne com verduras. (N.T.)

Era sempre uma novidade o reencontro pela manhã, jamais uma rotina antiga a cumprir.

À noite, às vezes, saíam juntos para encontrar compatriotas em um bar, o Syrach, onde ela fazia questão de não se importar com a fumaça de cigarros. Aliás, ela não era de se importar com essas coisas.

Era ideal em termos de casamento – achavam os amigos que nunca haviam visto uma casal tão feliz.

Os pais dela viviam longe e escreviam perguntando insistentemente se Lisen estava *esperando*! Estavam ansiosos para ter um neto. Lisen precisava lembrar-se de que o casamento era feito para ter filhos e não para diversão dos nubentes, o que era, para Lisen, um ponto de vista retrógado. Mas, então, a mamãe perguntava se as novas ideias se destinavam a terminar com a raça humana. Nisso Lisen ainda não tinha pensado, e também não era o caso de se importar com isso. Ela se sentia feliz, e ele também. Finalmente o mundo via um casamento feliz e, por isso, todos sentiam inveja.

Enquanto isso, os dois se divertiam. Nenhum deles tinha supremacia sobre o outro. O caixa necessário recebia contribuições iguais de um e do outro. Às vezes, ele ganhava mais. Em outras, ela conseguia mais. Assim, o equilíbrio se mantinha.

Nos aniversários deles era uma festa. A esposa acordava quando a madame entrava no quarto com um buquê de flores e uma pequena mensagem escrita com flores pintadas. A madame lia: "Receba a senhora Flores os melhores cumprimentos pelo seu aniversário por parte do seu pintor, que a convida para um maravilhoso café da manhã no quarto dele – imediatamente!". Então era só bater na parede, vestir o roupão e bater na porta do quarto dele. "Entre!" Ela entrava, e ambos tomavam o café da manhã na cama. E a madame, nesse dia, ficava até o meio dia. Era encantador!

Nunca se cansaram dessa rotina. Passaram-se dois anos. Todos os videntes erraram: o casamento durou mais do que eles previram.

Porém, a esposa adoeceu. Ela achou que devido ao papel de parede, ele apontou as bactérias como culpadas. Sem dúvida, a culpa era das bactérias!

Alguma coisa não estava bem, as coisas não estavam como deviam estar. Era certamente um resfriado. A esposa também começou a engordar. Teria assimilado algum tipo de comida ruim, uma verdura qualquer, das que se falava tanto, ultimamente? Era quase certo: uma verdura ruim! Ela foi parar no médico e voltou chorando. Era mesmo o resultado de uma pequena implantação de sementes no seu ventre. Uma *planta* que logo surgiria à luz do dia e se transformaria em uma flor que mais tarde daria sementes, também!

O marido não chorou. Achou que era uma questão de estilo e foi vangloriar-se no bar do Syrach. Mas a esposa continuou chorando. Como é que ficaria o relacionamento entre os dois? Ela não teria mais condições de ganhar dinheiro com o seu trabalho e teria de comer o pão dele. E, além disso, teriam que contratar uma empregada doméstica. Ah, essas criadas!

Todo o cuidado, toda a preocupação, toda a previsão e antecipação dos problemas encalharam no inevitável.

Entretanto, a sogra escreveu palavras entusiásticas de felicitações e repetiu muitas vezes que o casamento era uma obra de Deus a favor dos filhos. A diversão dos pais era apenas um complemento de felicidade.

Hugo asseverou que não havia sequer pensado no fato de ela não ter condições de ganhar dinheiro. Se ela não conseguisse contribuir com o seu trabalho para o aluguel do lugar onde morariam os filhos que também eram dele, isso não tinha importância. O dinheiro é sempre resultado de trabalho. Portanto, ela continuava a trabalhar, sim, de outro jeito, e a contribuir com a sua parte. Ela ainda assim se lamentava por estar comendo o pão que era dele, mas quando o rebento nasceu, esqueceu tudo e mais alguma coisa. E, então, ela se tornou a esposa e a companheira que era antes, mas agora, também, a mãe do seu filho – e isso, para ele, era o melhor de tudo o que podia ter acontecido.

Obstáculos naturais

O PAI DELA MANDOU que ela aprendesse contabilidade a fim de evitar a normal, mas lamentável, sorte das mulheres de terem de esperar sentadas pelo dia de se casarem.

Ela se formou e passou a fazer a contabilidade da administração de bagagens e mercadorias da rede ferroviária, sendo reconhecida como uma profissional competente. Sabia lidar com os caseiros das propriedades de um jeito que dava prazer ver. Por isso, tinha um belo futuro pela frente.

Então, um dia, chegou um caçador vestido de verde, funcionário do instituto de florestas, e daí surgiu o casamento. Mas filhos, nem pensar. Teria de ser um casamento espiritual do jeito certo, e o mundo seria testemunha de que a mulher era também um ser com alma e não servia apenas para parir.

Marido e esposa encontravam-se na hora do almoço e à noite e eram considerados um par exemplar de um verdadeiro casamento e da união entre duas almas gêmeas. Como era natural, os corpos também se uniam, mas disso, naturalmente, não se falava.

Um dia, a esposa chegou em casa dizendo que o horário de serviço havia sido modificado. Foram criados novos trens noturnos até Malmö pelo Parlamento e, dali em diante, ela teria que estar de serviço das seis às nove da noite. Era um problema a mais, pois ele não podia chegar a casa antes das seis. Impossível!

Passaram a almoçar em horários diferentes, cada um por si, e só se encontravam tarde da noite. Era muito pouco, achava ele, que tinha de ficar sozinho até tarde.

Ele passou a ir buscá-la à noite, mas não gostava de ficar sentado à espera na sala de bagagens, sendo cutucado por caseiros e carregadores. Ele sempre estava no caminho. Quando queria falar com ela onde ela se sentava, com o lápis pendurado na orelha, acontecia muitas vezes ser interrompido com um "seja bonzinho e cale a boca, por enquanto, por favor!". Então, os caseiros viravam as costas, e ele sentia, embora não visse, que eles faziam caretas: que tratamento!

Por vezes, ele era anunciado por outro contador com essas palavras: "O marido da senhora está aguardando a esposa!". O "marido da senhora" soava como escárnio.

O que mais o irritava era ver que ela tinha como colega mais próximo um jovem presunçoso que a olhava diretamente nos olhos e que, às vezes, se inclinava sobre o ombro dela para verificar o livro principal, de tal maneira que o seu queixo baixava quase até seus seios!

E, depois, eles falavam de faturas e de certificados e de coisas que poderiam significar outras intenções, mas sobre as quais ele não entendia nada. Conferiam juntos os documentos e pareciam muito mais confiantes e por dentro dos pensamentos um do outro do que se fossem marido e mulher. Faziam tudo com muita naturalidade, visto que ela se dava muito mais com o presunçoso do que com o marido.

Quando o marido queria falar sobre a manutenção das florestas, ela respondia com observações sobre o tráfego de bagagens. Fala-se sempre daquilo que nos preocupa mais. Ele começou a reconhecer que aquele não era, afinal, o casamento espiritual correto porque, se fosse, ele estaria na administração ferroviária de bagagens e não no Instituto Nacional de Florestas.

Um dia, ou, melhor, uma noite, a esposa informou-o de que ela teria que comparecer a uma reunião no sábado seguinte com os colegas ferroviários e que, depois, haveria uma ceia. O marido aceitou a comunicação com alguma dificuldade.

– Você vai comparecer? – perguntou ele. Aliás, era um questionamento ingênuo e desnecessário.

– Que pergunta!

– Bom, você vai ser a única mulher entre tantos homens, e quando os homens bebem, eles ficam atrevidos e violentos!

– Pode ser, mas você mesmo não vai às reuniões dos professores do instituto sem mim?

– Sim, mas eu não sou o único homem entre mulheres.

– Homens e mulheres são absolutamente iguais e me espanta que *você*, que sempre foi a favor da libertação da mulher, tenha alguma coisa contra eu ir a essa reunião!

– Reconheço que são velhos preconceitos que ainda perduram em mim. Reconheço que você tem razão, e não eu. Mas peço que não vá. Acho tão desagradável! Não posso me sentir de outra maneira!

– Isso é inconsequente da sua parte!

– Tem razão. É inconsequente da minha parte, sim. Mas reconheça que é preciso dez gerações para que os indivíduos se libertem de preconceitos como esse!

– Tudo bem, mas, então, você não irá mais sozinho para as suas reuniões do colegiado!

– A situação não é a mesma. Nas minhas reuniões só vão homens.

E, também, a questão não era ela ir sozinha sem ele. A questão era ela ser a única mulher entre tantos homens.

– Não, eu não serei a única mulher, visto que a esposa do caixa também vai, na qualidade de...

– O quê?

– Mulher do caixa!

– Então, talvez eu também possa ir, na qualidade de "marido da esposa"!

– Ah, você quer se humilhar e se pendurar em mim!

– Sim, eu quero me humilhar, sim!

– Está com ciúmes?

– E por que não? Estou com medo de que alguma coisa se interponha entre nós.

– Que vergonha, você está com ciúmes! Que afronta! Que insulto! Que falta de confiança! Afinal, o que é que você pensa de mim?

– O melhor possível! E, para confirmar, acho que você deve ir mesmo sozinha.

– Ah, finalmente você me dá a honra de poder sair sozinha! Que condescendência!

Ela foi e só voltou para casa ao amanhecer. Precisou acordar o marido e dizer para ele como tinha se divertido. E como ele gostou de saber disso! Eles fizeram discursos em honra dela, cantaram e dançaram.

– E como você voltou para casa?

– O Senhor Presunçoso me acompanhou até a porta.

– Teria sido uma beleza se algum dos seus conhecidos a tivesse visto chegar às três da madrugada de braço dado com o Senhor Presunçoso.

– O que é que tem? Por acaso, gozo de má fama?

– Não, mas poderá vir a ter!

– Puxa, você está com ciúmes. Pior ainda, está com inveja. Você não quer que eu me divirta. Era isso que significa estar casada. Basta sair e se divertir um pouco para voltar para casa e receber uma repreensão. Oh, como o casamento é uma idiotice! – E seria mesmo casamento? Eles se encontravam à noite, tal qual como quaisquer outros casais. E os homens eram todos iguais. Delicados e atenciosos antes de se casarem, mas depois... Bem, depois!... – Você é exatamente igual a todos os homens. Acha que é dono da minha pessoa. E sabe ser rude!

Ele achava, sim, que os dois, antes, falavam em pertencer um ao outro, mas agora sabia estar enganado. Era ela que se julgava dona dele como quem é dona de um cachorro, aquele com quem se pode sempre contar. Não seria ele outra coisa senão seu segurança? Aquele que ia buscá-la todas as noites? Aquele que era o "marido da senhora"? Mas queria ela ser mesmo a esposa do marido? Onde estava a igualdade?

Ela não voltara para casa para discutir. Sempre quis ser a esposa dele, e ele sempre seria o seu maridinho.

"O champanhe está fazendo efeito", pensou ele, virando-se para a parede. Ela chorou e pediu a ele para ser justo... e perdoá-la! Ele se escondeu sob o cobertor. Ela ainda perguntou mais uma vez se ele queria... Se ele não queria que ela continuasse a ser a sua esposa.

Claro, ele queria isso, tê-la como esposa, mas passara uma noite horrível, aborrecido. Não queria viver uma experiência igual nunca mais!

– Tudo bem! Então, vamos esquecer o que aconteceu.

E esqueceram. Ela voltou a ser a sua querida esposa, de novo.

Na noite seguinte, quando o guarda florestal chegou para buscá-la no emprego, ela não estava. Fora ao depósito. Ele ficou sozinho no escritório e resolveu sentar-se na cadeira dela. De repente, a porta abriu-se e o Senhor Presunçoso enfiou a cabeça para dentro:

– Aninha! Ainda estás aí?

– Não, só o marido dela!

O marido levantou-se e foi embora. O Senhor Presunçoso chamava Anna de Aninha e a tratava por "tu"! Aninha! Era demais!

A volta para casa foi premiada com uma grande discussão. O marido estava completamente convencido, agora, de que as suas teorias sobre a libertação da mulher eram pura brincadeira, além de achar muito ruim que a sua esposa tratasse os colegas por "tu". Mas o pior era ter de reconhecer que as suas teorias tinham ido por água abaixo!

Vejamos, não era bem assim. Ele apenas mudara de opinião! Certo?

É claro! As opiniões mudam de acordo com a realidade, que é variável. Mas se ele acreditava, antes, no casamento espiritual, agora achava que o casamento era uma droga. Qualquer casamento! E isso era um progresso na direção radical! Em termos de espiritualidade, ela agora estava mais casada com o Senhor Presunçoso, – cujas ideias em relação ao tráfego de bagagens e mercadorias ela compartilhava, diariamente, a todo o momento – do que com ele, o verdadeiro marido, cuja atividade como guarda florestal não lhe interessava nem um pouco. E, por fim, o casamento deles era realmente espiritual? Com que espírito?

Não, agora não. O amor deles estava morto. Ele matou-o quando desistiu da fé que ambos tinham: a fé... na liberação da mulher!

A discussão ficou cada vez mais acirrada. No entanto, o guarda florestal ainda procurou o casamento espiritual como solução, desistindo de entender o trânsito de bagagens e mercadorias que, aliás, nunca tinha entendido direito.

— Você não me compreende — repetia ela, com frequência.

— Não, eu nunca cheguei a aprender isso — respondeu ele.

Uma noite, bem tarde, ele contou que viajaria com um grupo de alunas de um pensionato para dar aulas de botânica no campo. Ele era professor no pensionato.

— Ah! Disso você nunca falou! Alunas? Grandes?

— Grandes, enormes, colossais! De dezesseis a vinte anos de idade!

— Isso vai ser pela manhã?

— Não, de tarde! E, mais tarde, haverá uma pequena ceia num restaurante perto da Lindingöbro.

— Ah, certamente a professora também vai junto, não?

— Não! Não vai, mas ela tem confiança absoluta no seu marido. Como você vê, por vezes, é bom estar casada.

No dia seguinte, a esposa ficou doente. Teria ele coragem de abandoná-la, deixá-la sozinha?

O dever do serviço acima de tudo! Ela estava muito doente?

— Ah, terrivelmente doente!

Foi chamado o médico, ainda que ele tivesse de enfrentar os protestos da esposa. O médico disse que não era nada sério e que ele poderia viajar.

Já era de madrugada quando o guarda florestal voltou para casa. Oh, como ele estava contente! E como, certamente, ele tinha se divertido! Cruzes, em nome de Deus! Nunca tivera um dia como esse, nunca, jamais!

A discussão explodiu novamente. Uh, la, la! A luta para ela era difícil! Ele precisou jurar que nunca amaria ninguém na vida a não ser ela! Nunca! Houve convulsões, desmaio e uso de vinagre para reanimação.

Ele era antiquado demais para entrar em detalhes a respeito da ceia na Lidingöbro, mas não pôde deixar de mencionar a sua antiga situação de cachorro obediente e se sentiu obrigado a chamar a atenção dela para o fato de o amor constituir uma espécie de direito de propriedade – até mesmo por parte da mulher. Por que ela chorava? Afinal, ele fizera o mesmo juramento quando ela saiu e foi cear com vinte homens! Receio de perdê-lo? Mas a gente só perde aquilo que possui, de que é dono – ou dona.

E, assim, fizeram as pazes. Porém, a administração de bagagens e mercadorias e o pensionato de alunas armaram-se com as suas tesouras e cortaram tudo o que cheirava mal e não conferia com o chamado casamento harmônico.

De repente, a esposa ficou doente. Certamente, se resfriara numa das suas visitas ao depósito. Ela vivia ansiosa e jamais procurava ajuda entre os homens de confiança à sua disposição. Sempre queria fazer as coisas sozinha. Não, certamente era uma hérnia! Dava para sentir um ponto duro, conforme afirmou a parteira.

E, então, aconteceu. Oh, como ela ficou zangada! E zangada com ele, pois, sem dúvida, era mais uma das suas maldades. O que aconteceria, agora, com ela? Com o seu futuro? Teriam de colocar a criança numa creche. Assim fez Rousseau, que era, normalmente, um idiota, mas que, nesse ponto, tinha toda a razão.

Além disso, tanta coisa aconteceu! O guarda das florestas teve que abandonar o cargo de professor no pensionato. Na hora!

Pior: ela não poderia ir mais ao depósito! Teria de ficar sentada, escrevendo no escritório. E, pior ainda: ela passou a ter ao seu lado um ajudante cuja missão secreta era a de substituí-la quando ela fosse dar à luz e ficar de cama.

Seus colegas nunca mais se portaram como antes. Os ajudantes faziam caretas. Oh, como é que ela podia aguentar a vergonha? Devia ficar, sim, em casa, escondida, de preferência fazendo comida, e não ficar andando por ali, no escritório, dando espetáculo. Oh, como preconceitos fantásticos se podiam esconder nos falsos corações dos homens!

No último mês de gravidez, ela pediu licença. Não aguentava mais ir e vir quatro vezes por dia, entre o escritório e o lar. Além disso, de repente ficava com fome e tinha que mandar vir sanduíches. E, por vezes, sentia-se mal e precisava ser afastada. Que vida! Que situação deplorável para a mulher!

Então chegou a criancinha!

– Vamos mandá-la para a creche? – perguntou ele.

– Ah, não! Você não tem coração!

– Como assim? Claro que tenho...

A criancinha acabou ficando em casa.

Mas, então, chegou uma carta muito delicada da administração de tráfego ferroviário perguntando como passava a jovem mãe.

Ela estava se sentindo bem e poderia voltar para o serviço em dois dias. De início, estava um pouco fraca e precisou tomar uma condução. Logo se recompôs, ficou forte, mas tinha que mandar um mensageiro duas vezes por dia e, depois, de duas em duas horas, para saber como estava o seu filho. Sempre que ela recebia a informação de que ele estava chorando, ficava doida e corria para casa. Porém, sempre havia um ajudante para substituí-la no trabalho nessas ocasiões. A administração era compreensiva e nada comentava.

Um dia descobriu que o peito da ama secara e que esse pesadelo não se resolvia. Estava sempre com receio de perder o seu lugar no serviço. Foi pedir um tempo para procurar uma nova ama. Ah, são todos da mesma laia. Nenhuma consideração pelos filhos dos outros. Todos uns egoístas! Nunca se poderia confiar neles!

– Não – disse o marido –, nessa situação só se pode confiar em si mesmo!

– Você quer dizer que devo deixar o meu lugar?

– O que eu quero dizer é que você deve decidir como quiser!

– E ficar sendo sua escrava?

– De jeito nenhum! Não foi isso que eu quis dizer!

O filhote ficou doente como, normalmente, acontece com todas as crianças. Os dentes começavam a nascer. Licença em cima de licença! O menino teve dor de dentes. Precisou de atenção, de colo, durante a noite. Ela teve de ir para o serviço durante o dia – sonolenta, cansada, preocupada – e mais licença. O guarda florestal era carinhoso, levantava-se durante a noite para embalar o filho. Nunca dizia nada a respeito do trabalho dela e do lugar que ela ocupava no serviço, mas ela sabia no que ele estava pensando. Ele gostaria que ela ficasse em casa de uma vez por todas. Contudo, ele era falso e não dizia nada. Ah, como os homens eram covardes! Ela o odiava por isso. Preferia matar-se de trabalhar a desistir do seu lugar no serviço público para se tornar sua escrava.

O guarda florestal, por seu lado, já desistira de todas as esperanças na emancipação feminina por razões naturais, pelo menos, *dentro das circunstâncias atuais,* acrescentava ele, de forma inteligente.

Quando o filho atingiu cinco meses de idade, ela ficou grávida novamente. Cruzes, credo! Em nome de Deus, como é possível?

– Oh, sim, uma vez aberto o caminho, o diabo fica solto!

O guarda florestal foi obrigado a retornar ao seu lugar no pensionato de alunas em função do aumento dos encargos futuros... E, nesse momento, a esposa pegou em armas!

– Eu sou sua escrava – explodiu ela, ao voltar para casa depois de ter sido despedida. – Agora não tem mais jeito: sou sua escrava!

Na realidade, a esposa se transformou em *dona* da casa, ou seja, quem determina o que fazer com o dinheiro todo que o marido ganha e o deixa no cofre de que só ela tem as chaves. Caso queira comprar um charuto, ele terá de fazer um longo discurso justificativo antes de apresentar a sua petição final. Ela não lhe nega o pedido, nunca, mas ele sempre se ressente um pouco em ter de pedir algum dinheiro de volta. Além disso, ele tem autorização para comparecer às reuniões de serviço, mas sem ficar para as ceias comemorativas dos eventos. Dar aulas de botânica em campo para as alunas, nunca mais!

Aliás, ele não se ressente muito disso, não. Acha mais divertido brincar com as suas crianças.

Os colegas dizem que ele está dominado pela esposa, mas ele ri e diz que se sente melhor nessa situação e que a sua esposa é uma mulher completa, competente e carinhosa.

Mas ela, por seu lado, continua protestando e afirmando que é uma escrava, escrava dele! E, de fato, é! Esse é o seu consolo no meio de toda a sua desgraça, pobre senhora!

Casa de bonecas

Já tinham seis anos de casados, mas parecia um casal de namorados. Ele era capitão da marinha e realizava uma expedição marítima de dois meses todos os anos, no verão; naquele período, havia feito duas viagens longas. Essas pequenas ausências só fizeram bem ao casal. Durante os gelos do inverno, com a exagerada necessidade de ficarem sentados, parados, dentro de casa, se podia sentir certo cheiro de mofo, que se dissipava com a chegada do verão e da hora de partir em expedição. A primeira expedição de verão foi difícil! Nessa época, ele escrevia cartas de amor, muito formais, para a sua esposa e não podia ver um veleiro no mar, passando por perto, e logo mandava sinais de que havia correio para seguir. Quando, finalmente, sentiu o cheiro da terra, das ilhotas rochosas, bálticas, do território sueco, ele correu o mais depressa possível para vê-la. E disso ela sabia. Ao passar por Landsort, ele recebeu um telegrama de que ela iria ao encontro dele, esperando em uma das ilhas, em Dalarö. Assim que a âncora foi baixada em frente de outra ilha, Jutholmen, e ele viu um lenço azul esvoaçando na varanda do restaurante Gästgivargården, já sabia que era ela. Mas havia muita coisa a fazer a bordo e já anoitecia quando ele pôde descer à terra. Chegou de guiga[1]

---
1. Espécie de escaler, a remos, que fazia a ligação entre o navio e a terra. (N.T.)

e, passando o comando, conseguiu vê-la em terra: tão jovem, tão bonita, tão cheia de saúde, tal e qual como nos primeiros tempos, depois do casamento. Quando eles subiram na varanda do restaurante, que beleza: ela havia encomendado uma saborosa ceia a ser servida em duas salas exclusivas. E como tinham tanta coisa para conversar! A respeito da viagem, das crianças, do futuro! Então, chegou a hora do vinho escorrer e dos beijos estalarem. Ouviam-se também as ondas do mar batendo nas rochas, mas isso não o preocupava: ele não precisava voltar para o navio antes da uma hora da madrugada.

– O quê? Você tem que voltar?

– Sim, preciso dormir a bordo, nem que seja um pouco, mas terei que estar lá na hora da alvorada. Aí já estaremos atracados, em casa. Portanto, tudo bem!

– A que horas toca a alvorada?

– Às cinco da manhã!

– Caramba, tão cedo!

– Onde é que você vai dormir esta noite?

– Você nem sabe...

Mas ele podia adivinhar. Entretanto, queria ver o que ela arrumara na outra sala. Ela, porém, se interpôs na porta. Ele beijou-a e abraçou-a como a uma criança e abriu a porta...

– Como é grande a cama! É como se fosse uma grande barcaça! Onde é que eles a encontraram?

Meu Deus, como ela corou! Mas ela tinha entendido, segundo a carta dele, que deviam "morar" na hospedagem do restaurante.

– Claro, vamos voltar aqui para dormir, mas desta vez eu preciso voltar a bordo até soar a alvorada, logo depois da missa matutina, praticamente à mesma hora!

– Oh, como você fala!

– Por agora, vamos pedir um café e um braseiro. Os lençóis estão frios e úmidos!

Uma pequena astuta como só ela para achar uma cama grande como essa! Onde é que ela teria conseguido isso?

– Eu não consegui nada!

Não, ele não acreditava nisso! Como poderia?

– Como você é tolo!

– Eu, tolo? – e, então, ele a pegou pela cintura.

– Não, tolo não, mas complacente.

– Complacente? Isso é fácil de dizer!

Agora, chega a empregada com a lenha.

Quando o relógio bateu as duas horas da madrugada e, a leste, o sol começou a subir no horizonte e a iluminar as ilhas, ilhotas e águas do arquipélago, os dois ainda estavam no quarto, de janela aberta para o mar. Era como se ela fosse a amante dele e ele, o seu amante. Não é verdade? E estava quase na hora de ele ir embora, de deixá-la! Mas ele voltaria pelas dez horas, já em casa, para o café da manhã e, depois, iriam os dois velejar. E foi ainda ele que fez um café de despedida para os dois, no seu fogãozinho de viagem, vendo o sol nascer e ouvindo os berros das gaivotas. Lá longe, no meio da corrente, via-se a canhoneira, e na proa a sentinela com a sua baioneta brilhando e, de vez em quando, relampejando por efeito dos raios solares. Foi difícil a separação entre os dois, mas era bom saber que em breve estariam de novo juntos. Então, ele beijou-a pela última vez, colocou o sabre na cintura e saiu. Quando ele chegou ao píer e chamou a guiga, ela escondeu-se por trás da cortina da janela como se estivesse envergonhada pelo acontecido. Ele ainda ficou mandando beijos com ambas as mãos até que os marinheiros chegaram com a guiga. E, assim, a saudação final: "Dorme bem e sonha comigo!". Quando ele, do meio da corrente, se voltou e assestou o binóculo nos olhos, ainda viu a pequena figura branca de cabelos negros já dentro do quarto, com o sol refletindo no seu *négligé* de linho e nos seus ombros nus – parecia uma verdadeira sereia!

Chegou a hora de tocar a alvorada. O longo toque da corneta rolou entre as ilhotas verdejantes e sobre as águas espelhadas para em seguida retornar como eco entre as florestas de pinheiros abetos e por outros caminhos. Logo todos os homens se apresentaram no tombadilho e "Pai nosso e Jesus" para sempre nos nossos corações. O pequeno sino na Dalarö respondeu com um toque modesto, admitindo que era domingo e muito cedo. Mais tarde ouviram-se os arrulhos dos pombos na brisa da manhã, e as bandeiras esvoaçavam; havia saudações com tiros de canhão, vestidos brancos de verão no píer; um barco a vapor, de linhas vermelhas, estava entrando também, vindo de uma ilha, Utön; os pescadores retiravam as suas redes do mar, e o sol continuava brilhando, agora sobre o azul das águas e o verde das árvores.

Às dez horas, a guiga desencostou da canhoneira com seis pares de remos e seguiu em direção à terra. Os dois se reencontraram de novo. Ao tomarem seu café da manhã no salão grande do restaurante, os outros hóspedes sussurravam entre si: "Ela é esposa dele?". Ele falava a meia voz como se fosse um amante, e ela baixava os olhos e sorria ou batia nos dedos dele com o guardanapo.

O barco estava no píer, pronto para sair, e era ela que se sentava ao leme. Ele ficava na proa e tocava a vela do traquete, mas não podia tirar os olhos dela, da sua figura esbelta, vestida de cores claras, próprias para o verão, os seios pontiagudos, firmes, a expressão decidida e o olhar direto, enfrentando o vento, enquanto as mãos enluvadas com peles de veado seguravam a roda do leme. Por seu lado, ele só queria falar com ela e, às vezes, se esquecia de manobrar o estai no momento de cambar. Nessa altura, recebia uma reprimenda como se fosse um marinheirozinho qualquer, e isso o divertia infinitamente.

– Por que você não trouxe a nossa pequenina junto? – perguntou ele, só para irritá-la.

– Onde é que você pensa que eu a deixei?

– Na grande barcaça, naturalmente!

E ela então sorriu, e ele achou que era muito divertido vê-la sorrir daquele jeito!

– E o que disse a anfitriã hoje de manhã? – replicou ele.

– E o que ela deveria dizer?

– Ela achou que dormiu bem esta noite?

– E por que eu não deveria dormir bem?

– Isso eu não sei, mas podia haver ratos mordiscando os tacos do chão ou uma velha janela do sótão rangendo. Sei lá, é difícil saber de tudo o que poderá estorvar o sono de uma velha e doce senhora.

– Se não ficar em silêncio por algum tempo, vou ter que amarrar o leme e jogar você no mar!

Por volta do meio-dia, eles ancoraram perto de uma ilhota para fazer uma refeição ligeira que trouxeram numa cesta. Depois, ficaram praticando tiro ao alvo com um revólver. Em seguida, pegaram num caniço com linha e anzol, fingiram que montavam a isca no anzol e tentaram pescar. Mas, claro, não pegaram peixe nenhum. Continuaram a viagem. Atravessaram baías em que os êideres voavam baixo e em formação, entraram por estreitos em que as percas nadavam entre juncos e voltaram, então, ao mar aberto. Ele não se cansava nunca de olhar para ela, de falar com ela, de beijá-la, sempre que a oportunidade surgia entre as manobras do barco.

Assim eles chegaram a Dalarö, onde se encontravam pelo sexto verão consecutivo, sempre tão jovens quanto antes, sempre tão loucos um pelo o outro, onde sempre se sentiram plenamente felizes. Durante o inverno, eles mantinham pequenas cabanas na ilha central da cidade, Skeppsholmen, onde ele preparava pequenos barcos para os filhos ou os divertia contando histórias de aventuras na China ou nos mares do Sul. A esposa ficava escutando e, de vez em quando, ria muito das histórias tolas que ele inventava. Era uma cabana confortável e encantadora, nada parecida com as outras. Era decorada com guarda-sóis e armamentos japoneses, miniaturas de pagodes das Índias Orientais, arcos, flechas e lanças da Austrália, tambores, peixes voadores empalhados, canas de açúcar e cachimbos de ópio da África. O papai, que começava a ficar um pouco careca, nunca gostava de estar longe. Às vezes, jogava gamão com um jurista militar e, às vezes, até apostava e bebia um moderado grogue. A esposa, antes, também jogava, mas agora com quatro crianças, não tinha tempo. No entanto, de vez em quando vinha olhar as cartas e, quando se aproximava da cadeira do papai, este a enlaçava pela cintura e lhe perguntava se devia aumentar a aposta com mais algumas notas.

A corveta sairia para o mar e ficaria fora durante seis meses. O capitão achava isso horrível. As crianças já estavam grandes, e a mamãe tinha certa dificuldade em dirigir o ampliado departamento. O capitão não era mais tão jovem nem com tanta energia como antigamente, mas... Não podia evitar, tinha de viajar. Já em Kronborg[2] ele mandou a primeira carta, nos termos seguintes:

---

2. Castelo perto de Helsingör, na Dinamarca. (N.T.)

"Minha querida Vela Mestra,
Vento fraco SSO para O +10º Celsius, três horas de serviço. Não posso descrever como me sinto nesta viagem, longe de você. Quando levantamos ferro perto de Kastellholm (18h30 com vento forte NO para N), foi como se eles tivessem enfiado um banco no meu peito e dava para sentir, precisamente, uma corrente penetrando nos ouvidos. Diz-se que os marinheiros pressentem os acidentes. Eu não sei nada a esse respeito, mas até receber a sua primeira cartinha vou ficar preocupado! Nada acontece a bordo, pela simples razão de que nada pode acontecer. Como é que vocês estão aí em casa? O Bob já recebeu as botas novas? Elas serviram? Eu sou um péssimo escritor de cartas, você já sabe disso. Portanto, vou terminar por agora. Com um grande beijo, bem em cima desta cruz X!

Seu velho Pall[3]

P. S. – Você deve procurar e conseguir uma companhia, minha querida (feminina, claro!). E não se esqueça de pedir à empregada em Dalarö para cobrir a barcaça grande até a minha volta para casa! (O vento aumenta, vamos receber ventos do Norte esta noite!)"

Perto de Portsmouth, já na Inglaterra, o capitão recebeu a seguinte carta da sua esposa.

"Meu velho e querido Pall,
Aqui está horrível desde que você viajou, pode crer! E difícil, pois nasceu o primeiro dente de Alice. O

---

3. Pall. Aqui, apelido do marido e, ao mesmo tempo, termo náutico definindo um bloqueio que impede a rotação "para trás" dos tambores, entre eles aquele que iça e desce a âncora dos navios. (N.T.)

médico disse que isso aconteceu inusitadamente cedo e poderá significar (ah, isso você não pode saber!). As botas altas de Bob ficaram perfeitas, e ele está muito orgulhoso delas. Você mencionou na sua carta que eu devia arranjar uma companhia feminina. Já arranjei ou, melhor, ela me procurou. Chama-se Ottilia Sandegren e vem de um seminário. É uma pessoa muito séria. Portanto, o Pall não precisa ficar com receio de ver a sua Vela Mestra se desviar dos caminhos corretos. E ela também é muito religiosa. Sim, sim, podíamos ser um pouco mais severos na nossa religião, pelo menos, em certas circunstâncias. Em resumo, ela é uma mulher e tanto. Agora vou terminando. Ottilia está chegando e vem me buscar. Aliás, chegou agora e manda cumprimentos para você, um amigo ainda desconhecido.

Sua G<small>URLI</small>!"

O capitão não ficou satisfeito com a carta. Curta demais e nada estimulante como era habitualmente. Seminário, religiosa, séria, Ottilia. Duas vezes Ottilia! E, depois, Gurli! Por que não Gullan como antes? Hum! Oito dias mais tarde, perto de Bordeaux, na França, recebeu uma nova carta acompanhada de um livro enviado como impresso. "Querido Vilhelm!" – Hum, Vilhelm! Não mais Pall! – "A vida é uma luta desde..." – Com os diabos, o que é que há? O que é que nós temos a ver com a vida! – "o começo até o fim! Tão tranquila quanto um córrego em Kidron..." Kidron! Isso está na Bíblia! – "a nossa vida tem avançado. Nós temos andado como sonâmbulos por cima de abismos sem os ver!" – Seminário, isso é seminário! – "Mas, depois, temos a questão da ética" – Ética? *Ablativus!*[4] Hum! Hum! – "que se faz presente nas mais

---

4. Em latim no original. (N.T.)

altas instâncias!" – Instâncias?! – "Quando eu acordo agora do nosso longo sono e me pergunto: 'O nosso casamento tem sido o casamento correto?', sou obrigada a reconhecer, com arrependimento e humildade, que não é assim! O amor tem origem celestial (Mateus, 11:22)."[5] – O capitão precisou levantar-se e beber um copo de água com rum antes de continuar. – "Até que ponto o nosso casamento tem sido terreno, concreto? As nossas almas têm vivido naquela harmonia de que fala Platão (Livro VI cap. II § 9)?[6] Não, temos de encarar! O que eu tenho sido para você? A governanta da sua casa e – sem vergonha! – a sua amante! As nossas almas, elas se entenderam? Não, temos de reconhecer que não!" – Por milhões de diabos e de Ottilias e todos os diabólicos seminários! Por acaso ela tem sido a governanta da minha casa? Não, ela é, sim, a minha esposa e a mãe dos meus filhos! – "Leia esse livro que estou mandando para você. Ele lhe dará a resposta para todas as perguntas. Expressa tudo o que tem ficado escondido no fundo do coração de todas as mulheres, durante séculos! Leia o livro e me diga depois se o nosso casamento tem sido correto! Ajoelhe-se e reze. Sua Gurli."

Os seus pressentimentos eram os piores possíveis. O capitão estava completamente fora de si e não podia entender o que tinha se passado com a sua esposa! Era pior do que qualquer estrita dedicação religiosa!

Rasgou o invólucro e leu na capa do livro: *Casa de bonecas*, de Henrik Ibsen. *Casa de bonecas!* Sim! E daí? O seu lar tinha sido como uma pequena e bonita casa

---

5. Mateus 11:22. Essa indicação bíblica não tem nada a ver com a origem celestial do amor. O verso 22 do citado evangelho diz: "Contudo, eu vos digo que para Tiro e Sidom haverá menos rigor, no dia do juízo, do que para vós". (N.T.)

6. Faidon, Livro VI, cap. II; § 9. Esse diálogo de Platão não costuma ser dividido em livros e capítulos. (N.T.)

de bonecas, a sua mulher sempre foi a sua bonequinha e ele, o boneco grandão dela. Os dois venceram brincando os perigosos caminhos asfaltados da vida e foram felizes! O que faltava, então? O que é que estava incorreto no casamento deles? Ele precisava saber, considerando que tudo estaria escrito nesse livro. Em três horas, ele leu o livro todo, mas a sua compreensão dos fatos continuou na mesma. O que é que isso tinha a ver com ele e a sua esposa? Nada! Teriam falsificado notas bancárias? Não se amavam? Muito bem. Ele se fechou em sua cabine e releu o livro. Fez anotações com tinta azul e vermelha e, quando já estava amanhecendo, sentou-se para escrever para a sua esposa. Escreveu:

> "Um pequeno, mas bem intencionado *Ablativus* a respeito da peça *Casa de bonecas*, reunido pelo velho Pall, a bordo do *Vanadis*[7] no Oceano Atlântico, perto de Bordeaux (lat. 45º long. 16º).
> § 1. Ela casou com ele pelo fato de ele amá-la e isso ela fez com toda a razão, visto que, se ela tivesse esperado por aquele a quem amasse de verdade, poderia acontecer que ele não a amasse, e aí ela ficaria num mato sem cachorro. Essa dos dois se amarem de verdade, um ao outro, só acontece raramente.
> § 2. Ela falsificou uma nota bancária. Foi uma idiotice, mas dizer que foi por causa do marido, para ajudá-lo, isso ela não podia fazer, visto que ela nunca o amou. Se tivesse dito que fizera isso para ajudar na situação dos dois e das crianças, então ela estaria dizendo a verdade! Está claro?

---

7. O nome está ligado à fragata a vapor *Vanadis*, um dos barcos mais famosos da frota sueca, que em dezembro de 1883 realizou uma volta ao mundo amplamente noticiada nos jornais. (N.T.)

§ 3. Que ele, depois do baile, goste dela, isso prova apenas que ele a ama e que não existe nada de errado na conduta dele. Mas mostrar isso no teatro está errado. *Il y a des choses qui se font mais que ne se disent point*[8], acho que qualquer francês diria isso. Aliás, se o autor fosse justo, teria apresentado a hipótese contrária: *La petite chienne veut, mais le grand chien ne veut pas*[9], diz Ollendorff (compare com a barcaça em Dalarö!)

§ 4. Ao descobrir que o marido é um *cabeça-de-vaca* – e é mesmo! – ao querer desculpá-la, só por que o comportamento ilícito não foi descoberto, ela decide abandonar os filhos, visto que "não é digna de prover a sua educação"; essa atitude, na verdade, é uma coqueteria sem a menor relevância. Se ela fosse uma vaca (pois, certamente, no seminário não se aprende que é lícito falsificar notas bancárias) e ele fosse um touro, então os dois poderiam seguir vivendo sem problemas, e muito menos ela deixaria a educação dos filhos para um chifrudo como ele, que ela despreza.

§ 5. Nora, portanto, tem razões de sobra para ficar com as crianças, ao verificar que tipo de biltre o marido é.

§ 6. Que o marido não lhe desse o valor merecido, não era culpa dele, pois o verdadeiro valor dela só é mostrado depois da revolta.

§ 7. Nora era instável, nem ela mesma nega isso.

§ 8. Todas as garantias para que os dois pudessem igualar-se existem: ele se arrepende e quer melhorar. Ela também. Bom! Passamos um pano por cima e recomeçamos tudo novamente. Há um ditado que diz: crianças iguais brincam melhor. É difícil escolher

---

8. Em francês no original: "Existem coisas que se fazem, mas das quais não se fala". (N.T.)
9. Em francês no original: "A pequena cadela quer, mas o grande cachorro não quer". (N.T.)

entre as duas alternativas. Você era uma vaquinha ingênua, e eu agi como um touro! Você, a pequena Nora, recebeu uma educação ruim. Eu, porco velho, não tive um aprendizado melhor. É lamentável em ambos os casos! Jogar ovos podres para cima dos nossos pais educadores não adianta, mas, por favor, não jogue todos os ovos podres só em cima da minha cabeça. Apesar de ser homem, eu sou tão inocente quanto você! Talvez um pouco menos culpado, já que eu me casei por amor. E você, por motivos econômicos! Vamos, então, prosseguir como amigos e juntos ensinar às nossas crianças aquilo que a vida, a duras penas, nos ensinou.
Está claro? Tudo bem?"

– Isso foi o que o Capitão Pall escreveu com os seus dedos meio rígidos e o seu entendimento meio lento.

"E agora, minha querida e amada boneca, acabo de ler o livro que me mandou e de fazer os meus comentários. Mas em que aspecto esse livro nos diz respeito? Nós dois nos casamos por amor, certo? Não nos amamos mais? Não nos educamos nós um ao outro, limando as arestas – você deve se lembrar que no início tivemos alguns desencontros. Que raio de problemas existem, então? Para o inferno com as Ottilias e os seminários! Você me deu um livro cheio de espinhas. Foi como um mar mal marcado onde o nosso barco poderia virar a qualquer momento. Mas eu assumi o comando e remarquei o mapa, avançando por águas calmas. Minha alma, porém, continua a mesma. Vou ficar atento e quebrar todas as nozes, negras por dentro. É só ver nelas onde está o ponto fraco. Agora, desejo para você, paz e felicidade, e a volta da sua compreensão de sempre. Como estão os meus pequenos? Você se esqueceu de falar deles na última carta. Certamente por causa da preocupação extrema em relação aos abençoados filhos de Nora (que não existem em lugar nenhum a não ser na peça teatral). O meu filho chora, a minha tília joga, o meu rouxinol canta e a minha boneca dança?[10] É isso que devem fazer sempre para alegrar o velho Pall. E agora que Deus te abençoe e não deixe que surjam maus pensamentos entre nós. Estou tão triste que nem dá para descrever. E não é que vou ficar comentando peças de teatro? Deus te guarde e aos pequenos e dá-lhes um beijo por mim, este seu fiel Pall."

Quando o capitão acabou a carta, ele desceu para o cassino dos oficiais e bebeu um grogue. O médico estava junto.

— Uau! – disse ele. – Você nota como aqui cheira mal, a calças velhas? Uau! Valha-me o diabo! Que ele me atrele ao guincho e me eleve até lá em cima no mastro, para que o vento NE e N leve para longe o mau cheiro.

Mas o médico não entendeu nada.

— Ottilia! Ottilia, que vá para aquele lugar... Devia levar uma dose de bordoadas na cabeça! Manda o diabo descer e jogar para cima dela os seus poderes, sem piedade. Ele sabe muito bem do que precisa uma velha solteirona, fofoqueira!

— Mas o que é que há com você, meu caro Pall? – perguntou o médico.

— Platão! Platão! Claro, quando se está no mar por seis meses, é Platão que chega! Então, fala-se de ética! Ética! Uau! Aposto que Ottilia comeu e cuspiu no prato, falando desse tal de Platão!

---

10. "O meu filho chora etc": citação de uma saga sueca, conforme G. O. Hyltén-Cavalius e G. Stephens, 1844. (N.T.)

– Afinal, o que está acontecendo?

– Ah, não é nada! Escute, meu caro, você é médico, como é que você se dá com as mulheres? Como é que é? Não é perigoso andar por aí solteiro? Não fica um pouco... Como dizer: *coquelicu*? Não?

O médico ofereceu o seu parecer que terminou com um lamento: nem todas as fêmeas podiam ser engravidadas. Na natureza, onde o macho vive mais em estado de poligamia, ele estava liberado, na maior parte dos casos. Havia comida para todos os esfomeados (menos para predadores), sendo possível encontrar até anormalidades, como mulheres descasadas. Mas, nos meios culturais, onde era possível encontrar pão suficiente, era normal haver mais mulheres do que homens. Portanto, era preciso ter em consideração essas garotas solteiras, visto que a sua sorte era deplorável!

– Tudo bem, temos de ser atenciosos! Isso é fácil de dizer, mas, e quando elas não são atenciosas? – e, então, saiu boca afora tudo e mais alguma coisa, inclusive que havia escrito uma crítica a uma peça teatral!

– Ah, como eles escrevem, parecem papagaios! – disse o médico, ao mesmo tempo em fechava a garrafa de *toddy*. – É a ciência que, em última análise, decide sobre as grandes questões! A ciência!

Após seis meses no mar e uma troca de cartas lamentáveis com a esposa, que considerou a sua crítica à peça uma forte reprimenda, o capitão, finalmente, aportou em Dalarö e foi recebido pela esposa, todas as crianças, duas empregadas e Ottilia. A esposa foi carinhosa, mas não espontaneamente calorosa. Ofereceu a sua testa ao beijo dele. Ottilia era alta como uma escada e tinha cortado curto o cabelo e o levava amarrado na nuca. A ceia foi triste, com chá. A barcaça estava cheia de crianças, e o capitão foi obrigado a dormir num beliche superior. Oh, como era diferente em relação ao passado! O velho Pall pareceu mais velho do que era. E desapontado. Simplesmente, era um inferno, achava ele, ser casado e não ter esposa.

Na manhã seguinte, ele queria sair de barco à vela com a esposa. Mas Ottilia não aguentava o mar. Tinha enjoado durante a viagem pela baía de Baggen. E, aliás, era domingo. Domingo? Por isso mesmo. Mas tudo bem. Iria passear em vez de velejar. Os dois tinham muito que falar! Sem dúvida, tinham mesmo. Ottilia precisava ficar de fora!

Acabaram saindo de braços dados, mas não falaram muito. O que foi dito foram apenas palavras para esconder os pensamentos, mais do que pensamentos expressos por palavras. Passaram por uma pequena lagoa e desceram por um vale. Uma brisa fraca soprava pelos ramos dos pinheiros e, através do mato escuro, via-se o mar azul da baía. Então, ela se sentou numa pedra, e ele, a seus pés. É agora que vai rebentar, pensou ele. E rebentou!

– Você pensou em alguma solução para o nosso casamento? – começou ela.

– Não – disse ele, como se tivesse a sua resposta já preparada. – Queria apenas sentir o ambiente! Acho, evidentemente, que o amor é uma questão de sentimentos. A gente navega por conhecimento do caminho a seguir e chega no porto seguro, mas se for guiado pela bússola e pelo mapa, acaba encalhado.

– Sim, mas o novo casamento não tem sido outra coisa senão uma casa de bonecas!

– Mentira, se me permite que eu diga isso. Você nunca falsificou nenhuma nota bancária, você nunca mostrou as suas meias para nenhum médico sifilítico de quem você esperou conseguir dinheiro emprestado em troca de serviços *in natura*. Você nunca foi romanticamente idiota a ponto de esperar que o seu marido fosse confessar um crime que a sua esposa cometeu por idiotice e que na realidade não foi crime nenhum, pela simples razão de que não foi apresentada nenhuma queixa. Você nunca mentiu para mim! Eu sempre tratei você como a mesma honestidade com que Helmer[11] tratou a sua esposa, no momento em que ele a transformou em depositária de toda a sua confiança, determinando que ela gerenciasse os negócios bancários, o remanejamento dos empregados e assim por diante! Nós temos sido, portanto, marido e mulher, segundo todos os pressupostos, tanto antigos como modernos.

– Sim, mas eu tenho sido a sua governanta, a dona de casa!

– Mentira, se me permite dizer. Você nunca comeu na cozinha, não recebeu salário, nunca prestou contas do dinheiro gasto e nunca escutou desaforos se alguma coisa não estava em ordem. E o que é que você acha do meu trabalho? De lutar e ralar, puxando cabos, fazendo e desatando nós e de gritar ordens de comando, mandar contar arenques, bebidas, pesar ervilhas e provar as papas – você acha que isso é mais honroso do que procurar empregadas e ir à feira da praça, dar vida aos filhos e educá-los?

– Não! Mas você ganha dinheiro fazendo isso. Você é dono do seu nariz. É homem, põe e dispõe!

– Minha querida, você quer que eu lhe pague salário? Quer ser, realmente, a minha verdadeira governanta? Isso de eu ser homem foi por acaso. Só no sétimo mês de gravidez é que se sabe o que vai ser. Lamento. Do jeito que estão as coisas hoje, é crime ser homem, mas não se poderá dizer que está errado. E que apodreça no

---

11. Aqui e em outros lugares, referência à peça *Casa de bonecas*, de Henrik Ibsen. (N.T.)

inferno quem irritou a humanidade, colocando as suas duas metades uma contra a outra! É uma grande responsabilidade. Eu faço o que quero? Nós dois não fazemos o que queremos? Eu não faço nada de importante sem primeiro lhe pedir conselho! Por acaso, é mentira? Em contrapartida, você educou as nossas crianças do jeito que quis. Você se lembra da compra daquele berço de embalar que eu achei criminoso, pois "embebedava" as crianças até elas dormirem? Eu queria cancelar a compra, mas você foi contra. Aí, a sua opinião prevaleceu! Uma vez você, outra eu! Não havia como escolher um meio-termo: ou se compra um berço ou não! Enfim, tudo correu bem até aqui. Você me abandonou e me trocou por Ottilia!

— Ottilia! Sempre Ottilia! Foi você que a mandou para mim.

— Não ela, especificamente! Mas hoje é ela que decide aqui em casa!

— Tudo de que eu gosto, você me separa!

— Ottilia é tudo? Parece que sim!

— Mas eu agora não posso mandá-la embora visto que eu a contratei para ensinar pedagogia e latim para as meninas!

— Latim! *Ablativus!* Meu Deus, também vão ficar estragadas as nossas meninas!

— Sim, elas vão saber tanto quanto o homem sabe, quando chegar a hora do casamento que, assim, será um casamento correto!

— Mas, minha querida, nem todos os maridos sabem latim! Eu mesmo, de latim, só conheço uma palavra, *ablativus!* E nós dois sempre fomos felizes sem saber latim! Aliás, o latim está condenado a desaparecer dos currículos dos homens do país, sendo considerado uma inutilidade. Vocês não podem seguir esse exemplo? Não foi já suficiente estragar os seres do sexo masculino, agora vão estragar os do sexo feminino! Ottilia, Ottilia, por que você fez isso comigo?

— Ah, não quero falar mais desse assunto! Mas o nosso amor, Vilhelm, nunca foi como devia ser. Foi carnal!

— Querida do meu coração, como é que teríamos as nossas crianças se o nosso amor não fosse *também* carnal? É evidente que o nosso amor nunca foi apenas carnal!

— Será que uma coisa não poderá ser, ao mesmo tempo, branca e preta? É isso que eu quero perguntar! Responda, por favor!

— Oh, sim, posso responder! O seu guarda-sol é preto por fora e branco por dentro.

— Sofista!

— Escute aqui, minha querida, fale com a sua própria boca e com o seu próprio coração e não com os ditames dos livros de Ottilia! Use o seu bom senso e seja você mesma, minha querida e amada esposa!

— Está vendo: para você eu sou *sua!* Ao dizer *minha*, você exprime um termo de posse, coisa que você comprou com o que você ganha pelo seu trabalho!

— Veja bem e faça atenção às palavras: *eu* também sou *seu* marido e marido de mais ninguém! Aquele que as outras mulheres não devem nem olhar, se quiserem manter os seus olhos nas suas respectivas cabeças. Aquele que você *recebeu de presente!* Não como compensação por ele tê-la recebido nos seus braços. Não é, portanto, *partie égale?*[12]

— Mas será que nós não jogamos fora as nossas vidas? Tivemos, por acaso, quaisquer interesses superiores, Vilhelm?

— Sim, nós tivemos os interesses mais elevados, Gurli. Nem sempre ficamos *jogando.* Nós tivemos,

---

12. Em francês no original. Partes iguais. (N.T.)

também, os nossos momentos mais sérios! Nós tivemos os interesses mais superiores que se possam imaginar: nós demos vida a uma família, demos sequência e sobrevivência à nossa espécie! Nós avançamos e lutamos com muita coragem – e você, especialmente! – para que os nossos filhos pequenos se tornem grandes pessoas! E não foi você que encarou a morte quatro vezes para tê-los? E não foi você que passou muitas noites acordada para embalá-los? E não foi você que teve o prazer de tratar deles todos os dias? Podíamos ter um apartamento de três quartos, duas salas e cozinha na Drottninggatan[13], além de mais empregados, em vez de morar aqui em Långa Raden[14], caso não tivéssemos as nossas crianças! Você, Gullan, teria roupas de seda e colares de pérolas e eu, velho Pall, deixaria de ter as calças luzidias nos joelhos de tanto uso, caso desistíssemos dos nossos filhos! Afinal, somos assim tão egoístas como certas beatas solteironas afirmam? Solteironas que, na maioria dos casos, rejeitaram os homens, protelando infinitamente uma decisão. Verifique você mesma os motivos pelos quais existem tantas mulheres por casar. Pode estar certa de que todas vão dizer que tiveram propostas, mas preferiram por gosto ser mártires! Interesses superiores! Aprender latim! Andar meio despidas para beneficiar instituições de caridade, deixando que as crianças fiquem deitadas e corram perigos, andando de fraldas molhadas. Acho que os meus interesses são superiores aos de Ottilia, ao querer que as nossas crianças sejam fortes e felizes e que possam mais tarde realizar na vida aquilo que não

---

13. Literalmente, Rua da Rainha. Ela cruza no centro de Estocolmo com a Kungsgatan, a Rua do Rei. Foi na Drottninggatan que Strindberg morou nos últimos anos da sua vida, num apartamento menor, hoje transformado em museu. (N.T.)

14. Conjunto de moradias para oficiais da marinha na Skeppsholmen, uma das ilhas centrais da capital sueca. (N.T.)

tivemos tempo de fazer! Adeus, Gurli! Vou entrar de serviço de guarda, agora. Você quer vir?

Ela continuou sentada e não deu resposta. Ele foi embora, a passos largos, pesados. E a baía de águas azuis ficou escura. O sol já não brilhava mais para ele. Pall, Pall, para onde esta situação vai se encaminhar, suspirou ele ao passar pelo cemitério junto da igreja: gostaria de jazer ali, debaixo de uma prancha de madeira, entre as raízes das árvores, mas, decisivamente, não ficaria tranquilo se ficasse por lá sozinho. Gurli! Gurli!

* * *

— Agora é que as coisas vão descambar, minha sogra — disse o capitão certo dia, no outono, ao visitar a velhota, na Sturegatan.

— O que é que foi agora, querido Ville?[15]

— Elas estiveram em nossa casa, ontem. Anteontem, estiveram na casa da princesa.[16] E, então, a pequenina Alice passou mal! Foi falta de sorte, evidentemente, e eu não quis chamar a Gurli, visto que ela poderia pensar que era uma armação. Ah, quando se perde a confiança uma vez... Eu estive há dias com o comissário de guerra e lhe perguntei se, segundo a lei sueca, tenho o direito de queimar vivas as amigas da minha mulher! Não, não tenho. E também, se tivesse, acho que não me atreveria. Isso, afinal, acabaria também com a minha vida. Seria muito melhor se fosse uma amante; esta, eu poderia pegar pelo pescoço e pôr no olho da rua. O que é que posso fazer?

— Muito bem, muito bem! O caso é difícil, querido Ville, mas temos de encontrar uma saída. Você, um

---

15. Diminutivo de Vilhelm. (N.T.)
16. A referência diz respeito à princesa Eugênia, irmã do rei Oscar II, conhecida por suas obras de caridade e seu interesse pela causa feminista. (N.T.)

homem grande, é que não pode andar por aí desse jeito, como solteiro!

— Não, não posso. Eu digo a mesma coisa!

— Há dias, eu disse para ela, de repente, que se ela não ficasse acessível, qualquer dia o marido iria procurar arrego numa casa de passe!

— É mesmo! E o que ela respondeu?

— Ela disse que o marido podia fazer isso, que qualquer uma poderia dispor do seu corpo!

— E ela também, claro! São teorias muito agradáveis. Vou ficar de cabelos brancos, minha sogra!

— O velho caminho a tentar é fazer com que ela sinta ciúmes. Costuma ser uma cura radical. A essa altura, o amor, se ainda existe, volta à superfície!

— Ainda existe!

— Certamente! O amor não morre, assim, de repente. Pode se desgastar um pouco com o passar dos anos — se é que até mesmo isso acontece! De qualquer forma, você vai começar a cortejar a Ottilia e vamos ver o que ocorre depois!

— Fazer a corte? A ela?

— Tente! Deve haver alguma coisa que você saiba fazer e que possa interessar a ela.

— Entendi. Vejamos... Acho que sim. Elas estão trabalhando agora com estatísticas. Mulheres que caíram, doenças transmissíveis, sei lá o quê. Há a possibilidade de evoluir para a matemática, e de matemática, eu entendo.

— Pronto, já temos a motivação! Comece com a matemática, passe depois para uma fase mais avançada como colocar o xale nos ombros dela ou amarrar suas botinas. Acompanhe-a a casa à noite. Beba com ela e beije-a, de modo que a Gurli veja. Se for preciso, contato corporal. Oh, ela não vai ficar zangada, pode crer! E muita matemática, muita mesmo, para que a Gurli precise ficar sentada à espera, ouvindo de boca calada. Volte aqui dentro de uma semana e me conte o que aconteceu.

O capitão foi para casa, leu as últimas brochuras a respeito de comportamentos imorais e partiu para prática.

Oito dias depois, estava ele de volta na casa da sogra, alegre, satisfeito e bebendo um bom sherry. A euforia dele era incontestável.

– Conte, conte! – instava a velhota, ajustando os óculos.

– Oh, sim, no primeiro dia o páreo foi duro. Ela desconfiava de mim. Achava que eu estava de brincadeira com ela. Mas, naquela altura, eu falei para ela acerca da influência fantástica do cálculo de probabilidades nos Estados Unidos e nas suas estatísticas de moralidade. Essa influência, simplesmente, fez época. Ah, ela não sabia disso, ficou entusiasmada. Joguei na hora um exemplo, demonstrando com cifras e letras que seria possível calcular com bastante aproximação quantas mulheres cairiam. Foi uma surpresa para ela. Então, eu vi como ela ficou curiosa, querendo apresentar um novo trunfo na reunião seguinte. Gurli ficou contente em ver que nós tínhamos nos tornado amigos e chegou até a estimular a nossa aproximação. Ela nos empurrava para a minha sala e fechava a porta. Lá ficamos a tarde inteira fazendo contas. Ela estava feliz, a diaba, sentindo que ganhava alguma coisa em cima de mim. E três horas depois tinha nascido a nossa amizade. Na hora do jantar, a minha esposa achava que Ottilia e eu já éramos velhos amigos, de tal forma que já nos tratávamos por "tu". Entretanto, eu fui buscar o meu velho xerez, bom para festejar o grande acontecimento. E, então, eu a beijei, bem na boca. Deus perdoe os meus pecados. Gurli pareceu um pouco surpresa, mas não ficou zangada. Antes, era toda felicidade.

O sherry era forte e Ottilia, fraca. Ajudei-a e vestir a capa e acompanhei-a até casa. Pressionei o braço dela e descrevi para ela todo o mapa das estrelas do céu. Ah, ela estava fascinada! Amava as estrelas desde criancinha, mas nunca aprendera como elas se chamavam. As pobres mulheres não conseguem aprender nada. Ela se derreteu toda e nos separamos como os melhores dos amigos, vítimas há muito tempo de desencontros constantes. No dia seguinte, mais matemática. Ficamos juntos até a hora de jantar. Gurli entrou na sala umas duas vezes e acenou para nós. Mas à mesa só se falou de matemática e de estrelas, e Gurli ficou só ouvindo, sentada no seu lugar. E eu fui acompanhá-la até sua casa. Mas no cais encontrei o capitão Bjorn. Entramos no Grand Hotel para uma taça de ponche. Cheguei à casa à uma hora da madrugada. Gurli estava de pé e perguntou:

"– Onde é que você esteve tanto tempo, Vilhelm?

"Eu senti o diabo penetrar na minha alma e respondi:

"– Nós caminhamos e ficamos falando na Holmbro por tanto tempo que eu, efetivamente, perdi a hora.

"Essa foi demais.

"– Acho que não fica bem sair de noite com uma jovem – disse ela. Eu fingi estar surpreso e respondi, gaguejando:

"– Quando se tem muito do que falar, nem sempre a gente consegue pensar nas horas que passam.

"– Do que é que vocês ficaram falando? – inquiriu Gurli, e eu respondi que não me lembrava mais."

– Essa foi boa, muito boa, meu rapaz – comentou a velhota. – E depois? Depois...

– No terceiro dia – continuou o capitão –, Gurli veio com um trabalho após a matemática. O jantar já não foi como antes, tão alegre, mas mais astronômico. Eu ajudei a vagabunda a amarrar as botinas, o que provocou uma impressão profunda em Gurli que apenas ofereceu a face ao beijo de Ottilia quando esta saiu. Mais aperto de braço no Holmbron e mais falas sobre simpatia entre duas almas e sobre as estrelas, o lugar onde as almas vivem. Mais ponche no Grand Hotel e chegada à casa por volta das duas da madrugada. Gurli estava de pé. Eu vi, mas entrei sem dizer nada e fui para o quarto, direto, onde dormi como solteiro. Gurli teve vergonha de fazer perguntas. No dia seguinte, mais astronomia! Gurli explicou que gostaria muito de assistir, mas Ottilia disse que nós dois já tínhamos avançado muito no assunto e que, mais tarde, ela explicaria para Gurli tudo sobre o básico. Gurli ficou irritada e saiu. Muito sherry durante o jantar. Quando Ottilia agradeceu pela comida, eu abracei-a e beijei-a. Gurli ficou pálida. Na hora de amarrar as botinas, aproveitei a ocasião e levei a mão...

— Não fique constrangido, Ville — disse a velhota, nesta altura –, pode falar. Já sou velha demais...

— Bom, aproveitei para acariciar a perna da vagabunda. Nada ruim, por sinal! Realmente, espantosamente boa! Mas quando eu me aprestei para vestir o mantô, *hast du mir gesehen*[17], Lina, a empregada estava pronta para levar Ottilia para casa. E Gurli pediu desculpas por mim. Disse que eu tinha me resfriado na noite anterior, e ela estava com medo do ar da noite. Ottilia ficou petrificada e não beijou Gurli quando saiu. No dia seguinte, eu devia mostrar para Ottilia os instrumentos de astronomia na escola, ao meio-dia. Ela chegou também, mas estava triste. Tinha acabado de estar com Gurli, que fora muito ríspida com ela. Não podia entender por quê. Quando eu cheguei a casa para o almoço, Gurli estava

---

17. Em alemão no original: "Pode-se imaginar uma coisa dessas?". (N.T.)

completamente mudada. Ficou fria e calada que nem um peixe. Estava sofrendo. Podia ver isso. Mas estava na hora de enfiar a faca a fundo...

"– O que é que você disse para Ottilia para ela ficar tão triste? – perguntei eu. E ela respondeu:

"– O que é que eu disse? Disse para ela que era uma coquete. Foi isso que eu falei.

"– Como é que você foi dizer uma coisa dessas? – eu falei. – Você nunca foi de ter ciúmes!

"– Eu, ciumenta? Numa situação como essa, nem pensar! – explodiu ela. E eu repliquei:

"– Estou surpreso. Achei que uma mulher inteligente e compreensiva jamais iria olhar para o marido de outra mulher!

"– Não! – estava na hora da explosão final! – Mas o marido podia portar-se mal diante de outra mulher...

"Agora, sim, era para valer... Eu defendi Ottilia até o momento em que Gurli a chamou de rameira. Mas eu continuei a defendê-la. Ottilia, porém, não voltou naquela tarde. Escreveu uma carta fria reconhecendo que não era mais bem-vinda àquela casa. Eu protestei, quis buscá-la, mas a Gurli ficou furiosa, virou selvagem. Ela sentiu que eu estava enamorado dessa tal Ottilia e que ela (Gurli) não representava mais nada para mim. Ela sabia que havia sido tola, achava que não servia para nada, que para ela tudo dava errado, em matemática, então, era um zero à esquerda. Eu mandei vir um trenó dos grandes e disparamos para Lidingöbro. Uma vez chegados, bebemos um quentão e comemos uma ceia descomunal. E era como se tivéssemos casado de novo. E assim voltamos para casa, os dois!"

– E depois? Conta! – insistiu a velhota, olhando por cima dos óculos.

— Depois? Hum! Deus me perdoe, mas eu a seduzi. Que o Diabo me leve se eu não a seduzi em minha cama de solteiro, como se faz na noite de núpcias. É isso aí! E o que é que você acha, vovó?

— Acho que você fez o que devia fazer, tudo a que tinha direito! Mas conta mais!

— Ah, depois... Depois, ficou tudo bem. Agora, voltamos a falar da educação dos filhos e da liberação das mulheres, de superstições antigas, de solteironas e homens românticos, do diabo a quatro e seus *ablativus*, mas falamos de igual para igual e nos entendemos melhor do que nunca! Essa é a verdade, minha querida sogra!

— Sinto que sim, querido do meu coração! E daqui em diante posso voltar a visitar vocês e também os meus queridos netinhos e netinhas!

— Faça isso, por favor! Então, verá como dançam as bonecas e como as cotovias cantam e como os pica-paus picam na madeira. E verá também que a alegria se restabeleceu lá em casa e que a vida continua, real e sempre curiosa, embora ninguém espere ver os milagres que só existem nos livros de sagas. Você verá, sim, uma verdadeira casa de bonecas! Pode acreditar!

Fênix

Foi no tempo dos morangos silvestres, no jardim da paróquia, que ele a viu pela primeira vez. Já vira muitas outras garotas antes, mas quando a viu, ele soube que ela era *ela!* Só que ele não ousava dizer nada, embora ela sorrisse para ele. Naquela época, era apenas aluno do curso médio. Mas ele voltou já como universitário e, então, pegou-a pela cintura e beijou-a. Viu foguetes no ar, ouviu sinos e trombetas tocando e sentiu um terremoto estremecer sob as suas botinas.

Ela era uma mulher de quatorze anos de idade. Os seus peitos palpitavam como se esperassem o contato de narizes avarentos e até de carícias desajeitadas. Suas passadas eram firmes, as pernas bem delineadas e as ancas bamboleantes, como se estivesse para receber a qualquer momento um par de rebentos abaixo do coração. Seu cabelo era louro, diáfano como o mel bem filtrado e caía sobre a testa. Os olhos eram ardentes, e a pele, saudável e macia como a de uma luva. Ficaram noivos e se beijavam como pássaros no jardim, sob o limoeiro, no bosque. Para eles, a vida era um prado plácido e ensolarado. Contudo, ele teria de fazer o vestibular primeiro, depois o bacharelado em minas e energia, e contava com uma viagem para o exterior dentro de dez anos. Dez anos!

E assim ele viajou para Uppsala. Durante o verão, voltou para a paróquia de novo, e ela continuava tão formosa quanto antes. Três vezes ele voltou, mas na quarta vez ela estava pálida. Ela tinha finas listras vermelhas nas dobras do nariz e os seios haviam caído. Quando surgiu o verão do sexto ano, ela estava tomando ferro contra a anemia. No sétimo, tinha viajado para uma zona de banhos. No oitavo, estava com dor de dentes e muito nervosa. O cabelo tinha perdido o brilho, e a voz, a suavidade. O nariz estava com pequenas manchas pretas, os seios haviam despencado, o andar era arrastado e as faces, cavadas. No inverno, ela sofreu uma febre nervosa e precisou cortar o cabelo. Quando este cresceu depois, não era mais louro mas, sim, acinzentado. Ele havia se apaixonado por uma loura de quatorze anos, nunca sequer olhou para qualquer morena, e acabou se casando com uma grisalha de 24 anos que nunca quis ser chamada de noiva.

Mas ele a amava ainda. O seu amor não era mais tão intenso como antes, mas era estável e sólido, e naquela pequena cidade montanhosa nada podia perturbar a tranquila felicidade dos dois. Ela concebeu dois meninos, um logo depois outro, mas o marido gostaria de ter uma filha, também. E, assim, acabou chegando uma menina, uma pequena menina loura.

E esta se tornou a menina dos olhos do pai. Ela cresceu e ficou muito parecida com a sua mãe. Chegou aos sete anos de idade e, aos oito, era exatamente igual à mãe quando a mãe tinha essa idade. O pai não fazia outra coisa que não cuidar da filha sempre que tinha algum momento livre. A mãe trabalhava no arranjo da casa e ficara com as mãos calosas. O nariz estava carcomido e as têmporas, côncavas. Sua figura se inclinava um pouco para frente por hábito de trabalhar no fogão. Pai e mãe só se encontravam na hora das refeições e à noite. Nunca discutiam, mas também não era como antes.

Porém a filha era a alegria do pai. Podia-se quase dizer que ele estava enamorado dela. Era como se enxergasse nela a figura da mãe quando ele a viu pela primeira vez, imagem desaparecida muito rapidamente e que agora voltava na filha. Ele demonstrava quase timidez diante dela e jamais ousou entrar no quarto quando ela se vestia. Ele a endeusava.

Uma manhã, ela ficou deitada na cama, sem vontade de se levantar. A mãe achava que ela estava doente para não ir à escola, mas o pai mandou chamar o médico. O anjo da morte estivera de visita. Era difteria. Um dos pais precisava fugir com as outras crianças. O pai não queria sair do pé dela. Foi a mãe que se mudou para a cidade com os outros filhos, e o pai ficou com a doente. E lá ficou ela, ainda deitada. A fumaça de enxofre estava por toda a parte. Tudo o que era dourado nas molduras dos quadros ficou preto, e o que era prateado no toalete, também. O pai estava fora de si. Andando na casa vazia e dormindo sozinho na enorme cama, ele pensava estar viúvo. Comprava novos brinquedos para a paciente, que sorria quando ele imitava o Kasper do teatro de marionetes na borda da cama e perguntava pela mãe, pelos irmãos e pela irmã.

O pai pôde sair e da rua fazer sinal e mandar beijos para a mãe e os outros filhos que estavam na janela. A mãe, por seu lado, "telegrafava" com folhas de papel azuis e vermelhas jogadas da janela.

Mas um dia a menina paciente não quis mais olhar para o Kasper e deixou de sorrir. Nem sequer podia falar. A morte veio com os seus braços longos e cheios de nós e sufocou-a. Foi uma luta dura.

Depois, chegou a mãe que estava com um peso na consciência por ter abandonado a filha. Houve grandes lamentações e muito sofrimento.

Quando o médico quis voltar e levar a menina para fazer a autópsia, o pai não deixou. Eles não poderiam fazer mal à filha com as suas facas, pois, para ele, ela ainda não estava morta. Mas a autópsia devia ser feita. E, então, o pai quis bater no médico e mordê-lo.

Depois, quando ela foi enterrada, o pai encomendou um serviço especial de manutenção da campa, que ele passou a visitar todos os dias, durante um ano. No segundo ano depois da morte da menina, a frequência diminuiu. Muito trabalho e pouco tempo. Os anos começaram a pesar, as passadas tornaram-se menos leves e a dor começou a desaparecer. Por vezes, ele sentia vergonha por não sentir a mesma dor de antes pela perda da filha, mas logo esquecia esse detalhe. Teve mais duas filhas, mas não era a mesma coisa. Aquela que se foi nunca seria substituída.

A vida era dura. Os dourados desapareceram com o tempo, que mal foi notado, da figura da jovem mulher que uma vez foi única – não havia outra igual no mundo. Os dourados também desapareceram daquela que antes fora uma morada limpa e luzidia. As crianças fizeram mossas na prataria que era presente de casamento dos pais, rasgaram os colchões das camas, deram pontapés nas pernas das cadeiras. O enchimento saía das almofadas do sofá, e o piano há muitos anos não era sequer aberto. As canções deram lugar aos gritos das crianças e as vozes saíam com esforço. As palavras carinhosas deixaram de existir, foram jogadas fora como as roupas das crianças. E festas com as mãos, expressão de carinhos havidos, transformaram-se em massagens. Começavam a ficar velhos e cansados. O papai já não conseguia ajoelhar-se diante de mamãe como fazia antigamente. Agora, ficava sentado na sua desgastada cadeira de jardim e pedia para a mamãe trazer os fósforos com que ele acendia o seu cachimbo. Era a velhice!

E, assim, a mamãe morreu quando o papai tinha cinquenta anos. De novo vieram à tona todas as recordações do passado. Quando a figura acabada e morta da mamãe baixou à terra, voltou à mente dele aquela imagem de uma jovem loura de quatorze anos de idade, e foi pensando nessa imagem que ele chorou. Uma imagem há muitos anos perdida. Com essa perda, vieram os remorsos, ainda que ele nunca tivesse se portado mal para com a velha mamãe, aquela que ele viu como menina de quatorze anos no cemitério da igreja e com quem nunca conviveu. Ele acabou convivendo, sim, com uma pálida e já envelhecida jovem de 24 anos, com quem casou, diante de quem se ajoelhou, a quem foi sempre fiel e idolatrou. E, sinceramente, era essa mulher de quem ele agora sentia mais falta, e nessa falta, ampla e sincera, estava inclusa a boa comida que a mamãe fazia e as atenções com que ela, de forma incansável, o rodeava. Mas isso era outra história.

Entretanto, depois dessa perda ele se tornou mais íntimo com as crianças, já não tão crianças. Algumas voaram do ninho, outras continuaram em casa. E um ano mais tarde, quando já havia cansado os amigos com biografias da sua falecida esposa, aconteceu algo de extraordinário. Ele viu uma nova e jovem menina de dezoito anos que era, precisamente, a cara e a figura da sua falecida esposa aos quatorze anos. Essa visão ele aceitou como um sinal da generosidade dos céus, que queriam dar para ele aquela que fora a sua primeira grande paixão na vida. Ele se apaixonou novamente porque ela se parecia com a primeira e de novo ele se casou. Agora, finalmente, era a grande paixão! Mas as crianças, principalmente as meninas, demonstraram ressentimentos perante a madrasta. Sentiam vergonha só de olhar para ela. Achavam que havia algo de impuro na situação, que o pai estava sendo infiel à sua mãe. Saíram de casa, espalhando-se pelo mundo.

O pai, esse estava feliz! Ficou ainda muito mais orgulhoso pelo fato de uma jovem o ter escolhido para marido.

– Espere pelas consequências! – disseram os velhos amigos.

Um ano mais tarde, a esposa ganhou um bebê. Ele não estava mais habituado a ouvir choro de criança e queria dormir durante a noite. Mudou-se, foi dormir na sala, mas a esposa chorou. Achou que as mulheres eram persistentes. Depois, ela ficou com ciúmes da falecida esposa. Ele fora idiota ao contar para ela, quando ainda eram noivos, que ela se parecia com a primeira esposa. E ainda por cima ela pôde ler as cartas de amor que os dois trocaram. No momento em que se sentiu mais sozinha, ela se lembrava de todos os detalhes. Sabia, portanto, que havia herdado todos os apelidos carinhosos da outra e que, na realidade, era apenas uma substituta. Isso a irritava e fazia com que ela cometesse todas as idiotices possíveis e imagináveis para conquistá-lo para si, pessoalmente. Ele logo se cansou. Na sua nova solidão, ele passou a fazer comparações, e a nova esposa saiu perdendo. Ela não era tão terna quanto a outra e irritava seus nervos. Além disso, ele sentia a falta das crianças que tinha mandado embora do seu ninho. Então, vieram os pesadelos que lhe davam a sensação de que tinha sido infiel à sua falecida esposa.

A situação ficou desagradável em casa. Foi um erro ter feito o que fez e que devia ter deixado de fazer.

Então, passou a ir para um bar da cidade, e isso deixou a esposa furiosa. Ele a enganara. Era um velho abusador, quase um pedófilo, e devia tomar cuidado. Um companheiro *velho* como ele não devia deixar a sua *jovem* esposa sozinha. Podia ser perigoso!

Velho? Ele, velho? Iria já mostrar para ela!

Voltaram a dormir juntos. Mas a situação, nessa altura, piorou. Ele não queria ajudá-la a sossegar a criança durante a noite. O bebê devia dormir num quarto à parte. Não, de jeito nenhum, isso ele não fizera com os filhos *anteriores*!

Ele ficou sofrendo. Por duas vezes achou ter visto a Fênix renascer das cinzas da menina de quatorze anos. Primeiro, através da filha. E, depois, através da segunda esposa. Mas, na sua mente, vivia apenas a primeira, a menina no jardim da igreja, na época dos morangos silvestres, debaixo de um limoeiro, no bosque, aquela que ele nunca teve! Porém, agora que o seu sol se inclinava e descia para o poente e os dias eram cada vez mais curtos, ele não via nunca outra figura, mesmo nos momentos mais escuros, senão a da "velha mamãe", que sempre foi boa para ele e para os seus filhos, que nunca discutia, que era feia, que ficava na cozinha, que consertava as calças de couro dos filhos e as saias das filhas. E quando a euforia da vitória terminou e os seus olhos viram claramente, ele ficou pensando, nessa altura, se não foi a "velha mamãe" a tal Fênix que se levantou, bela e tranquila, das cinzas do passarinho que foi a menina loura de quatorze anos e que, depois, pôs os seus ovos, abriu a penugem do peito para os filhotes e os alimentou com o seu sangue, até morrer!

Ele refletiu longamente sobre o caso e, quando encostou a sua cabeça cansada na almofada para dormir e nunca mais se levantar, nesse momento, ele teve, enfim, essa certeza.

Coleção L&PM POCKET (Lançamentos mais recentes)

437. **Gracias por el fuego** – Mario Benedetti
438. **O sofá** – Crébillon Fils
439. **O "Martín Fierro"** – Jorge Luis Borges
440. **Trabalhos de amor perdidos** – W. Shakespeare
441. **O melhor de Hagar 3** – Dik Browne
442. **Os Maias (volume1)** – Eça de Queiroz
443. **Os Maias (volume2)** – Eça de Queiroz
444. **Anti-Justine** – Restif de La Bretonne
445. **Juventude** – Joseph Conrad
446. **Contos** – Eça de Queiroz
448. **Um amor de Swann** – Marcel Proust
449. **À paz perpétua** – Immanuel Kant
450. **A conquista do México** – Hernan Cortez
451. **Defeitos escolhidos e 2000** – Pablo Neruda
452. **O casamento do céu e do inferno** – William Blake
453. **A primeira viagem ao redor do mundo** – Antonio Pigafetta
457. **Sartre** – Annie Cohen-Solal
458. **Discurso do método** – René Descartes
459. **Garfield em grande forma (1)** – Jim Davis
460. **Garfield está de dieta (2)** – Jim Davis
461. **O livro das feras** – Patricia Highsmith
462. **Viajante solitário** – Jack Kerouac
463. **Auto da barca do inferno** – Gil Vicente
464. **O livro vermelho dos pensamentos de Millôr** – Millôr Fernandes
465. **O livro dos abraços** – Eduardo Galeano
466. **Voltaremos!** – José Antonio Pinheiro Machado
467. **Rango** – Edgar Vasques
468(8). **Dieta mediterrânea** – Dr. Fernando Lucchese e José Antonio Pinheiro Machado
469. **Radicci 5** – Iotti
470. **Pequenos pássaros** – Anaïs Nin
471. **Guia prático do Português correto – vol.3** – Cláudio Moreno
472. **Atire no pianista** – David Goodis
473. **Antologia Poética** – García Lorca
474. **Alexandre e César** – Plutarco
475. **Uma espiã na casa do amor** – Anaïs Nin
476. **A gorda do Tiki Bar** – Dalton Trevisan
477. **Garfield um gato de peso (3)** – Jim Davis
478. **Canibais** – David Coimbra
479. **A arte de escrever** – Arthur Schopenhauer
480. **Pinóquio** – Carlo Collodi
481. **Misto-quente** – Bukowski
482. **A lua na sarjeta** – David Goodis
483. **O melhor do Recruta Zero (1)** – Mort Walker
484. **Aline: TPM – tensão pré-monstrual (2)** – Adão Iturrusgarai
485. **Sermões do Padre Antonio Vieira**
486. **Garfield numa boa (4)** – Jim Davis
487. **Mensagem** – Fernando Pessoa
488. **Vendeta** seguido de **A paz conjugal** – Balzac
489. **Poemas de Alberto Caeiro** – Fernando Pessoa
490. **Ferragus** – Honoré de Balzac
491. **A duquesa de Langeais** – Honoré de Balzac
492. **A menina dos olhos de ouro** – Honoré de Balzac
493. **O lírio do vale** – Honoré de Balzac
497. **A noite das bruxas** – Agatha Christie
498. **Um passe de mágica** – Agatha Christie
499. **Nêmesis** – Agatha Christie
500. **Esboço para uma teoria das emoções** – Sartre
501. **Renda básica de cidadania** – Eduardo Suplicy
502(1). **Pílulas para viver melhor** – Dr. Lucchese
503(2). **Pílulas para prolongar a juventude** – Dr. Lucchese
504(3). **Desembarcando o diabetes** – Dr. Lucchese
505(4). **Desembarcando o sedentarismo** – Dr. Fernando Lucchese e Cláudio Castro
506(5). **Desembarcando a hipertensão** – Dr. Lucchese
507(6). **Desembarcando o colesterol** – Dr. Fernando Lucchese e Fernanda Lucchese
508. **Estudos de mulher** – Balzac
509. **O terceiro tira** – Flann O'Brien
510. **100 receitas de aves e ovos** – J. A. P. Machado
511. **Garfield em toneladas de diversão (5)** – Jim Davis
512. **Trem-bala** – Martha Medeiros
513. **Os cães ladram** – Truman Capote
514. **O Kama Sutra de Vatsyayana**
515. **O crime do Padre Amaro** – Eça de Queiroz
516. **Odes de Ricardo Reis** – Fernando Pessoa
517. **O inverno da nossa desesperança** – Steinbeck
518. **Piratas do Tietê (1)** – Laerte
519. **Rê Bordosa: do começo ao fim** – Angeli
520. **O Harlem é escuro** – Chester Himes
522. **Eugénie Grandet** – Balzac
523. **O último magnata** – F. Scott Fitzgerald
524. **Carol** – Patricia Highsmith
525. **100 receitas de patisseria** – Sílvio Lancellotti
527. **Tristessa** – Jack Kerouac
528. **O diamante do tamanho do Ritz** – F. Scott Fitzgerald
529. **As melhores histórias de Sherlock Holmes** – Arthur Conan Doyle
530. **Cartas a um jovem poeta** – Rilke
532. **O misterioso sr. Quin** – Agatha Christie
533. **Os analectos** – Confúcio
536. **Ascensão e queda de César Birotteau** – Balzac
537. **Sexta-feira negra** – David Goodis
538. **Ora bolas – O humor de Mario Quintana** – Juarez Fonseca
539. **Longe daqui aqui mesmo** – Antonio Bivar
540. **É fácil matar** – Agatha Christie
541. **O pai Goriot** – Balzac
542. **Brasil, um país do futuro** – Stefan Zweig
543. **O processo** – Kafka
544. **O melhor de Hagar 4** – Dik Browne
545. **Por que não pediram a Evans?** – Agatha Christie

546. **Fanny Hill** – John Cleland
547. **O gato por dentro** – William S. Burroughs
548. **Sobre a brevidade da vida** – Sêneca
549. **Geraldão (1)** – Glauco
550. **Piratas do Tietê (2)** – Laerte
551. **Pagando o pato** – Ciça
552. **Garfield de bom humor (6)** – Jim Davis
553. **Conhece o Mário?** vol.1 – Santiago
554. **Radicci 6** – Iotti
555. **Os subterrâneos** – Jack Kerouac
556(1). **Balzac** – François Taillandier
557(2). **Modigliani** – Christian Parisot
558(3). **Kafka** – Gérard-Georges Lemaire
559(4). **Júlio César** – Joël Schmidt
560. **Receitas da família** – J. A. Pinheiro Machado
561. **Boas maneiras à mesa** – Celia Ribeiro
562(9). **Filhos sadios, pais felizes** – R. Pagnoncelli
563(10). **Fatos & mitos** – Dr. Fernando Lucchese
564. **Ménage à trois** – Paula Taitelbaum
565. **Mulheres!** – David Coimbra
566. **Poemas de Álvaro de Campos** – Fernando Pessoa
567. **Medo e outras histórias** – Stefan Zweig
568. **Snoopy e sua turma (1)** – Schulz
569. **Piadas para sempre (1)** – Visconde da Casa Verde
570. **O alvo móvel** – Ross Macdonald
571. **O melhor do Recruta Zero (2)** – Mort Walker
572. **Um sonho americano** – Norman Mailer
573. **Os broncos também amam** – Angeli
574. **Crônica de um amor louco** – Bukowski
575(5). **Freud** – René Major e Chantal Talagrand
576(6). **Picasso** – Gilles Plazy
577(7). **Gandhi** – Christine Jordis
578. **A tumba** – H. P. Lovecraft
579. **O príncipe e o mendigo** – Mark Twain
580. **Garfield, um charme de gato (7)** – Jim Davis
581. **Ilusões perdidas** – Balzac
582. **Esplendores e misérias das cortesãs** – Balzac
583. **Walter Ego** – Angeli
584. **Striptiras (1)** – Laerte
585. **Fagundes: um puxa-saco de mão cheia** – Laerte
586. **Depois do último trem** – Josué Guimarães
587. **Ricardo III** – Shakespeare
588. **Dona Anja** – Josué Guimarães
589. **24 horas na vida de uma mulher** – Stefan Zweig
590. **Mulher no escuro** – Dashiell Hammett
591. **No que acredito** – Bertrand Russell
592. **Odisséia (1): Telemaquia** – Homero
593. **O cavalo cego** – Josué Guimarães
594. **Henrique V** – Shakespeare
595. **Fabulário geral do delírio cotidiano** – Bukowski
596. **Tiros na noite 1: A mulher do bandido** – Dashiell Hammett
597. **Snoopy em Feliz Dia dos Namorados! (2)** – Schulz

600. **Crime e castigo** – Dostoiévski
601. **Mistério no Caribe** – Agatha Christie
602. **Odisséia (2): Regresso** – Homero
603. **Piadas para sempre (2)** – Visconde da Casa Verde
604. **À sombra do vulcão** – Malcolm Lowry
605(8). **Kerouac** – Yves Buin
606. **E agora são cinzas** – Angeli
607. **As mil e uma noites** – Paulo Caruso
608. **Um assassino entre nós** – Ruth Rendell
609. **Crack-up** – F. Scott Fitzgerald
610. **Do amor** – Stendhal
611. **Cartas do Yage** – William Burroughs e Allen Ginsberg
612. **Striptiras (2)** – Laerte
613. **Henry & June** – Anaïs Nin
614. **A piscina mortal** – Ross Macdonald
615. **Geraldão (2)** – Glauco
616. **Tempo de delicadeza** – A. R. de Sant'Anna
617. **Tiros na noite 2: Medo de tiro** – Dashiell Hammett
618. **Snoopy em Assim é a vida, Charlie Brown! (3)** – Schulz
619. **1954 – Um tiro no coração** – Hélio Silva
620. **Sobre a inspiração poética (Íon)** e ... – Platão
621. **Garfield e seus amigos (8)** – Jim Davis
622. **Odisséia (3): Ítaca** – Homero
623. **A louca matança** – Chester Himes
624. **Factótum** – Bukowski
625. **Guerra e Paz: volume 1** – Tolstói
626. **Guerra e Paz: volume 2** – Tolstói
627. **Guerra e Paz: volume 3** – Tolstói
628. **Guerra e Paz: volume 4** – Tolstói
629(9). **Shakespeare** – Claude Mourthé
630. **Bem está o que bem acaba** – Shakespeare
631. **O contrato social** – Rousseau
632. **Geração Beat** – Jack Kerouac
633. **Snoopy: É Natal! (4)** – Charles Schulz
634. **Testemunha da acusação** – Agatha Christie
635. **Um elefante no caos** – Millôr Fernandes
636. **Guia de leitura (100 autores que você precisa ler)** – Organização de Léa Masina
637. **Pistoleiros também mandam flores** – Dav d Coimbra
638. **O prazer das palavras** – vol. 1 – Cláudio Moreno
639. **O prazer das palavras** – vol. 2 – Cláudio Moreno
640. **Novíssimo testamento: com Deus e o diabo, a dupla da criação** – Iotti
641. **Literatura Brasileira: modos de usar** – Luís Augusto Fischer
642. **Dicionário de Porto-Alegrês** – Luís A. Fischer
643. **Clô Dias & Noites** – Sérgio Jockymann
644. **Memorial de Isla Negra** – Pablo Neruda
645. **Um homem extraordinário e outras histórias** – Tchékhov
646. **Ana sem terra** – Alcy Cheuiche
647. **Adultérios** – Woody Allen
651. **Snoopy: Posso fazer uma pergunta, professora? (5)** – Charles Schulz
652(10). **Luís XVI** – Bernard Vincent

653. **O mercador de Veneza** – Shakespeare
654. **Cancioneiro** – Fernando Pessoa
655. **Non-Stop** – Marta Medeiros
656. **Carpinteiros, levantem bem alto a cumeeira & Seymour, uma apresentação** – J.D. Salinger
657. **Ensaios céticos** – Bertrand Russell
658. **O melhor de Hagar 5** – Dik e Chris Browne
659. **Primeiro amor** – Ivan Turguêniev
660. **A trégua** – Mario Benedetti
661. **Um parque de diversões da cabeça** – Lawrence Ferlinghetti
662. **Aprendendo a viver** – Sêneca
663. **Garfield, um gato em apuros (9)** – Jim Davis
664. **Dilbert (1)** – Scott Adams
666. **A imaginação** – Jean-Paul Sartre
667. **O ladrão e os cães** – Naguib Mahfuz
669. **A volta do parafuso** seguido de **Daisy Miller** – Henry James
670. **Notas do subsolo** – Dostoiévski
671. **Abobrinhas da Brasilônia** – Glauco
672. **Geraldão (3)** – Glauco
673. **Piadas para sempre (3)** – Visconde da Casa Verde
674. **Duas viagens ao Brasil** – Hans Staden
676. **A arte da guerra** – Maquiavel
677. **Além do bem e do mal** – Nietzsche
678. **O coronel Chabert** seguido de **A mulher abandonada** – Balzac
679. **O sorriso de marfim** – Ross Macdonald
680. **100 receitas de pescados** – Sílvio Lancellotti
681. **O juiz e seu carrasco** – Friedrich Dürrenmatt
682. **Noites brancas** – Dostoiévski
683. **Quadras ao gosto popular** – Fernando Pessoa
685. **Kaos** – Millôr Fernandes
686. **A pele de onagro** – Balzac
687. **As ligações perigosas** – Choderlos de Laclos
689. **Os Lusíadas** – Luís Vaz de Camões
690. (11).**Átila** – Éric Deschodt
691. **Um jeito tranqüilo de matar** – Chester Himes
692. **A felicidade conjugal** seguido de **O diabo** – Tolstói
693. **Viagem de um naturalista ao redor do mundo** – vol. 1 – Charles Darwin
694. **Viagem de um naturalista ao redor do mundo** – vol. 2 – Charles Darwin
695. **Memórias da casa dos mortos** – Dostoiévski
696. **A Celestina** – Fernando de Rojas
697. **Snoopy: Como você é azarado, Charlie Brown! (6)** – Charles Schulz
698. **Dez (quase) amores** – Claudia Tajes
699. **Poirot sempre espera** – Agatha Christie
701. **Apologia de Sócrates** precedido de **Êutifron e** seguido de **Críton** – Platão
702. **Wood & Stock** – Angeli
703. **Striptiria (3)** – Laerte
704. **Discurso sobre a origem e os fundamentos da desigualdade entre os homens** – Rousseau
705. **Os duelistas** – Joseph Conrad
706. **Dilbert (2)** – Scott Adams
707. **Viver e escrever** (vol. 1) – Edla van Steen
708. **Viver e escrever** (vol. 2) – Edla van Steen
709. **Viver e escrever** (vol. 3) – Edla van Steen
710. **A teia da aranha** – Agatha Christie
711. **O banquete** – Platão
712. **Os belos e malditos** – F. Scott Fitzgerald
713. **Libelo contra a arte moderna** – Salvador Dalí
714. **Akropolis** – Valerio Massimo Manfredi
715. **Devoradores de mortos** – Michael Crichton
716. **Sob o sol da Toscana** – Frances Mayes
717. **Batom na cueca** – Nani
718. **Vida dura** – Claudia Tajes
719. **Carne trêmula** – Ruth Rendell
720. **Cris, a fera** – David Coimbra
721. **O anticristo** – Nietzsche
722. **Como um romance** – Daniel Pennac
723. **Emboscada no Forte Bragg** – Tom Wolfe
724. **Assédio sexual** – Michael Crichton
725. **O espírito do Zen** – Alan W. Watts
726. **Um bonde chamado desejo** – Tennessee Williams
727. **Como gostais** seguido de **Conto de inverno** – Shakespeare
728. **Tratado sobre a tolerância** – Voltaire
729. **Snoopy: Doces ou travessuras? (7)** – Charles Schulz
730. **Cardápios do Anonymous Gourmet** – J.A. Pinheiro Machado
731. **100 receitas com lata** – J.A. Pinheiro Machado
732. **Conhece o Mário?** vol.2 – Santiago
733. **Dilbert (3)** – Scott Adams
734. **História de um louco amor** seguido de **Passado amor** – Horácio Quiroga
735. (11).**Sexo: muito prazer** – Laura Meyer da Silva
736. (12).**Para entender o adolescente** – Dr. Ronald Pagnoncelli
737. (13).**Desembarcando a tristeza** – Dr. Fernando Lucchese
738. **Poirot e o mistério da arca espanhola & outras histórias** – Agatha Christie
739. **A última legião** – Valerio Massimo Manfredi
741. **Sol nascente** – Michael Crichton
742. **Duzentos ladrões** – Dalton Trevisan
743. **Os devaneios do caminhante solitário** – Rousseau
744. **Garfield, o rei da preguiça (10)** – Jim Davis
745. **Os magnatas** – Charles R. Morris
746. **Pulp** – Charles Bukowski
747. **Enquanto agonizo** – William Faulkner
748. **Aline: viciada em sexo (3)** – Adão Iturrusgarai
749. **A dama do cachorrinho** – Anton Tchékhov
750. **Tito Andrônico** – Shakespeare
751. **Antologia poética** – Anna Akhmátova
752. **O melhor de Hagar 6** – Dik e Chris Browne
753. (12).**Michelangelo** – Nadine Sautel
754. **Dilbert (4)** – Scott Adams
755. **O jardim das cerejeiras** seguido de **Tio Vânia** – Tchékhov
756. **Geração Beat** – Claudio Willer

757. **Santos Dumont** – Alcy Cheuiche
758. **Budismo** – Claude B. Levenson
759. **Cleópatra** – Christian-Georges Schwentzel
760. **Revolução Francesa** – Frédéric Bluche, Stéphane Rials e Jean Tulard
761. **A crise de 1929** – Bernard Gazier
762. **Sigmund Freud** – Edson Sousa e Paulo Endo
763. **Império Romano** – Patrick Le Roux
764. **Cruzadas** – Cécile Morrisson
765. **O mistério do Trem Azul** – Agatha Christie
768. **Senso comum** – Thomas Paine
769. **O parque dos dinossauros** – Michael Crichton
770. **Trilogia da paixão** – Goethe
773. **Snoopy: No mundo da lua! (8)** – Charles Schulz
774. **Os Quatro Grandes** – Agatha Christie
775. **Um brinde de cianureto** – Agatha Christie
776. **Súplicas atendidas** – Truman Capote
779. **A viúva imortal** – Millôr Fernandes
780. **Cabala** – Roland Goetschel
781. **Capitalismo** – Claude Jessua
782. **Mitologia grega** – Pierre Grimal
783. **Economia: 100 palavras-chave** – Jean-Paul Betbèze
784. **Marxismo** – Henri Lefebvre
785. **Punição para a inocência** – Agatha Christie
786. **A extravagância do morto** – Agatha Christie
787.(13).**Cézanne** – Bernard Fauconnier
788. **A identidade Bourne** – Robert Ludlum
789. **Da tranquilidade da alma** – Sêneca
790. **Um artista da fome** *seguido de* **Na colônia penal e outras histórias** – Kafka
791. **Histórias de fantasmas** – Charles Dickens
796. **O Uraguai** – Basílio da Gama
797. **A mão misteriosa** – Agatha Christie
798. **Testemunha ocular do crime** – Agatha Christie
799. **Crepúsculo dos ídolos** – Friedrich Nietzsche
802. **O grande golpe** – Dashiell Hammett
803. **Humor barra pesada** – Nani
804. **Vinho** – Jean-François Gautier
805. **Egito Antigo** – Sophie Desplancques
806.(14).**Baudelaire** – Jean-Baptiste Baronian
807. **Caminho da sabedoria, caminho da paz** – Dalai Lama e Felizitas von Schönborn
808. **Senhor e servo e outras histórias** – Tolstói
809. **Os cadernos de Malte Laurids Brigge** – Rilke
810. **Dilbert (5)** – Scott Adams
811. **Big Sur** – Jack Kerouac
812. **Seguindo a correnteza** – Agatha Christie
813. **O álibi** – Sandra Brown
814. **Montanha-russa** – Martha Medeiros
815. **Coisas da vida** – Martha Medeiros
816. **A cantada infalível** *seguido de* **A mulher do centroavante** – David Coimbra
819. **Snoopy: Pausa para a soneca (9)** – Charles Schulz
820. **De pernas pro ar** – Eduardo Galeano
821. **Tragédias gregas** – Pascal Thiercy
822. **Existencialismo** – Jacques Colette
823. **Nietzsche** – Jean Granier
824. **Amar ou depender?** – Walter Riso
825. **Darmapada: A doutrina budista em versos**
826. **J'Accuse...! – a verdade em marcha** – Zola
827. **Os crimes ABC** – Agatha Christie
828. **Um gato entre os pombos** – Agatha Christie
831. **Dicionário de teatro** – Luiz Paulo Vasconcellos
832. **Cartas extraviadas** – Martha Medeiros
833. **A longa viagem de prazer** – J. J. Morosoli
834. **Receitas fáceis** – J. A. Pinheiro Machado
835.(14).**Mais fatos & mitos** – Dr. Fernando Lucchese
836.(15).**Boa viagem!** – Dr. Fernando Lucchese
837. **Aline: Finalmente nua!!! (4)** – Adão Iturrusgarai
838. **Mônica tem uma novidade!** – Mauricio de Sousa
839. **Cebolinha em apuros!** – Mauricio de Sousa
840. **Sócios no crime** – Agatha Christie
841. **Bocas do tempo** – Eduardo Galeano
842. **Orgulho e preconceito** – Jane Austen
843. **Impressionismo** – Dominique Lobstein
844. **Escrita chinesa** – Viviane Alleton
845. **Paris: uma história** – Yvan Combeau
846.(15).**Van Gogh** – David Haziot
848. **Portal do destino** – Agatha Christie
849. **O futuro de uma ilusão** – Freud
850. **O mal-estar na cultura** – Freud
853. **Um crime adormecido** – Agatha Christie
854. **Satori em Paris** – Jack Kerouac
855. **Medo e delírio em Las Vegas** – Hunter Thompson
856. **Um negócio fracassado e outros contos de humor** – Tchékhov
857. **Mônica está de férias!** – Mauricio de Sousa
858. **De quem é esse coelho?** – Mauricio de Sousa
860. **O mistério Sittaford** – Agatha Christie
861. **Manhã transfigurada** – L. A. de Assis Brasi
862. **Alexandre, o Grande** – Pierre Briant
863. **Jesus** – Charles Perrot
864. **Islã** – Paul Balta
865. **Guerra da Secessão** – Farid Ameur
866. **Um rio que vem da Grécia** – Cláudio Moreno
868. **Assassinato na casa do pastor** – Agatha Christie
869. **Manual do líder** – Napoleão Bonaparte
870.(16).**Billie Holiday** – Sylvia Fol
871. **Bidu arrasando!** – Mauricio de Sousa
872. **Os Sousa: Desventuras em família** – Mauricio de Sousa
874. **E no final a morte** – Agatha Christie
875. **Guia prático do Português correto – vol. 4** – Cláudio Moreno
876. **Dilbert (6)** – Scott Adams
877.(17).**Leonardo da Vinci** – Sophie Chauveau
878. **Bella Toscana** – Frances Mayes
879. **A arte da ficção** – David Lodge
880. **Striptiras (4)** – Laerte
881. **Skrotinhos** – Angeli
882. **Depois do funeral** – Agatha Christie
883. **Radicci 7** – Iotti
884. **Walden** – H. D. Thoreau
885. **Lincoln** – Allen C. Guelzo
886. **Primeira Guerra Mundial** – Michael Howard
887. **A linha de sombra** – Joseph Conrad

888. **O amor é um cão dos diabos** – Bukowski
890. **Despertar: uma vida de Buda** – Jack Kerouac
891. (18). **Albert Einstein** – Laurent Seksik
892. **Hell's Angels** – Hunter Thompson
893. **Ausência na primavera** – Agatha Christie
894. **Dilbert (7)** – Scott Adams
895. **Ao sul de lugar nenhum** – Bukowski
896. **Maquiavel** – Quentin Skinner
897. **Sócrates** – C.C.W. Taylor
899. **O Natal de Poirot** – Agatha Christie
900. **As veias abertas da América Latina** – Eduardo Galeano
901. **Snoopy: Sempre alerta! (10)** – Charles Schulz
902. **Chico Bento: Plantando confusão** – Mauricio de Sousa
903. **Penadinho: Quem é morto sempre aparece** – Mauricio de Sousa
904. **A vida sexual da mulher feia** – Claudia Tajes
905. **100 segredos de liquidificador** – José Antonio Pinheiro Machado
906. **Sexo muito prazer 2** – Laura Meyer da Silva
907. **Os nascimentos** – Eduardo Galeano
908. **As caras e as máscaras** – Eduardo Galeano
909. **O século do vento** – Eduardo Galeano
910. **Poirot perde uma cliente** – Agatha Christie
911. **Cérebro** – Michael O'Shea
912. **O escaravelho de ouro e outras histórias** – Edgar Allan Poe
913. **Piadas para sempre (4)** – Visconde da Casa Verde
914. **100 receitas de massas light** – Helena Tonetto
915. (19). **Oscar Wilde** – Daniel Salvatore Schiffer
916. **Uma breve história do mundo** – H. G. Wells
917. **A Casa do Penhasco** – Agatha Christie
919. **John M. Keynes** – Bernard Gazier
920. (20). **Virginia Woolf** – Alexandra Lemasson
921. **Peter e Wendy** *seguido de* **Peter Pan em Kensington Gardens** – J. M. Barrie
922. **Aline: numas de colegial (5)** – Adão Iturrusgarai
923. **Uma dose mortal** – Agatha Christie
924. **Os trabalhos de Hércules** – Agatha Christie
926. **Kant** – Roger Scruton
927. **A inocência do Padre Brown** – G.K. Chesterton
928. **Casa Velha** – Machado de Assis
929. **Marcas de nascença** – Nancy Huston
930. **Aulete de bolso**
931. **Hora Zero** – Agatha Christie
932. **Morte na Mesopotâmia** – Agatha Christie
934. **Nem te conto, João** – Dalton Trevisan
935. **As aventuras de Huckleberry Finn** – Mark Twain
936. (21). **Marilyn Monroe** – Anne Plantagenet
937. **China moderna** – Rana Mitter
938. **Dinossauros** – David Norman
939. **Louca por homem** – Claudia Tajes
940. **Amores de alto risco** – Walter Riso
941. **Jogo de damas** – David Coimbra
942. **Filha é filha** – Agatha Christie
943. **M ou N?** – Agatha Christie
945. **Bidu: diversão em dobro!** – Mauricio de Sousa
946. **Fogo** – Anaïs Nin
947. **Rum: diário de um jornalista bêbado** – Hunter Thompson
948. **Persuasão** – Jane Austen
949. **Lágrimas na chuva** – Sergio Faraco
950. **Mulheres** – Bukowski
951. **Um pressentimento funesto** – Agatha Christie
952. **Cartas na mesa** – Agatha Christie
954. **O lobo do mar** – Jack London
955. **Os gatos** – Patricia Highsmith
956. (22). **Jesus** – Christiane Rancé
957. **História da medicina** – William Bynum
958. **O Morro dos Ventos Uivantes** – Emily Brontë
959. **A filosofia na era trágica dos gregos** – Nietzsche
960. **Os treze problemas** – Agatha Christie
961. **A massagista japonesa** – Moacyr Scliar
963. **Humor do miserê** – Nani
964. **Todo o mundo tem dúvida, inclusive você** – Édison de Oliveira
965. **A dama do Bar Nevada** – Sergio Faraco
968. **O psicopata americano** – Bret Easton Ellis
970. **Ensaios de amor** – Alain de Botton
971. **O grande Gatsby** – F. Scott Fitzgerald
972. **Por que não sou cristão** – Bertrand Russell
973. **A Casa Torta** – Agatha Christie
974. **Encontro com a morte** – Agatha Christie
975. (23). **Rimbaud** – Jean-Baptiste Baronian
976. **Cartas na rua** – Bukowski
977. **Memória** – Jonathan K. Foster
978. **A abadia de Northanger** – Jane Austen
979. **As pernas de Úrsula** – Claudia Tajes
980. **Retrato inacabado** – Agatha Christie
981. **Solanin (1)** – Inio Asano
982. **Solanin (2)** – Inio Asano
983. **Aventuras de menino** – Mitsuru Adachi
984. (16). **Fatos & mitos sobre sua alimentação** – Dr. Fernando Lucchese
985. **Teoria quântica** – John Polkinghorne
986. **O eterno marido** – Fiódor Dostoiévski
987. **Um safado em Dublin** – J. P. Donleavy
988. **Mirinha** – Dalton Trevisan
989. **Akhenaton e Nefertiti** – Carmen Seganfredo e A. S. Franchini
990. **On the Road – o manuscrito original** – Jack Kerouac
991. **Relatividade** – Russell Stannard
992. **Abaixo de zero** – Bret Easton Ellis
993. (24). **Andy Warhol** – Mériam Korichi
995. **Os últimos casos de Miss Marple** – Agatha Christie
996. **Nico Demo: Aí vem encrenca** – Mauricio de Sousa
998. **Rousseau** – Robert Wokler
999. **Noite sem fim** – Agatha Christie
1000. **Diários de Andy Warhol (1)** – Editado por Pat Hackett
1001. **Diários de Andy Warhol (2)** – Editado por Pat Hackett
1002. **Cartier-Bresson: o olhar do século** – Pierre Assouline

1003. **As melhores histórias da mitologia: vol. 1** – A.S. Franchini e Carmen Seganfredo
1004. **As melhores histórias da mitologia: vol. 2** – A.S. Franchini e Carmen Seganfredo
1005. **Assassinato no beco** – Agatha Christie
1006. **Convite para um homicídio** – Agatha Christie
1008. **História da vida** – Michael J. Benton
1009. **Jung** – Anthony Stevens
1010. **Arsène Lupin, ladrão de casaca** – Maurice Leblanc
1011. **Dublinenses** – James Joyce
1012. **120 tirinhas da Turma da Mônica** – Mauricio de Sousa
1013. **Antologia poética** – Fernando Pessoa
1014. **A aventura de um cliente ilustre** *seguido de* **O último adeus de Sherlock Holmes** – Sir Arthur Conan Doyle
1015. **Cenas de Nova York** – Jack Kerouac
1016. **A corista** – Anton Tchékhov
1017. **O diabo** – Leon Tolstói
1018. **Fábulas chinesas** – Sérgio Capparelli e Márcia Schmaltz
1019. **O gato do Brasil** – Sir Arthur Conan Doyle
1020. **Missa do Galo** – Machado de Assis
1021. **O mistério de Marie Rogêt** – Edgar Allan Poe
1022. **A mulher mais linda da cidade** – Bukowski
1023. **O retrato** – Nicolai Gogol
1024. **O conflito** – Agatha Christie
1025. **Os primeiros casos de Poirot** – Agatha Christie
1027(25). **Beethoven** – Bernard Fauconnier
1028. **Platão** – Julia Annas
1029. **Cleo e Daniel** – Roberto Freire
1030. **Til** – José de Alencar
1031. **Viagens na minha terra** – Almeida Garrett
1032. **Profissões para mulheres e outros artigos feministas** – Virginia Woolf
1033. **Mrs. Dalloway** – Virginia Woolf
1034. **O cão da morte** – Agatha Christie
1035. **Tragédia em três atos** – Agatha Christie
1037. **O fantasma da Ópera** – Gaston Leroux
1038. **Evolução** – Brian e Deborah Charlesworth
1039. **Medida por medida** – Shakespeare
1040. **Razão e sentimento** – Jane Austen
1041. **A obra-prima ignorada** *seguido de* **Um episódio durante o Terror** – Balzac
1042. **A fugitiva** – Anaïs Nin
1043. **As grandes histórias da mitologia greco-romana** – A. S. Franchini
1044. **O corno de si mesmo & outras historietas** – Marquês de Sade
1045. **Da felicidade** *seguido de* **Da vida retirada** – Sêneca
1046. **O horror em Red Hook e outras histórias** – H. P. Lovecraft
1047. **Noite em claro** – Martha Medeiros
1048. **Poemas clássicos chineses** – Li Bai, Du Fu e Wang Wei
1049. **A terceira moça** – Agatha Christie
1050. **Um destino ignorado** – Agatha Christie
1051(26). **Buda** – Sophie Royer
1052. **Guerra Fria** – Robert J. McMahon
1053. **Simons's Cat: as aventuras de um gato travesso e comilão – vol. 1** – Simon Tofield
1054. **Simons's Cat: as aventuras de um gato travesso e comilão – vol. 2** – Simon Tofield
1055. **Só as mulheres e as baratas sobreviverão** – Claudia Tajes
1057. **Pré-história** – Chris Gosden
1058. **Pintou sujeira!** – Mauricio de Sousa
1059. **Contos de Mamãe Gansa** – Charles Perrault
1060. **A interpretação dos sonhos: vol. 1** – Freud
1061. **A interpretação dos sonhos: vol. 2** – Freud
1062. **Frufru Rataplã Dolores** – Dalton Trevisan
1063. **As melhores histórias da mitologia egípcia** – Carmem Seganfredo e A.S. Franchini
1064. **Infância. Adolescência. Juventude** – Tolstói
1065. **As consolações da filosofia** – Alain de Botton
1066. **Diários de Jack Kerouac – 1947-1954**
1067. **Revolução Francesa – vol. 1** – Max Gallo
1068. **Revolução Francesa – vol. 2** – Max Gallo
1069. **O detetive Parker Pyne** – Agatha Christie
1070. **Memórias do esquecimento** – Flávio Tavares
1071. **Drogas** – Leslie Iversen
1072. **Manual de ecologia (vol.2)** – J. Lutzenberger
1073. **Como andar no labirinto** – Affonso Romano de Sant'Anna
1074. **A orquídea e o serial killer** – Juremir Machado da Silva
1075. **Amor nos tempos de fúria** – Lawrence Ferlinghetti
1076. **A aventura do pudim de Natal** – Agatha Christie
1078. **Amores que matam** – Patricia Faur
1079. **Histórias de pescador** – Mauricio de Sousa
1080. **Pedaços de um caderno manchado de vinho** – Bukowski
1081. **A ferro e fogo: tempo de solidão (vol.1)** – Josué Guimarães
1082. **A ferro e fogo: tempo de guerra (vol.2)** – Josué Guimarães
1084(17). **Desembarcando o Alzheimer** – Dr. Fernando Lucchese e Dra. Ana Hartmann
1085. **A maldição do espelho** – Agatha Christie
1086. **Uma breve história da filosofia** – Nigel Warburton
1088. **Heróis da História** – Will Durant
1089. **Concerto campestre** – L. A. de Assis Brasil
1090. **Morte nas nuvens** – Agatha Christie
1092. **Aventura em Bagdá** – Agatha Christie
1093. **O cavalo amarelo** – Agatha Christie
1094. **O método de interpretação dos sonhos** – Freud
1095. **Sonetos de amor e desamor** – Vários
1096. **120 tirinhas do Dilbert** – Scott Adams
1097. **200 fábulas de Esopo**
1098. **O curioso caso de Benjamin Button** – F. Scott Fitzgerald
1099. **Piadas para sempre: uma antologia para morrer de rir** – Visconde da Casa Verde
1100. **Hamlet (Mangá)** – Shakespeare
1101. **A arte da guerra (Mangá)** – Sun Tzu

1104. **As melhores histórias da Bíblia (vol.1)** – A. S. Franchini e Carmen Seganfredo
1105. **As melhores histórias da Bíblia (vol.2)** – A. S. Franchini e Carmen Seganfredo
1106. **Psicologia das massas e análise do eu** – Freud
1107. **Guerra Civil Espanhola** – Helen Graham
1108. **A autoestrada do sul e outras histórias** – Julio Cortázar
1109. **O mistério dos sete relógios** – Agatha Christie
1110. **Peanuts: Ninguém gosta de mim... (amor)** – Charles Schulz
1111. **Cadê o bolo?** – Mauricio de Sousa
1112. **O filósofo ignorante** – Voltaire
1113. **Totem e tabu** – Freud
1114. **Filosofia pré-socrática** – Catherine Osborne
1115. **Desejo de status** – Alain de Botton
1118. **Passageiro para Frankfurt** – Agatha Christie
1120. **Kill All Enemies** – Melvin Burgess
1121. **A morte da sra. McGinty** – Agatha Christie
1122. **Revolução Russa** – S. A. Smith
1123. **Até você, Capitu?** – Dalton Trevisan
1124. **O grande Gatsby (Mangá)** – F. S. Fitzgerald
1125. **Assim falou Zaratustra (Mangá)** – Nietzsche
1126. **Peanuts: É para isso que servem os amigos (amizade)** – Charles Schulz
1127(27). **Nietzsche** – Dorian Astor
1128. **Bidu: Hora do banho** – Mauricio de Sousa
1129. **O melhor do Macanudo Taurino** – Santiago
1130. **Radicci 30 anos** – Iotti
1131. **Show de sabores** – J.A. Pinheiro Machado
1132. **O prazer das palavras** – vol. 3 – Cláudio Moreno
1133. **Morte na praia** – Agatha Christie
1134. **O fardo** – Agatha Christie
1135. **Manifesto do Partido Comunista (Mangá)** – Marx & Engels
1136. **A metamorfose (Mangá)** – Franz Kafka
1137. **Por que você não se casou... ainda** – Tracy McMillan
1138. **Textos autobiográficos** – Bukowski
1139. **A importância de ser prudente** – Oscar Wilde
1140. **Sobre a vontade na natureza** – Arthur Schopenhauer
1141. **Dilbert (8)** – Scott Adams
1142. **Entre dois amores** – Agatha Christie
1143. **Cipreste triste** – Agatha Christie
1144. **Alguém viu uma assombração?** – Mauricio de Sousa
1145. **Mandela** – Elleke Boehmer
1146. **Retrato do artista quando jovem** – James Joyce
1147. **Zadig ou o destino** – Voltaire
1148. **O contrato social (Mangá)** – J.-J. Rousseau
1149. **Garfield fenomenal** – Jim Davis
1150. **A queda da América** – Allen Ginsberg
1151. **Música na noite & outros ensaios** – Aldous Huxley
1152. **Poesias inéditas & Poemas dramáticos** – Fernando Pessoa
1153. **Peanuts: Felicidade é...** – Charles M. Schulz
1154. **Mate-me por favor** – Legs McNeil e Gillian McCain
1155. **Assassinato no Expresso Oriente** – Agatha Christie
1156. **Um punhado de centeio** – Agatha Christie
1157. **A interpretação dos sonhos (Mangá)** – Freud
1158. **Peanuts: Você não entende o sentido da vida** – Charles M. Schulz
1159. **A dinastia Rothschild** – Herbert R. Lottman
1160. **A Mansão Hollow** – Agatha Christie
1161. **Nas montanhas da loucura** – H.P. Lovecraft
1162(28). **Napoleão Bonaparte** – Pascale Fautrier
1163. **Um corpo na biblioteca** – Agatha Christie
1164. **Inovação** – Mark Dodgson e David Gann
1165. **O que toda mulher deve saber sobre os homens: a afetividade masculina** – Walter Riso
1166. **O amor está no ar** – Mauricio de Sousa
1167. **Testemunha de acusação & outras histórias** – Agatha Christie
1168. **Etiqueta de bolso** – Celia Ribeiro
1169. **Poesia reunida (volume 3)** – Affonso Romano de Sant'Anna
1170. **Emma** – Jane Austen
1171. **Que seja em segredo** – Ana Miranda
1172. **Garfield sem apetite** – Jim Davis
1173. **Garfield: Foi mal...** – Jim Davis
1174. **Os irmãos Karamázov (Mangá)** – Dostoiévski
1175. **O Pequeno Príncipe** – Antoine de Saint-Exupéry
1176. **Peanuts: Ninguém mais tem o espírito aventureiro** – Charles M. Schulz
1177. **Assim falou Zaratustra** – Nietzsche
1178. **Morte no Nilo** – Agatha Christie
1179. **Ê, soneca boa** – Mauricio de Sousa
1180. **Garfield a todo o vapor** – Jim Davis
1181. **Em busca do tempo perdido (Mangá)** – Proust
1182. **Cai o pano: o último caso de Poirot** – Agatha Christie
1183. **Livro para colorir e relaxar** – Livro 1
1184. **Para colorir sem parar**
1185. **Os elefantes não esquecem** – Agatha Christie
1186. **Teoria da relatividade** – Albert Einstein
1187. **Compêndio da psicanálise** – Freud
1188. **Visões de Gerard** – Jack Kerouac
1189. **Fim de verão** – Mohiro Kitoh
1190. **Procurando diversão** – Mauricio de Sousa
1191. **E não sobrou nenhum e outras peças** – Agatha Christie
1192. **Ansiedade** – Daniel Freeman & Jason Freeman
1193. **Garfield: pausa para o almoço** – Jim Davis
1194. **Contos do dia e da noite** – Guy de Maupassant
1195. **O melhor de Hagar 7** – Dik Browne
1196(29). **Lou Andreas-Salomé** – Dorian Astor
1197(30). **Pasolini** – René de Ceccatty
1198. **O caso do Hotel Bertram** – Agatha Christie
1199. **Crônicas de motel** – Sam Shepard
1200. **Pequena filosofia da paz interior** – Catherine Rambert

1201. **Os sertões** – Euclides da Cunha
1202. **Treze à mesa** – Agatha Christie
1203. **Bíblia** – John Riches
1204. **Anjos** – David Albert Jones
1205. **As tirinhas do Guri de Uruguaiana 1** – Jair Kobe
1206. **Entre aspas (vol.1)** – Fernando Eichenberg
1207. **Escrita** – Andrew Robinson
1208. **O spleen de Paris: pequenos poemas em prosa** – Charles Baudelaire
1209. **Satíricon** – Petrônio
1210. **O avarento** – Molière
1211. **Queimando na água, afogando-se na chama** – Bukowski
1212. **Miscelânea septuagenária: contos e poemas** – Bukowski
1213. **Que filosofar é aprender a morrer e outros ensaios** — Montaigne
1214. **Da amizade e outros ensaios** – Montaigne
1215. **O medo à espreita e outras histórias** – H.P. Lovecraft
1216. **A obra de arte na era de sua reprodutibilidade técnica** – Walter Benjamin
1217. **Sobre a liberdade** – John Stuart Mill
1218. **O segredo de Chimneys** – Agatha Christie
1219. **Morte na rua Hickory** – Agatha Christie
1220. **Ulisses (Mangá)** – James Joyce
1221. **Ateísmo** – Julian Baggini
1222. **Os melhores contos de Katherine Mansfield** – Katherine Mansfied
1223. (31). **Martin Luther King** – Alain Foix
1224. **Millôr Definitivo: uma antologia de *A Bíblia do Caos*** – Millôr Fernandes
1225. **O Clube das Terças-Feiras e outras histórias** – Agatha Christie
1226. **Por que sou tão sábio** – Nietzsche
1227. **Sobre a mentira** – Platão
1228. **Sobre a leitura** seguido do **Depoimento de Céleste Albaret** – Proust
1229. **O homem do terno marrom** – Agatha Christie
1230. (32). **Jimi Hendrix** – Franck Médioni
1231. **Amor e amizade e outras histórias** – Jane Austen
1232. **Lady Susan, Os Watson e Sanditon** – Jane Austen
1233. **Uma breve história da ciência** – William Bynum
1234. **Macunaíma: o herói sem nenhum caráter** – Mário de Andrade
1235. **A máquina do tempo** – H.G. Wells
1236. **O homem invisível** – H.G. Wells
1237. **Os 36 estratagemas: manual secreto da arte da guerra** – Anônimo
1238. **A mina de ouro e outras histórias** – Agatha Christie
1239. **Pic** – Jack Kerouac
1240. **O habitante da escuridão e outros contos** – H.P. Lovecraft
1241. **O chamado de Cthulhu e outros contos** – H.P. Lovecraft
1242. **O melhor de Meu reino por um cavalo!** – Edição de Ivan Pinheiro Machado
1243. **A guerra dos mundos** – H.G. Wells
1244. **O caso da criada perfeita e outras histórias** – Agatha Christie
1245. **Morte por afogamento e outras histórias** – Agatha Christie
1246. **Assassinato no Comitê Central** – Manuel Vázquez Montalbán
1247. **O papai é pop** – Marcos Piangers
1248. **O papai é pop 2** – Marcos Piangers
1249. **A mamãe é rock** – Ana Cardoso
1250. **Paris boêmia** – Dan Franck
1251. **Paris libertária** – Dan Franck
1252. **Paris ocupada** – Dan Franck
1253. **Uma anedota infame** – Dostoiévski
1254. **O último dia de um condenado** – Victor Hugo
1255. **Nem só de caviar vive o homem** – J.M. Simmel
1256. **Amanhã é outro dia** – J.M. Simmel
1257. **Mulherzinhas** – Louisa May Alcott
1258. **Reforma Protestante** – Peter Marshall
1259. **História econômica global** – Robert C. Allen
1260. (33). **Che Guevara** – Alain Foix
1261. **Câncer** – Nicholas James
1262. **Akhenaton** – Agatha Christie
1263. **Aforismos para a sabedoria de vida** – Arthur Schopenhauer
1264. **Uma história do mundo** – David Coimbra
1265. **Ame e não sofra** – Walter Riso
1266. **Desapegue-se!** – Walter Riso
1267. **Os Sousa: Uma família do barulho** – Mauricio de Sousa
1268. **Nico Demo: O rei da travessura** – Mauricio de Sousa
1269. **Testemunha de acusação e outras peças** – Agatha Christie
1270. (34). **Dostoiévski** – Virgil Tanase
1271. **O melhor de Hagar 8** – Dik Browne
1272. **O melhor de Hagar 9** – Dik Browne
1273. **O melhor de Hagar 10** – Dik e Chris Browne
1274. **Considerações sobre o governo representativo** – John Stuart Mill
1275. **O homem Moisés e a religião monoteísta** – Freud
1276. **Inibição, sintoma e medo** – Freud
1277. **Além do princípio de prazer** – Freud
1278. **O direito de dizer não!** – Walter Riso
1279. **A arte de ser flexível** – Walter Riso
1280. **Casados e descasados** – August Strindberg
1281. **Da Terra à Lua** – Júlio Verne
1282. **Minhas galerias e meus pintores** – Kahnweiler e Crémieux

lepmeditores
www.lpm.com.br
o site que conta tudo

IMPRESSÃO:

PALLOTTI
GRÁFICA

Santa Maria - RS | Fone: (55) 3220.4500
www.graficapallotti.com.br